Carola Makris

Todesinsel

Historischer Kriminalroman

KNAUR

FSC
www.fsc.org
MIX
Papier aus verantwortungsvollen Quellen
FSC® C083411

Covergestaltung: ZERO Werbeagentur, München
Coverabbildung: © FinePic®, München
Druck und Bindung: CPI books GmbH, Leck
ISBN 978-3-426-21527-2

Rückkehr

Pedro Medeiros war auch an diesem Morgen der Erste, der mit regelmäßigem Tap-tok, Tap-tok, Tap-tok durch die durchlässig werdende Dunkelheit stapfte. Er war stolz darauf, dass er in seinem Alter noch immer früher auf dem Weg zur Arbeit war als die Jungen. Er hatte es nicht weit. Seine Straße führte direkt auf den Hafen von Porto Pim zu. Dann ein Stück die Kaimauer entlang, zum Strand hinunter und den kurzen Weg zur Walfabrik hinauf. Außer seinen Schritten und dem Schmatzen und Gurgeln des Meeres störte kein Geräusch die morgendliche Stille. Der Monte da Guia war in tiefes Schwarz getaucht, nur am Horizont trennte sich langsam der Himmel vom Meer.

Der Walfang war Pedros Kraft, sein Leben. Früher war er mit hinausgefahren. Er würde das, gegen den Widerstand seiner Frau, auch jetzt noch tun, wenn da nicht das verdammte Holzbein wäre.

Seine Augen allerdings waren so scharf wie früher. Diesem glücklichen Umstand hatte er es zu verdanken, dass er in der Finsternis nicht über das liegen gebliebene Gerät stolperte.

»Meu deus – und dabei habe ich ihm hundert Mal gesagt, dass erst alles weggeräumt sein muss, bevor er Feierabend machen kann. Dieser Junge … so ein Leichtsinn. Wie schnell man sich da verletzen kann!« Er bückte sich ächzend und hob den schweren Haken auf. »Wenn ich nicht alles selber mache … ist doch nur ein Handgriff …« Er spuckte aus. »So was hätte mir früher nicht passieren dürfen. Da hätte mir der alte Capitan was erzählt.«

Er öffnete die unverschlossene Tür zu dem länglichen Ge-

räteschuppen, machte die Lampe an und hängte den Haken an seinen Platz. Wenigstens hatten diese verdammten Amerikaner für elektrisches Licht gesorgt. Wenn er sie auch sonst nicht mochte und alles Neue, besonders wenn es aus Amerika kam, ablehnte – die Glühbirne würde er nicht mehr mit der Sturmlampe tauschen wollen.

Als er die feuchten Finger an seiner Hose abwischen wollte, blickte er entsetzt auf seine rauen, schwieligen Handflächen. Obwohl er an den Anblick von Blut gewöhnt war, stellten sich ihm jetzt die Nackenhaare auf. Er fühlte den Tod, aber nicht den der Wale.

Schweigend standen Pedro Medeiros und die anderen Walfänger im Licht der Morgendämmerung am Rand der steinernen Rinne. Normalerweise wurden hier die Wale über eine Seilwinde nach oben gezogen, um sie in der Fabrik zu zerlegen und zu verarbeiten. Auf halber Höhe lag ein verkrümmter Körper, das Gesicht nach unten, die Kleidung dunkel durchtränkt. Hortensienblüten waren auf und um ihn herum gestreut. Der alte Pedro schüttelte unablässig den Kopf. »Jetzt geht das wieder los!« Ein paar brummten zustimmend, andere wagten es nicht, auch nur den Blick zu heben. Die Schatten der Vergangenheit waren zurückgekehrt und mit ihnen die Angst.

Kapitel 1

New York im März 1932

Als ich an der langen Schlange vor »Reverend Daugherty's Suppenküche« vorbeiging, blies mir ein kalter Wind entgegen. Kaum zu fassen, dass es schon März war. Der Schnee war in Regen übergegangen. Meine leichten Schuhe waren ungeeignet für dieses Schmuddelwetter. Durch die glatten Sohlen kam ich auf den Resten von Schneematsch und Eis hin und wieder ganz schön ins Rutschen. Und kalte Füße bekam ich auch. Aber ich hatte allen Grund, gut gelaunt zu sein, denn ich war auf dem Weg zu einem neuen Job. Um ehrlich zu sein, war es die erste richtige Anfrage überhaupt, seit ich auf eigene Rechnung arbeitete. Ein professionelles Auftreten war mir da wichtiger als ein bequemer Fußweg. Nach meinem spektakulären Abgang bei Pinkerton war das Geschäft so schlecht gelaufen, dass ich schon befürchtet hatte, mich demnächst der grauen Reihe der Hungrigen anschließen zu müssen. Kleinaufträge waren spärlich gesät, denn die Leute hatten andere Sorgen als untreue Ehepartner oder durchgebrannte Töchter. Wer rannte in diesen Zeiten schon freiwillig von zu Hause weg. Oder gestohlene Autos. Die meisten hatten ohnehin kein Geld für Benzin. Und wirklich große Aufträge, die zog man sowieso nicht alle Tage an Land. Eine lukrative Abwechslung war genau das, was ich im Moment dringend brauchte. Ich musste endlich mal wieder aus meinen vier Wänden rauskommen. Das würde Heizkosten sparen, und vom frisch Verdienten könnte ich die eine oder andere Rechnung zahlen. Heute kam's drauf an.

Als ich endlich das Gebäude der Transatlantischen Telegrafengesellschaft erreichte, nahm ich schnell die Stufen zu dem breiten gläsernen Eingang hinauf, immer zwei auf einmal. Hier war die Welt plötzlich wieder in Ordnung. Wenn ich in Ordnung sage, dann meine ich, wie vor sieben oder acht Jahren. Damals hatte ich mir meinen Kühlschrank gekauft und sogar mal mit einem Auto geliebäugelt. Bei der Trans-Tele schien die Zeit genau da stehen geblieben zu sein.

Ein livrierter Pförtner wies mir den Weg zum Fahrstuhl. Durch meine dünnen Schuhsohlen drang bei jedem Schritt die Kälte des Marmors. Fühlte sich auch nicht besser an als das eisige Straßenpflaster. Während ich auf den Aufzug wartete, der sich im achtzehnten Stock befand, nutzte ich die Zeit, um vor den komplett verspiegelten Fahrstuhltüren mein Äußeres kritisch zu überprüfen. Ich klopfte meinen Hut mehrmals auf die Hand, dass die Wassertröpfchen nur so spritzten, und kämmte mit den Fingern durch meine Haare. Ein feines Klingeln, der Fahrstuhl hielt im fünfzehnten Stock an. Ich setzte den Hut wieder auf. Die Schulterpolster meines schweren grauen Mantels ließen mich bullig erscheinen. Ich sah aus wie Jack Dempsey, bevor er seine Karriere nach dem letzten Kampf gegen Gene Tunney beenden musste. Da ich jedoch meine Karriere hier beginnen wollte, zog ich den Mantel lieber aus. Auch ohne Schulterpolster konnte ich mich durchaus sehen lassen. Ein erneutes Klingeln und ein Blick auf die Stockwerksanzeige. Der verschnörkelte Messingpfeil rutschte langsam über die Acht, der Sieben entgegen. Mein sommerlicher Anzug passte, genau wie meine Schuhe, eigentlich nicht zu Matschwetter und Schneeregen, aber er war mein bestes Stück. Ich rückte die Krawatte zurecht und trat einen Schritt zurück. Der Messingpfeil über der Fahrstuhltür näherte sich der Drei.

Nicht übel, was mir da entgegenblickte. Die Fahrstuhltür öffnete sich, und mein Spiegelbild verschwand. Stattdessen erschien ein Knabe in Livree, der zwei Fahrgäste entließ, bevor er mich hereinbat. Im letzten Stockwerk öffneten sich die Türen, der Liftboy ging einen Schritt zur Seite, und ich betrat die Etage der Mächtigen.

Die kühle Schönheit hinter dem Empfangstisch musterte mich mit betont auffälligem Desinteresse, bevor sie mich zu einer etwas entfernt stehenden ledernen Sitzgarnitur bat und mich dann anmeldete. Ich sank tief in das genarbte Leder ein, schloss die Augen und lauschte den hohen Absätzen, die sich klackend entfernten. Ein anmaßendes, reiches Geräusch, das schon bald von dicken Teppichen verschluckt wurde. Das Klopfen an die hohe schwere Holztür drang von weitem zu mir herüber, bevor die Frau dahinter verschwand, um kurze Zeit später wieder im Empfangsbereich aufzutauchen.

»Die Herren lassen bitten.« Mit einer vornehmen Geste und einem nicht ganz so vornehmen Augenaufschlag deutete sie auf die geöffnete Tür.

»Danke … Lady«, raunte ich ihr im Vorbeigehen zu, gerade so laut, dass es außer ihr niemand hören konnte. Ihre dunkelrot geschminkten Lippen öffneten sich, aber ihr fehlte die Art Schlagfertigkeit, die man für eine schnelle Reaktion braucht. Und die ich bei Frauen so liebte.

Ich erwartete, hinter dem riesigen Mahagonischreibtisch einen Zigarre rauchenden wohlbeleibten Herrn mit goldener Uhrkette über der Weste vorzufinden, doch ich wurde enttäuscht. Ein kleiner dünner Mann, der eine Zigarette in den überfüllten Aschenbecher drückte, erhob sich und kam um den Tisch herum auf mich zu.

»Mr. Hamlet, guten Tag, ich bin Wilbur Smithon, Direktor

der Transatlantischen Telegrafengesellschaft ...« Sein Händedruck war entgegen meiner Erwartung recht kräftig. »... und das ist Mr. Loy, unser Sicherheitschef.« Er stellte den eleganten Herrn vor, der sich aus einem der beiden Ledersessel erhob, die vor dem Schreibtisch standen.

»Wir kennen uns bereits.« Während ich Loy noch die Hand schüttelte, sprach Smithon weiter.

»Richtig, wir haben ja vor einiger Zeit schon einmal Ihre Dienste über die Pinkerton-Agentur in Anspruch genommen. Deshalb wenden wir uns auch in dieser Sache an Sie.«

Ich war überrascht. Warum wandte sich ein so renommiertes Unternehmen wie die Trans-Tele nicht auf dem üblichen Weg an eine Agentur wie Pinkerton? So spektakulär war der Fall, den ich damals übernommen hatte, nun auch nicht gewesen, dass nur ich für einen neuen Auftrag in Frage kam. Bevor ich mich weiteren Spekulationen hingeben konnte, fuhr Smithon mit seinen Ausführungen fort.

»Es ist eine delikate Angelegenheit ... und natürlich streng geheim.« Smithons Feuerzeug flammte auf, und er zog hastig an seiner Zigarette. Seine etwas geröteten Augen verschwanden ganz kurz hinter einem Rauchschleier. Als ich ihn wieder besser sah, fiel mir seine ungesunde Gesichtsfarbe auf, und die Ringe unter seinen Augen deuteten auf schlaflose Nächte hin. Entweder verbrachte er diese mit einer anstrengenden Frau, oder der Fall, mit dem er mich betrauen wollte, ging mit ihm ins Bett.

»Mr. Loy war aus diesem Grund auch dafür, Sie direkt zu kontaktieren, damit diese Angelegenheit nicht unnötig ... publik wird.« Er nickte seinem Sicherheitschef zu. »Loy, ich darf Sie bitten!«

»Selbstverständlich, Herr Direktor.« Loy wandte sich mir

zu. Er war das ganze Gegenteil von Smithon: ruhig, nüchtern und geschäftsmäßig distanziert. Er bot keinerlei Angriffsfläche. Mit wenigen klaren Worten setzte er mich ins Bild. »Es geht um unsere Tochtergesellschaft, die American Telephone and Telegraph Company. Sie hat ihren Sitz auf der Azoren-Insel Fayal mit dem Schwerpunkt Forschung. Die ATTC steht kurz vor einem revolutionären Durchbruch: ein Fernschreibsystem für private Teilnehmer. Gestern erreichte uns ein Kabel aus Fayal – der entscheidende Teil unseres Prototyps ist verschwunden.«

Ich stieß einen leisen Pfiff aus. »Das ist allerdings brisant. Haben Sie einen Verdacht?«

»Nun, auf der Insel gibt es noch einige andere internationale Telegrafen- und Telefongesellschaften. Italiener, Deutsche, Engländer ... Deren Interesse an unserer Forschung liegt klar auf der Hand.«

Also kein konkreter Verdacht, aber jede Menge Möglichkeiten. Hinter dem Schreibtisch räusperte sich Smithon, während er seine halb gerauchte Zigarette ausdrückte.

»Danke, Loy«, nickte er seinem Sicherheitschef zu und sprach mich erneut an. »Wir können mit ziemlicher Sicherheit davon ausgehen, dass sich der Prototyp noch auf der Insel befindet und auch dort den Besitzer wechseln wird. Deshalb möchten wir, dass Sie nach Fayal fliegen. Bringen Sie uns den Prototyp zurück, bevor die Konkurrenz das System entschlüsselt hat.« Er zündete sich die nächste Murat an. »Sie sprechen nicht zufällig Portugiesisch?« Die Frage klang resigniert und keinesfalls so, als würde er darauf eine positive Antwort erwarten.

»Doch ... ja, ich spreche Portugiesisch.« Zum Glück konnte ich lügen, ohne dabei rot zu werden. Nun, ganz gelogen war es nicht. In jugendlichem Alter hatte ich die Muttersprache des Menschen lernen wollen, der zwar für meine Existenz verantwortlich war, sich jedoch nach meiner Geburt einen Teufel darum geschert hatte. Portugal, seine Eroberer und Kolonien waren mir damals eine innere Insel geworden, auf die ich mich zurückziehen konnte, wenn mir das Leben in den schmuddeligen Straßen von Brooklyn zu anstrengend wurde. Dass von meinen damaligen Sprachstudien nur noch kümmerliche Fragmente übrig geblieben waren, würde ich Smithon nicht auf die Nase binden.

»Gut. Sehr gut.« Smithon klang, als wäre mit meinen Sprachkenntnissen der Fall schon halb gelöst. Ich war sein Strohhalm und er meiner. »Können Sie gleich morgen Abend aufbrechen?« Erwartungsvoll blickte er mich an.

»Nun, bevor ich ans Kofferpacken denke, wäre noch die Frage meines Honorars zu klären …« Ich wusste zwar von früher, dass die Transatlantische Telegrafengesellschaft großzügig war, aber Gelddinge klärte man besser vorab.

»Selbstverständlich. Wir sind bereit, zusätzlich zu Ihrem üblichen Satz noch fünfzig Prozent Erfolgsprämie zu zahlen.«

Ich nickte langsam, bemüht, mir meine freudige Überraschung nicht allzu sehr anmerken zu lassen. »Hundert pro Tag plus Spesen.«

Loy grinste unangenehm, sah jedoch zur Seite, als ich seinem Blick begegnete.

Erleichtert zog Smithon an seiner Zigarette. »Geht in Ordnung, Hamlet.«

Ich stand auf. Auch Smithon und Loy erhoben sich.

»Übrigens, unser Mann vor Ort, Generaldirektor P. H. Dabney, wird Sie selbstverständlich bei Ihren Ermittlungen unterstützen und Ihnen vor allem die bürokratischen Wege ebnen. Er ist ein einflussreicher Mann.«

Das war zwar gut gemeint, aber ich beschloss insgeheim, so zu arbeiten wie immer – allein und ohne Hilfe von Dritten. Damit machte ich gewöhnlich die besseren Erfahrungen.

Kapitel 2

Ich schlug den Kragen hoch, versenkte die Hände in den Taschen meines Mantels und machte mich mit langen Schritten auf den Weg. Die Straßen, durch die ich ging, wirkten plötzlich so geschäftig, als hätte ein neuer Wirtschaftsboom eingesetzt. Es war inzwischen dunkel geworden und noch um einige Grad kälter. Vermummte Menschen hasteten an mir vorbei. Jeder ein Einzelkämpfer auf dem Weg Gott weiß wohin. Nasskalte Dunkelheit verschluckte die Gestalten, die sich in Hauseingänge drückten, um dem schneidenden Wind zu entgehen. Die Bettler, die mit angezogenen Knien auf dem kalten Pflaster saßen und vor sich hin starrten, waren nur noch stumme Schatten, ohne erkennbare menschliche Form.

Ich war froh, als ich endlich bei Smitty ankam, und ging schnell die acht Stufen hinunter. Ich war der erste Gast an diesem Abend. Noch war es kühl in dem niedrigen Kellergewölbe. Es roch nach kaltem Rauch. Das würde sich schnell ändern, wenn die Bar, wie jeden Abend, von Smittys Stammkundschaft erobert würde. Wenn, in aller Heimlichkeit natürlich, Gin und Scotch flossen und das steigende Stimmungsbarometer auch die Temperaturen klettern ließ.

»'n Abend, Nick. Wie immer?«

Ich nickte und sah zu, wie Smitty seine beste Kreation, den Corky-Lime mixte. Er goss Orangen- und Limettensaft zusammen mit einem Schuss Grenadine-Sirup in den silbernen Shaker und schüttelte das Ganze mit einem Löffel zerstoßenem Eis zu einem Cocktail.

»Ein Strohhalm oder zwei?« Smitty blickte mich fragend an.

»Zwei – zur Feier des Tages.«

Er nahm die kleine Gießkanne, die zwischen seiner Kakteensammlung auf dem schmalen Sims vor dem Kellerfenster stand. Aus der zierlichen Tülle goss er eine hellgelbe Flüssigkeit in zwei dicke Trinkhalme, die am unteren Ende mit einem Zuckerpfropfen verschlossen waren. »Wozu darf ich dir denn gratulieren?«

»Zu einem neuen Job.« Ich nahm mein Glas entgegen und rührte mit den beiden Strohhalmen darin herum. Von der anderen Seite des Raumes drangen leise Klaviertöne an mein Ohr. Der Pianist, der kurz nach mir eingetroffen war, saß im Mantel, mit hochgeschlagenem Kragen vor den Tasten. Er spielte die ersten Töne eines Blues rauf und runter, um die von der Kälte steifen Gelenke aufzuwärmen.

Smitty begann, Gläser abzutrocknen. »Was Größeres?«

»Hm-m. So ziemlich der größte Auftrag, den ich je an Land gezogen habe.« Smitty hielt kurz mit dem Abtrocknen inne und schaute mich interessiert an, ohne jedoch eine einzige Frage zu stellen. Die Diskretion in Person. Neugieriges Aushorchen oder unerwünschte Kommentare waren für ihn undenkbar. Diese Tugend würde ihm sicher ein langes Leben bescheren.

»Wenn ich diesen Fall gelöst habe, wird sich mein berufliches Dasein in anderen Dimensionen abspielen als bisher. Genau so einen Auftrag habe ich gebraucht.«

»Du hast es verdient, Nick. Sid wäre stolz auf dich.«

Sid. Ein Kloß bildete sich in meinem Hals.

»Hey, Smitty«, rief es vom Klavier herüber. »Wie findest du das? Soll ich's in mein Repertoire aufnehmen? Hör mal!«

Der Pianist begann zu spielen. *What did I do to be so black and blue?* Wie passend!

Ich sog versuchsweise an einem Strohhalm, um den Kloß

wegzuspülen, doch der Zuckerpfropfen hatte sich noch nicht aufgelöst.

Junge, hatte Sid immer gesagt, *in dir steckt ein ganz Großer. Musst ihn nur rauslassen.* Er musste es wissen, denn schließlich hatte ich es ihm zu verdanken, dass ich in diesem Job endlich gefunden hatte, was ich immer gesucht hatte: Abenteuer, Abwechslung, und denken durfte ich auch. Ich war gleichzeitig Polizist, Beichtvater, Schauspieler und bei Bedarf auch Scotch-Tester und Gigolo. Es war wie Schachspielen im Urwald, und der Urwald hieß New York.

Sid hatte mir viel mit auf den Weg gegeben. Wir waren ein Spitzenteam gewesen. Und dann war's vorbei. Von einer Sekunde auf die andere. Unwiederbringlich.

Die Tür flog auf, und ein kalter Luftschwall kündigte die nächsten Gäste an. Zwei Pärchen, die sich einen Tisch in einer Nische suchten. Der Klavierspieler zog den Mantel aus, dehnte seine Finger durch, so dass ich das Knacken bis hierher hörte, und begann zu spielen. Ich testete erneut, ob sich der Zuckerpfropfen aufgelöst hatte. Dieses Mal mit Erfolg. Das altvertraute Brennen stieg mir bis in die Nase, während ich die edle Flüssigkeit in kleinen Schlucken meine Kehle hinabfließen ließ.

Sid war *der* Detektiv schlechthin gewesen. Doch trotz seiner untrüglichen Instinkte hatte er einen großen Fehler gehabt – er hatte Frauen grundsätzlich keine wirklich schlimmen Verbrechen zugetraut. Die Kugel, die ihn am helllichten Tag auf einer belebten Straße niedergestreckt hatte, war von einer rachsüchtigen Frau abgegeben worden. Und ich … Ich atmete tief ein, doch die Luft schien meine Lungen nicht mehr zu erreichen.

»Noch einen, Smitty.«

Smitty wirbelte mit einem weißen Tuch durch ein frisch gespültes Glas. Er schaute mich nur kurz an und mixte mir dann einen weiteren Drink. Er stellte das Glas vor mich hin, ohne sich jedoch gleich wieder seiner Arbeit zuzuwenden.

»Er könnte noch leben, verstehst du! Er könnte noch leben, wenn ich nicht … Ich hätte ihm wenigstens sagen müssen, dass ich seit der Sache mit Mikey …«

Smitty schüttelte den Kopf. Was sollte er auch anderes tun. An seiner Theke endeten viele Geschichten. Und in dieser war ich der Einzige, der die ganze Wahrheit kannte.

Dann kam die Wut. Wieder einmal. Wut, die mich immer wieder auf die Beine gebracht hatte, die mich vor dem Untergang gerettet hatte. Wut auf alles und jeden. Angefangen mit Sids früherem Partner, diesem schmierigen Schnüffler. Ich sehe noch heute das Grinsen und höre den überheblichen Ton in der Stimme dieses unrasierten Geiergesichtes: »Pech für Sid. Naiv das Ganze. 'nem wirklich guten Detektiv passiert so was einfach nich. Und wenn dann noch der Partner, auf den man sich blind verlässt, nich fähig is, mit 'ner Waffe …« Ihm seinen abgekauten Zahnstocher aus dem Mund zu schlagen und den Kinnhaken zu platzieren, war eins gewesen. Ich war mindestens so überrascht wie er, als er da vor mir auf dem Boden lag. Er war so perplex, dass ausgerechnet ich die Beherrschung verloren hatte, dass er sich gegen den Hagel von Schlägen und Tritten, die meinem Kinnhaken folgten, kaum zur Wehr gesetzt hatte.

Als er aus dem Krankenhaus entlassen wurde, hatte er mit schmerzverzerrtem Gesicht gegrinst. »Kannst deinen letzten Lohn abholen, Hamlet. Aus isses mit der Karriere bei Pinkerton.« Ich hatte bereits gekündigt, ehe mir jemand zuvorkommen konnte. Ich baute mich vor meinem ehemaligen »Kollegen« auf und musterte ihn mitleidig. »Meinen letzten Lohn, Geier, den habe ich Reverend Daugherty vermacht. Ich arbeite nur, wenn mir mal langweilig ist.« Zur Unterstützung meiner Hochstapelei warf ich ihm meinen letzten Dollar zu. Trotz seiner gebrochenen Rippen kroch er auf dem schmutzigen Boden herum, um ihn aufzuheben. Ich empfand eine zweifelhafte Genugtuung, die sich jedoch nur allzu schnell in Ekel verwandelte.

Ein bitteres Lachen entfuhr meiner Kehle. Fremd, so als würde ein anderer lachen. Und ausgerechnet ich hatte heute einen Riesenauftrag an Land gezogen. Ich nahm die Strohhalme aus dem Glas und kippte meinen Drink in einem Zug hinunter. Die anfänglich empfundene Freude war dahin.

Ich drehte mich um und versuchte, meine düsteren Gedanken abzuschütteln. Die Bar war mittlerweile ganz gut besucht. Am Klavier lehnte Billie. Ich hatte sie noch gar nicht bemerkt, so sehr war ich mit meinen Gedanken in der Vergangenheit hängen geblieben. Ihr Kleid aus weinroten Pailletten glitzerte sanft bei jeder Bewegung. Weinrot auf schwarzer Haut. Der Blues legte sich über das allgemeine Stimmengemurmel. *»In my solitude you hug me …«*

Neben mir arbeitete sich eine massige, schwer atmende Gestalt auf den Barhocker hinauf.

Mit einem Blick auf seinen neuen Gast füllte Smitty erneut den Shaker und schwang ihn unter leichten Drehungen auf und ab.

»Hey, Nick, wie geht's denn immer so?« Das Atmen neben mir wurde zu einem Pfeifen, das sich mit Billies Stimme mischte.

»… in my solitude you talk to me …«

Ich war froh über die Ablenkung und grüßte mit dem erhobenen Glas.

»Na, Joe, lange nicht gesehen. Wie laufen die Geschäfte?«

»Für mich auch 'nen Corky-Lime«, röchelte Joe Morelli über die Theke, »mit zwei Strohhalmen.« Sein Grinsen präsentierte die unverkennbare Lücke zwischen seinen Schneidezähnen.

Joe Morelli hatte den Spitznamen »Der Macher« – nicht etwa, weil er tatsächlich eine große Nummer gewesen wäre; für ihn war einfach nur alles machbar. Was auch immer schwer zu bekommen war, von der vertraulichen Information bis zum kubanischen Rum, Morelli fand einen Weg und machte das Unmögliche möglich. In Zeiten der Prohibition eine wahre Wohltat für alle, die es sich aus beruflichen Gründen nicht leisten konnten, auf dem Trockenen zu sitzen. Sein guter Geschäftssinn kam jedoch durch sein weiches Herz nie richtig zur Geltung. »Un cuore come una casa«, pflegten seine Landsleute ihn mit wenigen Worten treffend zu beschreiben. Vielleicht tingelte er ja deshalb noch immer zwischen Smittys Bar und Bettys Motel hin und her, statt sich potentere Kunden im Plaza oder bei Lobsters zu suchen. Nach meinem furiosen Abgang bei Pinkerton hatte er mir gratuliert: »Gut gemacht! Sind doch keine Leute für dich, Nick. Wenn du willst, ich besorg dir 'nen neuen Job.« Damals hatte er keinen blassen Schimmer, was in mir vorging. Wie sollte er auch.

»... I sit in my chair, filled with dispair ...« Billie sang mir mal wieder aus dem Herzen. Ich würde ihr später in der Pause einen »Blue Night« spendieren.

Damals hatte ich mir vorgenommen, weiterhin als Privatdetektiv zu arbeiten, allerdings auf eigene Rechnung, und hatte Morellis gut gemeintes Angebot abgelehnt. Wie schwer das in den Zeiten der Depression werden würde, war mir zu diesem Zeitpunkt noch nicht klar gewesen. Seitdem waren fast zwei Jahre vergangen, und eine Menge Leute waren aus Verzweiflung von der Brooklyn-Bridge gesprungen. Aber ich hatte nicht einen Tag mit dem Gedanken gespielt, mich wieder bei einer großen Agentur zu bewerben. Das Warten hatte sich gelohnt. Mit dem Auftrag der Transatlantischen Telegrafengesellschaft war meine Stunde gekommen.

Das Schlürfen neben mir riss mich aus meinen Gedanken. Joe hatte seinen Corky-Lime zusammen mit dem hochprozentigen Inhalt der beiden Strohhalme genüsslich inhaliert. »Na, Nick«, pfiff es leicht feucht in mein linkes Ohr, »wie läuft's denn immer so? Schon lange keine Bestellung mehr von dir gehabt – bist wohl wunschlos glücklich?«

»... in my solitude you talk to me,
with memories that never die ...«

Joe gluckste und lachte so, dass sein Barhocker beängstigend ins Schwanken geriet. Es gab mir allerdings zu denken, dass die Vorstellung, ich sei wunschlos glücklich, jemanden derart erheitern konnte. Und trotzdem liebte ich ihn heute für seine schnoddrige Art.

»Hm-m. Da hast du heute voll ins Schwarze getroffen. Es gäbe da schon etwas.«

Joes Augen glänzten, während er auf dem Barhocker so lange herumrutschte, bis er mir endlich richtig gegenübersaß.

»Du weißt ja, für Morelli is nix unmöglich«, grinste er.

»Eilt allerdings. Ich hab 'nen Auftrag und muss schon morgen weg ...«

»Hey, Mensch, Nick, herzlichen Glückwunsch!« Morelli

schlug mir mehrmals seine kräftige Hand auf die Schulter. Noch nie war ich jemandem begegnet, der sich so begeistert mit anderen mit freuen konnte wie Morelli. Zu seinem Schulterschlag gesellte sich das Klatschen vieler Hände. Billie hatte ihr Lied beendet und genoss sichtlich ihren Applaus.

Ich rieb mir die Schulter. »Ich brauche ein paar Hintergrundinformationen: erst mal über die Azoren-Insel Fayal ganz allgemein und dann …«

»Moment, Moment!« Joe zog einen angekauten Bleistift und einen kleinen Schreibblock mit Eselsohren aus der Tasche seines Jacketts. »So …« Er blätterte noch geraume Zeit, bis er eine freie Seite gefunden hatte. »Welche Informationen brauchst du?«

Ich zählte auf: »Azoren-Insel Fayal; Telekommunikationszentren auf der Insel – aus welchen Ländern kommen sie und so weiter; Familie Dabney, vor allem der jetzige Generaldirektor der Transatlantischen Telegrafengesellschaft …«

»Nich so schnell, Nick! Meine Sekretärin musst ich entlassen, und ich kann nich stenografieren … also … Dabney … Te-le-gra-fen-ge-sell-schaft. Ja, weiter.«

»Hmm, wenn möglich noch eine kurze Kriminalitätsstatistik des letzten Jahres.«

Morelli stöhnte auf.

»Ich weiß, Joe, keine leichte Sache. Hoffe, du kriegst das so schnell hin. Und … da wäre noch was …«

»Na, das denk ich mir fast.« Er blickte mich erwartungsvoll und irgendwie altklug an.

»Meinst du, du könntest mir schnell noch einen Lederkoffer besorgen?«

Er schaute mich unverwandt an und senkte dann den Blick.

Bedächtig trommelte er mit den Fingern seiner Rechten auf die Theke. Was hatte er wohl jetzt noch auf Lager?

»Weißt du, Nick, ich will ja nich … also, so'n Koffer, das is überhaupt kein Problem, überhaupt nich …«

»Gut. Dann war's das. Mehr brauche ich nicht.«

»Bist du sicher? Also … ich könnt dir auch noch was anderes besorgen …«

»Na, komm schon, Joe, spuck's aus. Worum geht's?«

Joe beugte sich zu mir herüber und flüsterte fast: »'ne Knarre, Nick. Du brauchst 'ne Knarre!«

Ich hätte es mir ja fast denken können. Seit der Sache mit Sid hatte ich keine Waffe mehr getragen. Ich hatte sie damals weggeschlossen und nie mehr angerührt. Was nützt eine Waffe, wenn man es nicht schafft, im richtigen Moment abzudrücken. Abdrücken, verletzen, töten. Das musste man draufhaben. Ich hatte es aber nicht drauf. Das Bild von Mikey und der Blutlache, die langsam um ihn herum wuchs, drängte nach vorne. Ich versuchte, die Erinnerung abzuschütteln.

Morelli nahm besorgt meinen Arm. »Hey, Nick, alles klar?«

»Geht schon, Joe.«

Morelli war nur einer meiner Freunde, die von Zeit zu Zeit versuchten, mich eines Besseren zu belehren. Vielleicht sollte ich doch … Nein, ich schüttelte den Kopf.

»Vergiss es, Joe!«

»Aber Nick, hör mal …«

»Nein, tu ich nicht! Das Thema ist durch. Ein für alle Mal.«

Joe hob beschwichtigend die Hände. »Okay, okay, geht klar, Nick. Aber ich sag dir, da machst du 'nen Fehler.«

»Den Fehler, von dem du sprichst, den habe ich schon vor langer Zeit gemacht.«

Schweigend blickte Joe mich eine ganze Weile an. »Morgen

hast du deinen Lederkoffer. Hey Smitty, noch mal zwei Corkies. Nick und ich müssen was feiern.«

Ich war erleichtert, dass er das Thema wechselte. Die Drinks waren rasch gemixt und fast genauso schnell getrunken. Joe und ich sprachen nur noch über belanglose Dinge. Obwohl es ihm sicher nicht leichtfiel, wagte er keinen zweiten Versuch, mir eine Waffe anzudrehen.

Die Bar war mittlerweile fast so gut besucht wie die Jobvermittlung. Die Luft roch nach Zigarettenrauch und Alkohol. Das gekonnte Spiel des Pianisten war zur Hintergrundmusik geworden. Zeit für mich zu gehen. Morgen war mein Tag.

»Vergiss meinen Koffer nicht, Morelli.« Ich grüßte Smitty und warf Billie, die neben dem Klavier den nächsten Song zum Besten gab, eine Kusshand zu. Unter den Klängen von *I'll get by* machte ich mich auf den Weg.

Der kalte Messingtürgriff ließ sich nur schwer drehen. Draußen erwartete mich die feuchtkalte New Yorker Nacht. Es schien mir wie November, nicht wie März. Mich fröstelte. Ich zog den Hut tiefer in die Stirn und schlug den Mantelkragen hoch. Ein schöner Gedanke, dieser Kälte für zwei Wochen entfliehen zu können. Meine Schritte hallten auf dem schwarz glänzenden Asphalt, und wie ein Echo setzte sich das leisere Geräusch anderer Schritte dazwischen. Ich dachte an die Knarre, die Morelli mir hatte verkaufen wollen. Als ich die Hände tief in die Manteltaschen grub, ertastete ich das Zigarettenpäckchen. Ich blieb stehen, nahm die letzte Murat heraus und suchte nach meinem Feuerzeug. Neben mir kamen die Echo-Schritte zum Stehen. Meine Hand griff das Feuerzeug. Noch bevor ich es herausholen konnte, flammte ein Streichholz auf. Zum Schutz vor dem Wind legte ich meine Hände um die blasse behaarte Hand, die das Streichholz hielt, und zündete meine Zigarette mit einem tiefen Zug an. Das kurz erleuchtete Gesicht des Mannes verschwand mit dem Erlöschen der Flamme wieder im Schatten seiner Hutkrempe, als ich mich bedankte und weiterging. Nein, ich würde nie wieder eine Waffe tragen.

Schmerz

Die junge Frau war ganz in Schwarz gekleidet. Ein dünnes Spitzentuch verbarg nicht nur ihr Haar, sondern auch den größten Teil ihres Gesichtes, so tief hatte sie es heruntergezogen. Sie stand im Halbdunkel des kühlen, hohen Flurs. Eine zusammengesunkene Figur auf einem steinernen Schachbrett. Die Kälte der Fliesen kroch langsam durch ihre dünnen Schuhsohlen. Doch sie spürte nichts.

Auch als sich eine Tür öffnete und diffuses Licht in den Flur drang, stand sie weiterhin unbeweglich in der Mitte. Starr und leblos schien sie förmlich aus den Fliesen herauszuwachsen. Ein Mann, der im Gegenlicht der geöffneten Tür wie ein übermächtiger schwarzer Schatten wirkte, kam langsam auf sie zu. Er zögerte kurz und legte dann seinen Arm um ihre Schultern. Widerstandslos ließ sie sich von ihm in den Raum führen, aus dem er gekommen war.

»Maria.« Er berührte sacht ihren Arm. Plötzlich begann sie zu zittern, ein Schluchzen erschütterte ihren Körper. Es war, als hätte der Klang seiner Stimme sie von weit her zurückgeholt. Er führte sie behutsam zu einem der hohen Lehnstühle, die um den Tisch in der Mitte des Raumes standen. Sie setzte sich auf die Stuhlkante und weinte. Ihre Hände wischten unablässig über ihre Augen und ihre heiße Stirn. Schweigend und aufrecht wartete er, bis das Weinen abebbte und schließlich ganz aufhörte. Als sie ihr Gesicht hob, sah sie ihren eigenen Schmerz in seinen Augen. Und noch etwas anderes. Furcht, einen Abgrund. Dennoch setzte er sich ihr gegenüber, ohne ihrem Blick auszuweichen. Zögernd, fast linkisch legte er seine

Hände über ihre Finger. Kinderfinger, trotz ihrer einundzwanzig Jahre, fiebrig und nass geweint.

»Maria, du bist stark.« Er sprach langsam, betonte dabei jedes Wort.

Erneut füllten sich ihre Augen mit Tränen. Sie schüttelte heftig den Kopf und wollte aufstehen. Der alte Mann drückte ihre Hände und hielt sie mit sanfter Gewalt zurück.

»Er wollte immer, dass du stark wirst.« Sie konnte sich seinem Blick und seinen Worten nicht entziehen. Ein winziger Hauch der Stärke, die darin lag, übertrug sich auch auf sie. Sie wollte das nicht, sie wollte weinen, schreien, irgendetwas zerreißen … sie wollte aufwachen aus diesem Albtraum. Doch seine Gegenwart gab ihr ein Stück Boden unter den Füßen zurück. Der Wirbel in ihrem Inneren wurde langsamer, kam zur Ruhe.

»Geh nach Hause und schlafe. Ich werde alles regeln. Morgen komme ich und sehe nach dir.«

Sie erhob sich langsam. Der alte Mann nahm neben seinem Stuhl Aufstellung. Er wirkte wie ein General in Zivil, der Stärke und Selbstdisziplin ausstrahlte. Wie immer. Und doch schien es ihr, als wäre es diesmal nicht echt, nicht er. Sie sollte ihm danken, brachte jedoch kein Wort hervor. Ohne sich noch einmal umzuwenden, verließ sie den Raum.

Kapitel 3

Das monotone Dröhnen der Propeller wirkte einschläfernd auf mich, obwohl ich mir vorgenommen hatte, von diesem Flug nicht eine Minute zu verschlafen. Dass alle anderen Passagiere bereits in ihren Kojen träumten und schnarchten, machte es nicht leichter für mich. Gähnen und Schlafen sind ja bekanntlich ansteckend. Außer mir wachte nur noch der nervöse Herr, der mir gegenübersaß.

Allein der Flug war den Auftrag schon wert. Ich hatte die Ehre, am Jungfernflug eines Sleeper-Planes teilzunehmen, und war aufgeregt wie ein Junge, der versehentlich über Nacht bei »Candyman & Sons« eingeschlossen war. Das Flugzeug war mit allem nur erdenklichen Komfort ausgestattet: Sitz- und Schlafplätze für zwölf Personen, größer und bequemer als in der Eisenbahn; für allen Luxus war gesorgt – Kleidernetze und -aufhänger, Stauraum für das Reisegepäck, individuell einstellbare Ventilation, Zeitschriftentaschen und Aschenbecher an jedem Sitz. Aber das Beste war ein Klingelknopf in Kopfhöhe, der nicht etwa einen brummigen Bordstewart herbeirief, sondern eine Traumfrau, die umgehend nach den Wünschen der Passagiere fragte. Bisher hatte ich der Versuchung widerstanden, aufs Knöpfchen zu drücken, aber ich hatte plötzlich das Gefühl, dass mir ein Kaffee verdammt gut tun würde. Wer so reiste, hatte eine Suppenküche sicher noch nicht mal von weitem gesehen. Erstaunlich, dass es Leute gab, die sich das heute noch leisten konnten. Ich lehnte mich zurück und streckte die Beine aus. In solchen Momenten liebte ich meinen Job. Dies war mein erster Flug überhaupt, aber irgendwie spürte ich, dass noch viele weitere folgen würden.

Langsam merkte ich, dass meine Kraftreserven auf den Nullpunkt zuliefen, denn auch die Nacht davor war durch Billies späte Gesellschaft und das frühe Auftauchen Morellis gnadenlos verkürzt worden.

Ich hatte nicht schlecht gestaunt, als ich zu unchristlich früher Stunde schlaftrunken die Tür öffnete und in das grinsende Gesicht von Joe Morelli blickte. Er hatte Sturm geklingelt und war schnurstracks an mir vorbeigegangen, in mein Wohnzimmer, wo er einen dunkelbraunen Lederkoffer in die Mitte des Raumes stellte.

»Na, was sagst du?«, fragte er stolz mit einer gewichtigen Handbewegung in Richtung des Koffers.

»Erst mal guten Morgen«, erwiderte ich gähnend.

Joe strahlte über das ganze Gesicht, bückte sich schwer atmend und ließ nacheinander die beiden Schlösser des Koffers aufschnappen. Als er den Deckel hochklappte, sah ich auf dem Boden des ansonsten leeren Koffers einen dünnen Stapel zusammengehefteter Blätter liegen. Und ein paar nagelneue Schuhe. Meinen fragenden Blick quittierte Joe mit einem Achselzucken.

»Die waren im Preis mit drin. Ist doch deine Größe, oder?«

Morelli war unbezahlbar. Ich hatte mit beiden Händen mein unrasiertes Gesicht gerieben und beschlossen, diese kurze Nacht mit zwei, drei Tassen starken Kaffees endgültig zu verabschieden. Die Aufzeichnungen würde ich in Ruhe während des Fluges lesen. Während ich den Duft des Kaffees einatmete, nahm ich eine angenehme Frauenstimme neben meinem linken Ohr wahr. Billie war das nicht …

»… einen Drink, oder haben Sie einen anderen Wunsch?«

Jetzt war ich doch eingenickt! Ich sah in zwei hellgrüne Augen mit unglaublich langen wie Halbmonde geschwungenen Wimpern. Schnell setzte ich mich auf.

»Ich, danke, … gerne. Ein Kaffee wäre jetzt genau das Richtige!« Sie lächelte, und ich blieb an ihren grünen Augen hängen. Die Maschine sackte plötzlich ab, fing sich jedoch gleich wieder.

Der Herr mir gegenüber hielt die Augen krampfhaft geschlossen und krallte seine Hände in die Armlehnen des Sitzes, als die Maschine in ein schier unerträgliches Schlingern geriet, das nicht mehr aufhören wollte. Besorgte Köpfe mit Lockenwicklern, Haarnetzen oder wirren Locken tauchten aus den Schlafkojen auf. Die Halbmondfrau kam mit aufmunterndem Nicken den Gang entlang, in den Händen ein Tablett mit frischem Kaffee, Sahne, Zucker.

»Keine Sorge. Ich weiß, dass die Turbulenzen bald vorüber sein werden.« Sie sagte das mit absoluter Sicherheit und servierte lächelnd meinen Kaffee.

Ich lehnte mich verschwörerisch zu ihr. »Kristallkugel oder Karten?«

Ihre schlagfertige Antwort ließ nicht lange auf sich warten. Sie beugte sich so nah zu mir heran, dass ihr Atem mein rechtes Ohr streichelte, und flüsterte: »Zauberstab.«

In meinem Nacken kribbelte es angenehm. »Was können Sie denn noch so alles – mit Ihrem Zauberstab?«

Ein Rattern ging durch das Flugzeug. Mein Sitznachbar stöhnte auf.

»Geht es Ihnen nicht gut?« Sie beugte sich zu ihm hinab.

Er sah bleich aus. »Wie um alles in der Welt kann es einem hier gut gehen!«

»Kann ich Ihnen irgendetwas bringen? Einen Kaffee, einen Cognac?«

»Nein, nein. Mein Magen …«, fügte er erklärend hinzu.

Ich konnte ihn verstehen, denn trotz zauberkundigem Flugpersonal war auch mir etwas mulmig zumute. Morellis Aufzeichnungen würden mich vielleicht die Luftlöcher und Schwankungen vergessen lassen. Ich nahm also die etwas angeschmuddelten Papiere zur Hand, lehnte mich zurück und begann zu lesen. Wie immer erstaunte mich auch dieses Mal Morellis schöne Handschrift. Ordentliche Buchstaben, sauber nebeneinandergesetzt. Es hatte fast etwas Buchhalterisches. Nach einem ersten Blick auf sein eher nachlässiges Äußeres würde man ihm das nie und nimmer zutrauen. Wer aber schon einmal mit ihm gearbeitet hatte, wusste, wie zuverlässig und gewissenhaft er war. Und schnell. Im Beschaffen dringlicher Informationen hielt er den Rekord. Am Anfang meiner Detektivlaufbahn hatte ich es öfter mal über Bekannte bei der Polizei versucht. Die waren entweder zu langsam oder zu pingelig, wenn es darum ging, Einblick in irgendwelche Akten zu gewähren. Bei Morelli wurde ich prompt und sehr detailliert informiert. Die Quellen all seines Wissens lagen in tiefem Dunkel verborgen. War vielleicht auch besser so.

Ich schlug die erste Seite auf und las: *Hey Nick, habe für dich eine Nachtschicht eingelegt. In bocca al lupo. J. M.* Nach diesem persönlichen Gruß kam die erste der von mir gewünschten Informationen.

Fayal – eine von den neun Inseln, die die Azoren bilden; Lage: 38°32′N, 28°38′W; vulkanischen Ursprungs; ca. 7.000 Einwohner; Hauptstadt ist Horta; bis 1890 ausschließlich Walfängerinsel; es gibt dort eine riesige Walfabrik, die jedoch an Bedeutung verloren hat und nicht mehr im großen Stil genutzt wird; die Insel gewann nach dem Weltkrieg große Bedeutung bei Transatlantik-

Flügen – mehrmals wöchentlich Zwischenlandung von Flugbooten und Wasserflugzeugen; seit 1890 Sitz amerikanischer und europäischer Telegrafengesellschaften; (womit wir schon beim nächsten Thema wären – das wird dich interessieren!) Treffpunkt internationaler Kreise, vor allem vor und während des Weltkrieges; Standardtreff von Agenten, Kurieren, sogenannten Geschäftsleuten, Politikern, oder solchen, die sich dafür halten, und ähnlichem Spionage-Gesocks. (Hey, Nick, du weißt, was ich meine … Pass bloß auf, die gehen über Leichen!)

Klarer Fall. Die Insel lag strategisch günstig und war noch dazu mit modernster Übermittlungstechnik aus verschiedenen Ländern geradezu überfrachtet. Wie hieß es doch so schön: das Ohr am Nachrichtenfluss. Da war der Boden fruchtbar für alle möglichen Geschäfte – mit Informationen genauso wie mit neuen Erfindungen, wie etwa einem Telegrafensystem für private Nutzer. Ich las weiter.

Die erste Kabelgesellschaft wurde 1893 von den Engländern gegründet, die aber nicht mehr an erster Stelle stehen; die meisten Mitarbeiter hat heute die Deutsch-Atlantische Telegrafengesellschaft (gegründet 1900), noch vor unserer Transatlantischen Telegrafengesellschaft; die Italcable (gegründet 1922) legt sich mächtig ins Zeug und wird bald unseren Stand erreicht haben; Spannungen zwischen Einheimischen und Ausländern (Hey Nick, wenn's auf der Insel hübsche Mädchen gibt, kann ich mir schon denken, warum … also, halt dich zurück …); unsere Trans-Tele beschäftigt hauptsächlich Kanadier, Neufundländer, Iren und Schotten, die in der Regel nur Jahresverträge bekommen (sind meistens junge Männer, die sich, bevor sie eine Familie gründen, noch mal ausleben wollen … ist doch bei dir auch so, oder??);

lediglich die leitenden Ingenieure kommen mit Kind und Kegel; wohnen zum Teil sehr luxuriös in Kabelkolonien außerhalb des Hauptortes; es gibt vereinzelte Übergriffe auf ausländische Mitarbeiter der Gesellschaften, Diebstähle von Material usw.; in Verbindung hiermit fällt der Name »Irmãos de Horta« – eine Art Verein zur »Pflege alter Traditionen« …

Das war interessant. Auf der Insel fand anscheinend ein Kampf zwischen Tradition und Fortschritt statt. Ich konnte mir gut vorstellen, dass der Diebstahl des Prototyps auf deren Konto ging. Eine gute Gelegenheit, den »feindlichen Ausländern« eins auszuwischen und gleichzeitig durch den Verkauf Geld zu machen.

Ich blätterte weiter und stellte erfreut fest, dass Morelli mir zwei Lichtpausen besorgt hatte – eine Karte der Insel Fayal sowie einen Stadtplan der Hauptstadt Horta. Als Nächstes kam er zu P. H. Dabney.

P. H. Dabney, Generaldirektor der Transatlantischen Telegrafengesellschaft: kommt aus einer alten Familie, die schon seit 1795 auf Fayal ansässig ist; waren alles hohe Tiere, Diplomaten, mit besten Kontakten in politische Kreise, auch zu europäischen Königshäusern; blieben immer unter sich, kein Dabney hat jemals eine Frau von der Insel geheiratet; den Reichtum der Familie haben alle vermehrt, bis auf den letzten Dabney, der jetzt Generaldirektor der TA ist; schwarzes Schaf der Familie; einziger Erfolg in seinem Leben: war mit dreiundzwanzig amerikanischer Vizemeister im Kunst- und Turmspringen; unverheiratet, hoch verschuldet; hat schon zwei der Familienanwesen, »Fredonia« und »Bagatelle«, verkaufen müssen; lebt in der letzten ihm verbliebenen Villa »The Cedars«.

Das nächste Luftloch ließ uns erneut absacken, und selbst mir krampften sich dieses Mal die Eingeweide zusammen. Mein Gegenüber saß nach wie vor stocksteif da, als hätte er ein Brett im Jackett. Sein Gesicht war kreidebleich, die Augen waren geschlossen. Einzig durch die steile Falte zwischen seinen dunklen buschigen Augenbrauen, die je nach Bewegung des Flugzeuges mehr oder weniger stark hervortrat, war zu erkennen, dass er überhaupt noch lebte.

Ich gab unserer hüftschwingenden Betreuerin ein Zeichen.

»Kann ich etwas für Sie tun?« Ihr Lächeln war reizend, aber es zeigte auch eine Spur von Überlegenheit.

»Ein Scotch wär nicht schlecht – fürs Erste ...«

Sie senkte lächelnd den Blick und goss mir kräftig ein. Als ich ihr das Glas abnahm, berührten sich unsere Finger. Langsam zog sie ihre kühle Hand zurück. Und noch langsamer ging sie den schmalen Gang entlang, bis sie hinter dem Vorhang verschwand. Ich schüttelte ein kurz aufwallendes Verlangen ab und wandte mich erneut Morellis Notizen zu.

Thema Kriminalstatistik: Kriminalität gibt's dort kaum; höchstens Kleinkram, mal ein Diebstahl, eine Schlägerei unter Seeleuten oder so was. (Erstaunlich, dass bei den brisanten Geschäften, die dort abgewickelt werden, nicht ab und zu mal ein kleiner Mord passiert ...?!)

Ich nahm einen kräftigen Schluck. Hörte sich alles sehr gut an – fast ein bisschen zu gut. Wieder stieg ein flaues Gefühl in mir hoch. Warum hatten die ausgerechnet mich ausgewählt, um diesen Fall zu lösen? Morellis heiser geflüsterte Worte kamen mir wieder in den Sinn: *Du brauchst 'ne Knarre, Nick.* Vielleicht sollte ich endlich mal aufhören zu unken und mich über so einen Superauftrag freuen. Das ungute Gefühl in der Magengegend kam vom Flug. Basta. Ich leerte mein Glas und nahm mir Joes Notizen erneut vor, um sie ein weiteres Mal zu studieren und darüber nachzudenken, was mich wohl erwartete. Nach dem zweiten Durchlesen beschloss ich, mir bis zur Landung noch eine Ruhepause zu gönnen.

Ich erwachte, als das Flugzeug unsanft auf dem Wasser aufsetzte. Durch das kleine Fenster versuchte ich, einen Blick auf die Insel zu werfen. Viel sah ich nicht. Alles war grün, aber die hügelige Landschaft wirkte trotzdem karg, unbewohnt. Hier war der Hund begraben! Kaum vorzustellen, dass viele Länder auf dieser Insel ihre Telekommunikationszentren hatten, von reger Agententätigkeit gar nicht zu sprechen. Erst beim zweiten Hinsehen nahm ich eine kleine Reihe niedriger Häuser hinter einer langen Kaimauer wahr, die wie ein breiter Balken Wasser und Land voneinander trennte. Ein Dorf, das entlang des Meeres gewachsen war. Weiter hinten hob sich ein weißer Kirchturm deutlich vor dem dunklen Hintergrund ab. Links davon tauchte noch ein Turm auf und rechts plötzlich auch. Na ja, genug Möglichkeiten zum Büßen und Beten gab es offensichtlich. Oberhalb, mit deutlichem Abstand zu den Häusern an der Kaimauer, befanden sich einzelne große Gebäude und modern wirkende Häusergruppen. Ihre Lage und der Baustil hoben sie irgendwie unangenehm hervor. Das waren sicher die Kabelkolonien. Über allem spannte sich ein makellos blauer Himmel. Unter dieser Weite wirkte die alte Ansiedlung klein und schutzlos. Ich schätzte, dass in diesem Ort nicht mehr als zwei- bis zweieinhalbtausend Menschen lebten.

Aus dem Gewirr kleiner und großer Schiffe, die im Hafen lagen, lösten sich zwei Motorboote. Sie hielten immer schneller auf uns zu. Mit wachsender Geschwindigkeit zeichnete die Gischt breite Streifen in das dunkle Wasser. Ein Wettrennen um die amerikanische Kundschaft. Wer zuerst kommt, mahlt zuerst. Unser Flugzeug hoppelte noch eine Weile über die Wellen, die erstaunlich viel Widerstand boten, bevor es endgültig zum Stehen kam.

»Oh, bitte, bitte nach Ihnen.« Der Herr mit dem Brett im Jackett strahlte über das ganze Gesicht, als er mir mit einer überschwänglichen Geste den Vortritt ließ. Außer mir verließen nur noch mein ängstlicher Nachbar und eine ältere Dame das Flugzeug. Alle anderen flogen weiter nach Europa. Leider auch meine schöne Halbmondfrau. Nach einem letzten Blick in ihre grünen Augen stieg ich in eines der wartenden Boote, empfangen von unerwartet warmer Frühlingsluft. Was für ein Unterschied zu New York! Es würde sicher nicht der einzige bleiben.

Die Fahrt an Land war eine kurze schauklige Angelegenheit, und ich war froh, endlich festen Boden unter die Füße zu bekommen.

Schuld

Der alte Mann blieb stehen, als sie sich zum Gehen wandte. Er hielt seine Schultern straff, wie unter einer unsichtbaren Uniform. Sein Gesicht verriet keine Regung.

Erst als sie die Tür hinter sich zugezogen hatte, sank er auf den Stuhl. Er bemühte sich, Würde zu bewahren. Seine Hände ballten sich zu Fäusten, bis die Knöchel weiß hervortraten und er anfing, unkontrolliert zu zittern. Es half nicht. Der Kloß in seinem Hals wuchs, nahm ihm die Luft und trieb Tränen in seine Augen. Sein Hass lag im Widerstreit mit seinem Mitgefühl. Dieser unschuldige Schmerz in ihren Augen. Er verachtete sich für das, was es in ihm ausgelöst hatte. Tief empfundene Schuld griff nach seiner egozentrischen Selbstsicherheit und öffnete einen unbekannten Abgrund. Warum hatte er sie überhaupt kommen lassen. Um ihr und vor allem sich selbst Stärke zu demonstrieren. »Stärke!«, brach es verächtlich aus ihm hervor. Mit aller Wucht donnerte er die Faust auf den Tisch, wieder und wieder. Er war diesem Kampf der Gegensätze nicht gewachsen. Nachdem er seine aufgestaute Wut in die hölzerne Tischplatte gehämmert hatte, ließ er den Kopf auf die Arme sinken. Sein Atem wurde langsam ruhiger, sein Kopf klarer.

Er durfte sich nicht so gehenlassen. Immer hatte er im Sinne der anderen gehandelt, hatte sein Leben in den Dienst seiner Gemeinschaft gestellt. Er war davon überzeugt, stets das Richtige zu tun. Auch dieses Mal, obwohl es ihm selbst vielleicht den größten Schmerz bereitet hatte. Und nun dieser Widerstreit, dieser unbekannte Zwiespalt, der ihn nur unnötig Kraft kostete.

Er musste seine Kräfte sammeln und sie auf seine nächste

Aufgabe richten. Maria vertraute ihm. Er würde dafür sorgen, dass sie nicht den Weg gehen musste, den so viele der anderen Mädchen ohne Familie in ihrer Not beschritten. Niemals würde er das zulassen. Er würde gleich heute Abend alles regeln und es ihr morgen mitteilen. Sie würde dankbar einwilligen und wäre gerettet. Und auch sein Seelenfrieden wäre damit wiederhergestellt.

Kapitel 4

Noch bevor ich die niedrigen Zollgebäude des Hafens erreicht hatte, kam ein kleiner Mann in Uniform auf mich zu.

»Mr. Hamlet?«

»Ja …?«

»Ich komme im Auftrag von Generaldirektor Dabney. Wenn ich Sie bitten dürfte, mir zu folgen.« Er nahm mir meinen Koffer ab und schritt flink voraus.

Während die beiden anderen Passagiere, die mit mir an Land gegangen waren, ihre Pässe vorzeigen und Fragen zu ihrem Aufenthalt beantworten mussten, lehnte ich mich bereits in die weichen Polster des Wagens, den Dabney mir geschickt hatte. Eine riesige, auffällige Fordor-Limousine. Was für ein Empfang! Nicht schlecht für einen Pleitegeier.

Der kleine Mann war ein wahrer Fahrkünstler. Sicher lenkte er den großen amerikanischen Wagen durch die engen, verwinkelten Straßen, die sich direkt an das Hafengebiet anschlossen. Die Stoßdämpfer fingen das Gerüttel auf dem Kopfsteinpflaster zum größten Teil ab. Manche der Gassen waren so schmal, dass die Limousine gerade noch zwischen den Häuserreihen hindurchpasste. Vor einigen der gedrungenen weißen Häuser, an denen wir vorbeifuhren, waren hohe Holzstangen aufgerichtet, zwischen denen an langen Leinen die Wäsche im Wind trocknete. Um die Mittagszeit waren kaum Menschen zu sehen. Als wir das Hafenviertel hinter uns gelassen hatten, wurden die Straßen breiter und die Bebauung spärlicher. Hortensienbüsche mit den verblassten Blüten des Vorjahres säumten die gerade Straße, in die wir jetzt einbogen.

Es ging leicht bergauf. Vereinzelt führten Wege von niedrigen Gartentoren zu gepflegten kleinen Häusern. Da, wo die Gärten dichter bepflanzt waren, lugten oft nur Dächer oder Gauben durch das Laub der Bäume hervor.

Vor dem letzten und wohl auch stattlichsten Haus in der Straße bog die Limousine in eine lange, breite Auffahrt ein. Langsam fuhren wir auf ein zweistöckiges weiß getünchtes Gebäude zu. Das flache, spitz zulaufende Ziegeldach hatte ich bereits von der Straße aus gesehen. Über die gesamte Vorderfront erstreckte sich im unteren Stockwerk eine Terrasse, während sich oben ein Balkon über die Breite des Hauses zog. Weit auseinander stehende, mächtige Säulen stützten den Balkon. Große Flügeltüren befanden sich rechts und links des Eingangsportals. In unmittelbarer Nachbarschaft sah ich durch Büsche und Bäume hindurch nur ein einziges anderes Haus. Die Art Villa, von der ich wohl immer nur träumen würde. Und trotzdem wirkte es neben der Residenz des Generaldirektors nur wie ein besseres Gesindehaus.

»The Cedars«, stellte mir der Chauffeur die Gebäudeschönheit vor, als er meinen Schlag öffnete. Dann ging er voran, um mich drinnen bei der Sekretärin anzumelden. Die junge Frau mit dem strengen, hellbraunen Haarknoten blickte von ihrer Schreibmaschine auf und erhob sich, um den Besucher anzukündigen.

»Aaah, Mr. Hamlet!« Dabney kam aus seinem Büro, überwand mit wenigen großen Schritten die Distanz zwischen uns und streckte mir bereits im Gehen die Hand entgegen.

»Kommen Sie, kommen Sie!« Er geleitete mich während des Händeschüttelns aus dem Vorzimmer in sein Büro und ließ meine Hand nur widerwillig los, da wir unmöglich beide gleichzeitig durch die Tür passten. Geräuschvoll schloss Dabney die Tür. »Keine Störungen, Miss Millar«, sagte er mit gewichtiger Stimme in die Sprechanlage auf seinem Schreibtisch. Nachdem ich mich auf den angebotenen Stuhl gesetzt hatte, beobachtete ich erfreut, wie er an einem kleinen Glastisch einige Eiswürfel klirrend in zwei Gläser fallen ließ und aus einer Karaffe großzügig Scotch darüber goss. Er lächelte, ganz der selbstgefällige Amerikaner, der unsere Errungenschaften von Scotch on the rocks bis hin zur einzig wahren aller Demokratien in den Rest der Welt brachte, wie ein Missionar die christliche Botschaft.

»Na, wie hält es denn ein Mann Ihres Formates aus in den Staaten, ohne Alkohol?« Dabney lachte dröhnend, während er um seinen schweren Mahagonischreibtisch herumging, um mir eines der Gläser zu reichen. Er setzte sich nicht wieder, sondern blieb, an den Schreibtisch gelehnt, vor mir stehen.

»Nun, ohne Alkohol würde ich nicht sagen. Es gibt da Mittel und Wege …«

»Verstehe, verstehe.« Er strich sich über den dichten Schnurrbart, der in einen altmodischen Backenbart überging und mich ein wenig an meinen Großvater mütterlicherseits erinnerte, während seine kleinen Augen mich flink einzuschätzen versuchten.

»Sie haben eine eigene Agentur?«

»Ja, ich bin selbständig.«

»Gute Leistung in Ihrem Alter, gute Leistung. Wie viele Mitarbeiter hat denn Ihre Agentur?«

»Bei Bedarf habe ich genügend Leute an der Hand, um alle Fälle zu bearbeiten.« Dabney war ein alter, schlauer Fuchs, was für mich kein Problem darstellte, denn ich war ein junger, schlauer Fuchs. Als Loy mich engagiert hat, wusste er also, dass ich nicht mehr bei Pinkerton war.

»Ist natürlich ein unschätzbarer Vorteil für mich, dass mir die Gesellschaft einen Fachmann aus New York schickt. Mit Ihrer Hilfe und meiner Ortskenntnis, da werden wir den Schreiber schon finden. Und das mit dem Wachmann … Soll die hiesige Polizei aufklären. Nicht so wichtig für uns.«

Ich horchte auf. Doch Dabney sprach bereits weiter.

»Werde Ihnen selbstredend unter die Arme greifen. Ein Mann in meiner Position hat da natürlich Möglichkeiten.« Bei diesen Worten richtete er sich leicht auf, sein Brustkorb wölbte sich sichtbar nach vorne.

»Sie haben gerade einen Wachmann erwähnt. Was war da?«

Dabney schaute mich zögernd an. »Das … Einer unserer Wachleute wurde ermordet aufgefunden. Hat man Ihnen das denn nicht gesagt?«

»Nein, das … hat man mir nicht gesagt.« Ich nahm einen Schluck Scotch und spülte damit ein ungutes Gefühl hinunter. Nicht wegen des Toten, sondern weil meine Auftraggeber es nicht für nötig gehalten hatten, mich darüber zu informieren. Wer weiß, was sie mir noch alles verschwiegen hatten. Für Überraschungen dieser Art hatte ich nicht viel übrig.

Dabney hüstelte. »Sie wollen sich sicher ausruhen, bevor Sie hier herum… bevor Sie mit Ihrer Arbeit beginnen. Ist doch sehr ermüdend, so ein Flug. Lasse Ihnen inzwischen von meiner Sekretärin eine Liste von Personen zusammenstellen, mit denen Sie dann sprechen können. Der hiesige Polizeichef ist ein guter Freund von mir, werde ihn anweisen, Sie auf jeden Fall zu unterstützen. Wir Amerikaner müssen doch zusammenhalten, was?!« Er lachte laut, etwas zu laut.

Ich ließ die Eiswürfel in meinem Glas kreisen. Es war immer wieder verblüffend, wie viel die Leute ungewollt preisgaben, wenn man sie einfach reden ließ. Vielleicht bekam ich auf diese

Weise heraus, was die Herren in New York mir alles nicht mitgeteilt hatten. Nachdem ich mich für die angebotene Unterstützung bedankt hatte, warf ich ihm noch ein paar Brocken hin, um ihn weiter aus der Reserve zu locken.

»Sie haben doch sicher einen Verdacht.«

»Ha!«, entfuhr es Dabney. Er beugte sich vertraulich vor. »In New York glaubt man, es war die Konkurrenz! Wäre natürlich denkbar, durchaus denkbar. Logische Schlussfolgerung, wenn sich einer nicht auskennt. Aber ich kenne diese Insel wie meine Westentasche, bin bestens vertraut mit allem, was hier vor sich geht, bestens!« Seine Stimme bekam einen beschwörenden Ton. »Es gibt da ein paar üble Typen, kriminelle Subjekte ... Da müssen Sie den Hebel ansetzen.« Seine Apfelbäckchen unter dem Backenbart röteten sich. »Dreist sind die geworden. Haben sogar ein eigenes Haus als offiziellen Treffpunkt.« Er erhob sich und baute sich direkt vor mir auf. »Bande von Kriminellen«, bellte er. »Schaden der Insel nur mit ihren antiamerikanischen, kommunistischen Ideen.«

Ich schüttelte den Kopf, was Dabney natürlich als Zustimmung auffasste. An seinem selbstgefälligen Ausdruck erkannte ich, dass er nun glaubte, mich in der Tasche zu haben. Jetzt war es Zeit, ihn mal ein bisschen auf Trab zu bringen. »Reaktionen abklopfen« hatte Sid das immer genannt.

»Das ist wirklich ... kaum zu glauben. Es ist sicher von Vorteil für mich, dass Sie über alles so gut Bescheid wissen. Zumal es sich hier ja nicht nur um Diebstahl handelt, sondern auch um Mord. Und – sicher werden Sie mir da recht geben – wer den Prototyp gestohlen hat, ist höchstwahrscheinlich auch der Mörder des Wachmanns.«

Dabney erstarrte. Bingo. Aber er hatte sich schnell wieder

im Griff. Die Schrecksekunde, in der er sich nicht unter Kontrolle hatte, war allerdings recht aussagekräftig.

»Ja, ja … mag gut möglich sein. Diesen Verbrechern traue ich alles zu. Mord, ja, Mord vor allem.« Er blickte mich hitzig an und schüttete den Rest seines Scotchs hinunter.

»Wer genau sind denn diese Leute?«

»Aufwiegler, Kommunisten …«, bellte er erneut. »Wollen die fremden Firmen von der Insel vergraulen, allen voran uns. Was wären die denn hier ohne Amerika?! Ha! Fortschritt haben wir denen gebracht und Wohlstand …«

Er goss sich mit hochrotem Kopf einen mindestens doppelten Scotch ein und stapfte durch den Raum. »Seit 1795 ist meine Familie auf Fayal ansässig«, polterte er weiter. »Sehen Sie diesen Mann?!« Er war vor einer Reihe düster wirkender Ölgemälde stehen geblieben, die an einer dunkel vertäfelten Wand hingen. »Mein Ururgroßvater!« Er zeigte auf das erste Bild in der Ahnenreihe. »War der erste amerikanische Konsul hier. Die würdevollsten Honoratioren der Welt hat er nach Fayal gebracht. Bälle sind hier gefeiert worden, rauschende Feste. Ha, da ist dem einfachen Volk der Mund offen stehen geblieben. So was hatten die noch nicht gesehen. Diese Hungerleider. Keine Ahnung von Kultur, von der großen Welt.«

Und von Dekadenz, fügte ich in Gedanken hinzu.

»Und was ist der Dank?! Wollen uns von unserer Insel vertreiben … ja, vertreiben!« Er trank hektisch von seinem Scotch und verschluckte sich dabei. Die Folge unappetitlicher Geräusche, die er von sich gab, um wieder Luft zu bekommen, passte zu seinem verkrampften, hochroten Gesicht mit dem geöffneten, japsenden Mund, das mich irgendwie an eine grausame indianische Totenmaske erinnerte. Ein widerlicher Mensch. Aber ich musste ihn mir warmhalten. Wenn er mich fest auf seiner Seite glaubte, würde er mir sicher noch viele wertvolle Hinweise geben. Er hatte zwar eine denkbar hohe Position und führte hier ganz offensichtlich ein königliches Leben – aber jetzt war er für mich der erste Verdächtige. Kaum dass sich seine Züge wieder normalisiert hatten, brauste er von neuem auf. »Mein Großvater John Pomeroy Dabney hat dieses Haus gebaut. Werde einen Teufel tun und es diesem Pack überlassen! Diesen kommunistischen Aufwieglern!«

Das leuchtete mir ein. Schließlich war dieses Haus das Einzige, was ihm vom einstigen Imperium der Dabneys geblieben war.

»Wer führt denn diese Leute an? Da gibt es doch sicher jemanden?«

»Natürlich, das ist es doch gerade! Es gibt immer jemanden, der das Volk aufhetzt. Ohne solche Verbrecher wären die anderen nur nichtssagendes Gewürm. Hätte nie gedacht, dass der nach all den Jahren …«

Es klopfte leise an die Tür.

»Was ist denn?«, schrie er, ganz offensichtlich erbost darüber, dass er in voller Fahrt unterbrochen wurde.

Die Tür öffnete sich, und Dabneys Sekretärin machte zögernd und mit betretenem Gesicht einen Schritt in den Raum.

»Verzeihen Sie, Herr Generaldirektor …«

»Miss Millar! Hatte Ihnen doch ausdrücklich untersagt, mich jetzt zu stören! Was fällt Ihnen ein, meine Anordnung zu missachten! Sehen Sie denn nicht, dass ich in einer wichtigen Unterredung bin! Unglaublich, einfach hier hereinzuplatzen …« Jetzt musste er Luft holen. Diesen Moment nutzte seine Sekretärin, um wieder das Wort zu ergreifen.

»Ich weiß, Herr Generaldirektor. Aber das Mittagessen mit dem Polizeichef … Ich wollte nur daran erinnern.«

Dabneys Gesicht rötete sich erneut. Hastig stellte er sein Glas auf den Schreibtisch. »Das ist … der ist doch erst morgen, der Termin!«

»Verzeihen Sie, ich habe noch einmal nachgeschaut. Es steht heute im Kalender.«

»Und warum sagen Sie mir das jetzt erst? Viel zu spät! … Wenn ich nicht selbst dran gedacht hätte! Brauche doch für so ein wichtiges Essen keine Erinnerung! … Was stehen Sie hier noch herum? Haben Sie nichts mehr zu tun?« Doch auch der barsche Tonfall konnte nicht über seine Verlegenheit hinwegtäuschen.

»Muss dann jetzt wohl … der Polizeichef erwartet mich.« Er räusperte sich und setzte eine wichtige Miene auf.

Unser Gespräch war zu Ende. Schade. Nun ja, fürs Erste hatte ich mir ein Bild gemacht. Es würde sicher noch mehr Gelegenheiten geben, mit P. H. Dabney zu sprechen, als mir vielleicht lieb war. Ich warf noch einmal die Angel aus, auch, um ihm Gelegenheit für einen guten Abgang zu geben.

»Wäre es Ihnen möglich, mir einen schriftlichen Bericht über diese antiamerikanischen Umtriebe zukommen zu lassen?«

»Selbstredend, selbstredend. Werde Ihnen jedwede Unterstützung gewähren, damit diesen Kriminellen endlich das Handwerk gelegt wird!«

Ich erhob mich, um mich zu verabschieden. »Nun, dann will ich Sie jetzt nicht länger aufhalten. Oh, eine Sache noch – ich möchte mich erst mal möglichst unauffällig hier umsehen. Außer Ihnen und dem Polizeichef sollte vorläufig niemand erfahren, wer ich bin und was ich hier mache.«

»Selbstredend. Nur ich und der Polizeichef.« Dabney ergriff meine Hand, ließ sie allerdings viel schneller wieder los als bei der Begrüßung. Mit dem Öffnen der Tür drang laut das Klappern der Schreibmaschine in den Raum. Die arme Miss Millar saß mit trotzig vorgerecktem Kinn und feuchten Augen an dem kleinen Schreibmaschinentisch und haute wie eine Besessene in die Tasten. Eine Strähne aus ihrem Haarknoten hatte sich gelöst und ringelte sich wie zum Trost über ihrer geröteten Wange. Mit ihr würde ich mich auch noch unterhalten. Allerdings irgendwo weit weg von *The Cedars.*

Draußen erwartete mich der Chauffeur, um mich in mein Hotel zu bringen. Als ich mich wieder in die Polster der Limousine sinken ließ, merkte ich, wie müde und hungrig ich war. Ich hatte in den letzten beiden Tagen nicht viel Schlaf abbekommen, und Dabneys Scotch war nicht gerade als üppige Mahlzeit zu bezeichnen.

Kapitel 5

Mein Hotel war eine winzige Residencial direkt an einem kleinen Hafen. Das Haus war das letzte in einer Reihe weiß getünchter Häuser, die ein- oder zweistöckig aneinandergebaut waren und so eine niedrige, unregelmäßige Skyline ergaben. An einigen der bröckelnden Fassaden hatte die salzige, feuchte Meeresluft ihre Spuren hinterlassen. Auf der anderen Straßenseite trennte uns nur die niedrige Kaimauer von der Bucht. Ich wurde sogleich von einer rundlichen, gutmütigen Frau in Empfang genommen, die ihre Hände an einer bunten Kittelschürze abtrocknete, bevor sie mich begrüßte. Obwohl ihre Haut frisch und glatt aussah, war sie sicher schon Anfang vierzig.

»Guten Tag. Ich bin Senhora Moraes de Ferreira.« Hinter ihr her kam ein verschämt lächelndes barfüßiges Kind. Sie ging voraus und öffnete mir die Tür zu einem hellen, schmucklosen Raum im ersten Stock, kam jedoch nicht mit herein. Als ich das Fenster aufmachte, um die lange entbehrte Frühlingsluft hereinzulassen, bot sich mir ein Blick auf den Hafen, der eines Reiseprospektes würdig war. Bunte Fischerboote dümpelten unter einem makellos blauen Himmel in der Nachmittagssonne vor sich hin. Etwas weiter links erhob sich ein dunkler Hügel, an dessen höchster Stelle sich ein Kreuz malerisch in den Himmel reckte. Eine friedliche Stimmung, die mich für einen kurzen Augenblick vergessen ließ, warum ich hier war.

»Das Badezimmer ist gleich nebenan. Wenn Sie sonst noch etwas brauchen, genieren Sie sich nicht. Ich bin unten in der Küche«, sagte meine Zimmerwirtin in perfektem Englisch.

Nur ihr angenehm weicher Akzent verriet mir, dass es nicht ihre Muttersprache war.

»Danke, sehr freundlich Senhora Ferreira da …«

Sie lachte. »Nennen Sie mich Antonia. Das tun sowieso alle.«

»Gerne, Antonia. Im Moment brauche ich nichts mehr. Alles perfekt.«

Sie nickte, sichtlich erfreut, wandte sich dann um und ging hinunter. Das Kind starrte mich noch immer neugierig an, patschte dann aber schnell hinter ihr her.

Ich hängte meine wenigen Sachen in den hell lackierten Einbauschrank, verstaute den Koffer ganz unten und ließ mich auf das blendend weiß bezogene Bett fallen. Es duftete frisch, nach Sonne und Meer. Wenn sich mein Magen nicht laut und energisch zu Wort gemeldet hätte, wäre ich sicher auf der Stelle eingeschlafen. Ich ließ den ruhebedürftigen Geist und den hungrigen Bauch gegeneinander antreten. Schlafen oder essen, das war hier die Frage. Je länger ich auf dem Bett liegen blieb, desto schwerer und müder wurde ich. Da suchten sich verlockende Essensdüfte ihren Weg durch das offene Fenster direkt in meine Nase. Der Kampf war hiermit entschieden. Schnell sprang ich auf, wusch Hände und Gesicht und zähmte meine hervortretenden Locken mit Kamm und Brillantine. Dann nahm ich meinen Hut vom Bett und verließ meine Unterkunft.

Es war vier Uhr nachmittags. Zu spät zum Mittagessen und noch viel zu früh, um an das Abendessen zu denken. Wie spät war es jetzt eigentlich in New York? »Zwölf Uhr mittags«, knurrte mir mein Magen unwirsch entgegen. Ich sprang schnell noch vor einem herannahenden Auto über die Hafenstraße und lenkte meine Schritte auf ein Eckhaus zu, über dessen Eingangstür »Café Internacional« zu lesen war. Durch eine schwere Flügeltür, deren Glasscheiben leicht mattiert waren, trat ich ein. Das Café war vollkommen leer. Ich nahm an einem der vorderen Tische Platz.

»Boa tarde.« Ein in traditionelles Schwarz-Weiß gekleideter Kellner verließ seinen Platz hinter der Bar, wo ich ihn beim Hereinkommen gar nicht bemerkt hatte. Er kam gemessenen Schrittes auf mich zu, wartete, bis ich mich gesetzt hatte, und reichte mir mit einer kurz angedeuteten Verbeugung die Karte. Nachdem ich Chá Gorreana und ein Sandwich Internacional bestellt hatte, nahm ich meinen Notizblock heraus, um mein erstes Treffen mit P. H. Dabney zu Papier zu bringen und einen Plan für die nächsten notwendigen Schritte zu machen. Ich musste mit allen möglichen Leuten sprechen, um mir einen Gesamteindruck zu verschaffen. Das Übliche: Motive und Gelegenheiten feststellen, Alibis prüfen, Aussagen auf ihre Übereinstimmung untersuchen und so fort. Die Liste, die ich erstellte, war lang. Durch den Mord an dem Wachmann musste ich die Kreise weiter ziehen, als ursprünglich vorgesehen. Kreise, die über die Welt der Transatlantischen Telegrafengesellschaft hinaus die Insel und ihre Bewohner einschlossen. Den Polizeichef würde ich als Erstes aufsuchen. Von ihm und seiner Kooperationsbereitschaft hing viel ab. Dieser Mann konnte mein Glück, aber auch mein Pech sein. Wenn er sich weigerte, mich an den Untersuchungen teilnehmen zu lassen oder mir überhaupt irgendwelche Auskünfte zu geben, dann musste ich mir was einfallen lassen. In New York kannte ich die Vertreter von Recht und Ordnung, wenn nicht persönlich, so doch vom Hörensagen. Daher wusste ich immer, wie ich sie anzupacken hatte, um zu meinem Ziel zu kommen. Bisher hatten es nur zwei strikt abgelehnt, mir Einblick in die Ermittlungen zu gewähren. Der eine hatte mich für einen Schauspieler gehalten. Um das Missverständnis zu klären, hatte ich dem Ordnungshüter sogar meinen Ausweis unter die Nase gehalten, was für ihn nur ein weiterer schmutziger Filmtrick war. Der andere, der mich nicht an den Ermittlungen beteiligen wollte, war der Gatte einer attraktiven Blondine gewesen, mit der ich einmal einen netten Abend bei Smitty verbracht hatte. Am Ende des Abends war sie so randvoll mit Corky-Limes, Big-Teas und anderen phantasievollen Kreationen gewesen, dass sie nicht mehr wusste, wer sie war oder wo sie wohnte. Aus reiner Nächstenliebe hatte ich sie mir über die Schulter geworfen, nach Hause getragen und bei mir übernachten lassen. Unglücklicherweise war ihr Mann dahintergekommen und hatte zu allem Überfluss auch noch vollkommen falsche Schlüsse gezogen. Aber mit all den anderen Jungs hatte ich nie Schwierigkeiten. Im Gegenteil, viele freuten sich über Unterstützung von der »Konkurrenz«.

Ich nahm mir Morellis Lichtpause von Horta vor und suchte darauf die Polizeistation. Sie war nicht weit entfernt.

Das Geräusch der Schwingtür, die ganz leicht in den Angeln quietschte, ließ mich aufblicken. Ein Mann kam herein und rief dem Kellner hinter dem Tresen einen freundlichen Gruß zu. Diesen Moment, in dem meine Konzentration abgelenkt wurde, nutzte ich, um mich kurz zu strecken und eine kleine Pause einzulegen. Der restliche Tee in meiner Tasse war inzwischen kalt geworden, und auch das Sandwich lag noch immer unangetastet auf dem Teller. Ich goss frischen Tee nach, der dank der silbernen Kanne noch warm war, und biss in das weiche weiße Brot.

Der Mann hatte einen Kaffee bestellt, den er im Stehen trank, wobei er sich an die auf Hochglanz polierte Holztheke lehnte. Gedämpft plauderte er mit dem Barkeeper, der nebenbei ein Teekännchen mit einem Putztuch bearbeitete. Erstaunt stellte ich fest, dass ich bereits eine gute Stunde hier saß. Draußen war es zwar noch hell, doch das Café wirkte schummrig im Licht des späten Nachmittags. Als hätte er meine Gedanken gelesen, betätigte der Kellner einen Drehschalter aus schwarzem Bakelit, und ein Dutzend tropfenförmiger Milchglaslampen tauchten das Café in ein sanftes warmes Licht. Das Erleuchten der Lampen schien für den einzigen Besucher außer mir das Zeichen zum Aufbruch zu sein. Er zählte ein paar Münzen auf die Theke, blickte kurz in meine Richtung und verließ dann das Café. Zeit auch für mich zu gehen. Ich zahlte und machte mich auf den Weg zu meinem »Kollegen«.

Das Haus, in dem die Polizeistation untergebracht war, befand sich gegenüber eines kleinen Parks etwas oberhalb der Stadt. Ein schmiedeeiserner hoher Zaun grenzte den kreisförmig angelegten Garten wie ein Juwel vom Inselalltag ab. Im Vorbeigehen sah ich ordentliche Kieswege, gesäumt von Blumenrabatten, Buschwerk und vereinzelten Palmen. Das Zentrum des Parks bildete ein verschnörkelter Pavillon, dessen Zugang von zwei steinernen Löwen bewacht wurde. Ich folgte der Straße, die um den ganzen Garten herumführte. Zur einen Seite gingen enge Gässchen aus Kopfsteinpflaster strahlenförmig hinunter in Richtung des Meeres. In der klaren Nachmittagssonne lag es still wie ein Gemälde da. Nur das vereinzelte Auftauchen kleiner weißer Schaumkronen und ein langsam vorbeiziehendes Fischerboot erfüllte es mit Leben. Auf der anderen Seite, noch etwas höher als der Garten, erhob sich eine Kirche. Das verriegelte Portal und der dunkle Stein wirkten wenig einladend.

Wenn ich's recht bedachte, übten alle Gotteshäuser die gleiche Wirkung auf mich aus: Die Palette ging von unangenehm bis abschreckend. Die Riten, die hinter verschlossenen Kirchenportalen zelebriert wurden, waren für mich eine äußerst zweifelhafte Sache. Da zog ich Polizeistationen und Gefängnisse schon vor. *Freu dich,* hatte Sid mir mal gesagt, *sonst wärst du am Ende noch Pfarrer geworden statt Detektiv.*

Ich freute mich also, schlug den Messingring an die weiße Holztür und betrat die kleine Gendarmerie. Mit zwei Schritten stand ich bereits mitten drin. Ein bulliger Mann mittleren Alters hob gerade die Füße vom Schreibtisch, den neben der portugiesischen Flagge auch die Stars & Stripes zierten. Er hatte ein grobschlächtiges Gesicht mit buschigen dunklen Augenbrauen und einem kantigen, vorstehenden Kinn. Behende erhob er sich und kam mit ausgestrecktem Arm auf mich zu.

»Sie sind sicher Mr. Hamlet«, sagte er mit einer angenehm weichen Stimme, die ich bei seinem Äußeren nicht erwartet hätte. »Bitte, nehmen Sie doch Platz. Ich habe bereits mit Ihrem Besuch gerechnet. Dabney hat Sie mir schon angekündigt.« Er schaute mich mit wachen, klugen Augen an. Ich atmete auf. Hier durfte ich auf Zusammenarbeit hoffen.

»Danke, Mr. … ich meine Detective …?«

»Detective Sergeant Garrett«, berichtigte er mich freundlich, wobei er auf eine gerahmte Urkunde an der Wand zeigte.

»Sie sind Amerikaner?«, entfuhr es mir ungläubig.

Garrett lächelte das nachsichtige Lächeln derer, die schon oft die gleiche Frage beantwortet mussten.

»Nein, ich bin Azoreaner. Ich hatte allerdings das große Glück, Eltern zu haben, die vor vierzig Jahren mit Kind und Kegel nach Amerika ausgewandert sind. Da war ich zwölf. Meine Eltern sind noch heute in Massachusetts.«

»Wie lange haben Sie denn bei uns gelebt?«

»Oh, lange genug, um das meiste, was ich heute kann, zu lernen. Ich durfte eine gute Schule besuchen, und ich durfte meinen Wunschberuf erlernen.«

»Und warum sind Sie hierher zurückgekehrt?«

Er legte die rechte Hand theatralisch auf die linke Brust und grinste dabei schelmisch von einem Ohr zum anderen.

»Die Liebe. Sie hat mich hier vor siebzehn, nein, vor genau achtzehn Jahren festgehalten. Achtzehn Jahre ...«, sinnierte er. »Aber, Mr. Hamlet, Sie wollen doch ganz andere Dinge von mir wissen. Ich freue mich, einem amerikanischen Kollegen bei seinen Nachforschungen helfen zu dürfen. Bitte, fragen Sie.«

»Und ich danke Ihnen, dass Sie die Sache gleich auf den Punkt gebracht haben. Wie weit sind Sie mit Ihren Ermittlungen?«

»Ich habe angeordnet, dass die Räumlichkeiten aller anderen Telegrafengesellschaften umgehend durchsucht werden. Aber ... das ist die berühmte Suche nach der Nadel im Heuhaufen. Ich habe nur fünf Leute, die mir zur Verfügung stehen. Das ist meine gesamte Mannschaft. Sie können nur systematisch eine Gesellschaft nach der anderen aufsuchen – da gibt es massenhaft Gelegenheit, das gestohlene Gerät rechtzeitig wegzuschaffen. Die Befragungen nehme ich selbst vor. Ein Tropfen auf den heißen Stein. Mittlerweile bedaure ich die Aktion schon. Sie führt zu nichts, außer dass wir uns unbeliebt machen.«

Ich verstand ihn nur zu gut. Polizeiarbeit musste viel zu strengen und vor allem viel zu korrekten Regeln folgen.

»Ich habe erfahren, dass ein Wachmann der ATTC getötet wurde. Er hat wohl den Dieb auf frischer Tat ertappt?«

»Das ist richtig. Das heißt, Genaues wissen wir noch nicht.

Er wurde nämlich nicht bei der ATTC gefunden, sondern in der Walfabrik.«

»Hm. Ist die Fabrik in der Nähe der ATTC?«

»Nein, das ist ja das Merkwürdige. Die Walfabrik ist ein gutes Stück vom Forschungszentrum entfernt.«

»Hat man ihn vielleicht nach dem Mord ins Meer geworfen und er wurde bei der Walfabrik angeschwemmt?«

»Nein.« Garrett schüttelte den Kopf. »Das kann nicht sein. Der Zustand der Leiche und die Stelle, wo er gefunden wurde, sprechen dagegen. Wir warten noch auf den Gerichtsmediziner, der aus São Miguel eingeschifft wird. Er kann uns sicher mehr sagen. Wenn Sie wollen, kann ich Ihnen den Fundort zeigen.«

»Sehr gerne. Wo haben Sie den Toten denn hingebracht?« Ich konnte mir nicht vorstellen, dass es hier auf dieser Insel ein Leichenschauhaus gab.

»Wir haben ihn hier unten im Keller aufgebahrt. Der sicherste und kühlste Ort.«

»Darf ich … den Toten sehen?« Ich wusste, dass ich dazu kein Recht hatte. Garrett zögerte.

»Nun … Okay.«

»Es bleibt unter uns«, beruhigte ich ihn.

»Kommen Sie.«

Nachdem Garrett die Tür sorgsam abgeschlossen hatte, führte er mich eine ausgetretene Treppe hinab in den Keller des Hauses. Es war kühl und roch überall durchdringend nach Fisch und Tod. Vor einer niedrigen Holztür machte er Halt. Begleitet von einem unangenehmen Geräusch zog er einen schweren Eisenriegel beiseite und führte mich in einen kleinen Raum. In der Mitte stand eine Art Behelfstisch, dem ein weißes Tuch, das bis zum Boden reichte, etwas Altarhaftes verlieh.

Der Tote selbst war unter einer dunklen Decke, die nur die Füße freigab, verborgen. Ringsum an den Wänden standen Holzkisten voller Eisblöcke, aus denen es tropfte. Der Lehmboden war durchfeuchtet.

»Wegen der Temperaturen«, erklärte Garrett. »Es hilft. Schauen Sie, er sieht noch ganz gut aus.« Mit diesen Worten schlug er die Decke zurück.

Ich hatte Schlimmeres erwartet. Er sah wirklich noch ganz passabel aus. Vielleicht lag das daran, dass er noch vollständig bekleidet war und man ihm die Hände über dem Bauch übereinandergelegt hatte. Die Augen waren friedlich geschlossen, das Haar ordentlich zurückgekämmt. Einzig die Abschürfungen in seinem blassgrauen Gesicht verrieten, dass er wohl nicht im Schlaf gestorben war. Bei näherem Hinsehen entdeckte ich die vermutliche Todesursache: einen etwa zwei Zentimeter breiten Einstich, der die Halsschlagader durchtrennt hatte. Die Ränder um die Wunde waren zerfasert und wiesen unregelmäßige Risse auf.

Garrett war etwas zurückgetreten und ließ mich in aller Ruhe schauen. Ich zeigte auf den Einstich.

»Hat man die Tatwaffe gefunden?«

»Leider nein. Muss ein Stilett gewesen sein, oder so etwas in der Art.«

»Hm … ein Stilett …« Ich schüttelte den Kopf und sah mir die Wunde noch einmal an. »Nein, das glaube ich nicht. Dann wären die Wundränder glatt. Es muss irgendetwas mit Widerhaken gewesen sein. Er wurde getroffen, hat die Waffe wahrscheinlich selbst wieder rausgezogen, und dabei sind diese Risse entstanden … die Halsschlagader wurde durchtrennt, so dass er in kurzer Zeit sehr viel Blut verloren hat. Ich würde mir gerne einmal den Tatort ansehen, wenn das geht …?«

Garrett zögerte. Er wirkte nicht begeistert, dennoch nickte er schließlich. »Natürlich. Jederzeit. Bitte …« Er wandte sich zum Gehen und bedeutete mir mit einer Handbewegung, dass die »Besichtigung« nun zu Ende war.

»Eine letzte Frage noch – haben Sie ihm die Hände so hingelegt und die Haare gekämmt?«

Garrett blickte mich verlegen an. »Nein. Ich habe seine Tochter zu ihm gelassen. Ich konnte ihr diese Bitte schlecht abschlagen. Sie war vielleicht zehn Minuten alleine mit ihm. Wissen Sie, für uns Azoreaner ist die Familie alles. Er hatte außer seiner Tochter niemanden mehr. Seine Frau ist schon vor Jahren gestorben. Na ja, als sie dann wieder gegangen ist, lag er so da.«

»Hm. Ich bezweifle, dass sie damit wichtige Spuren verwischt hat. Es ist sowieso schon viel Zeit seit seinem Tod vergangen.« Garrett schien beruhigt.

Wir führten unser Gespräch in seiner Dienststube weiter, aber die penetrante Geruchsmischung des Kellers ging mir auch hier nicht aus der Nase.

»Was war er für ein Mann?«

»Er war ruhig, in sich gekehrt. Besonders nach dem Tod seiner Frau. Das Kind hatte er damals zu seiner Schwester nach Terceira geschickt, weil es hier auf der Insel keine weiblichen Verwandten gab, die sich um sie hätten kümmern können. Die ist jetzt auch schon wieder seit zwei oder drei Jahren zurück. Seitdem hat sie ihrem Vater den Haushalt geführt.«

»Können Sie arrangieren, dass ich mit ihr spreche?«

»Sicher. Das Mädchen ist fast immer zu Hause. Wir könnten morgen so gegen Mittag auf dem Weg zur Walfabrik bei ihr vorbeigehen. Und in der Fabrik kann Ihnen der alte Pedro dann selbst zeigen, wo er die Leiche gefunden hat. Er macht das gerne. Er ist stolz, dass er auf seine alten Tage noch so was Aufregendes erlebt hat.«

Wir verabredeten uns für den kommenden Tag auf 11.00 Uhr in der Polizeistation. Ich hätte am liebsten gleich mit der Tochter gesprochen und den Fundort der Leiche besichtigt, doch ich wollte Garrett, der schon mehr als entgegenkommend gewesen war, nicht überstrapazieren. Es war bereits 19.30 Uhr. Er wollte jetzt sicher nach Hause, wo seine Angetraute bestimmt schon mit dem Essen auf ihn wartete. Auf mich wartete niemand. Nicht hier und auch nicht in New York. Ich beschloss, noch einmal ins Café Internacional zu gehen. Vielleicht war da jetzt ein bisschen mehr los.

Kapitel 6

Als ich das Café betrat, drehte der Kellner gerade die Kurbel eines Grammophons. Die Stimme von Ethel Waters klang gedämpft durch den Raum – *What did I do to be so black and blue.* Ich steuerte, wie ein Stammgast, auf meinen Tisch von vorhin zu.

»Haben der Herr noch einen Wunsch?«, fragte der Kellner freundlich, so als wäre ich zwischendurch gar nicht weg gewesen.

»Ja. Einen Scotch mit viel Eis.« Mal sehen, ob die Drinks ohne das Gängelband der Prohibition besser schmeckten.

»Sehr wohl.«

Ich nippte kurz darauf an meinem Scotch und beobachtete, wie sich das Café langsam belebte. Da war zum Beispiel ein in modische Nadelstreifen gekleideter Mann, der am Eingang neben der mannshohen Areca-Palme innehielt, um nach Bekannten oder Freunden Ausschau zu halten. Ich hielt ihn für einen Italiener. Er hatte den Hut abgenommen und sich mit einer eitlen Geste über die pomadierten Haare gestrichen. Alsbald steuerte er strahlend auf einen bereits besetzten Tisch zu, nicht ohne im Vorbeigehen hier und da einen nonchalanten Gruß hinzuwerfen, kurz eine Hand zu schütteln oder freundschaftlich auf eine Schulter zu klopfen. Am Tisch angekommen, grüßte er zuerst eine Wasserstoff-Blondine der dekorativen Art mit formvollendetem Handkuss und dann, mit Handschlag, zwei Herren, die ebenfalls elegante Nadelstreifenanzüge trugen. Er nahm sich mit der einen Hand einen Drink von dem Tablett, das ein gut gebautes, sparsam bekleidetes Mädchen vor sich herbalancierte, und tätschelte ihr mit der anderen Hand intensiv den Po. Die Kleine blickte ihn mit listiger Zufriedenheit an, bevor sie hüftschwingend erneut ihre Netze auswarf.

Mittlerweile drängten sich die Menschen bereits an der Bar und erfüllten den Raum mit Gläserklirren, Zigarettenrauch und allen möglichen Sprachen. Louis Armstrong mühte sich auf dem Plattenteller vergeblich und konnte lediglich als Untermalung für dieses babylonische Schauspiel fungieren. Ich hatte mir eine Cubana perfecto angezündet und trug so auf meine Weise zur Vernebelung des Cafés bei. Mir fiel ein, was Morelli in seinen Notizen geschrieben hatte: *Treffpunkt internationaler Kreise, vor allem vor und während des Weltkrieges; Standardtreff von Agenten, Kurieren, sogenannten Geschäftsleuten, Politikern, oder solchen, die sich dafür halten, und ähnlichem Spionage-Gesocks.* Wenn ich mich hier so umsah, sah mir das doch ganz wie die Schaltzentrale des »Spionage-Gesocks« aus. Hier war ich richtig. Jetzt musste ich nur noch mit den entsprechenden Leuten ins Gespräch kommen.

Ich brauchte nicht lange zu warten. Zwei freundliche Kanadier leisteten mir bei meinem zweiten Scotch Gesellschaft. Einem kurzen Gespräch entnahm ich, dass sie für die Halifax Company of Communication tätig waren.

»Und für welche Gesellschaft arbeiten Sie?«, fragte der Ältere.

Der Blick aus meinem Hotelzimmer kam mir wieder in den Sinn. »Für die ›Worldwide‹.«

»Worldwide?« Der Jüngere runzelte die Stirn. »Kenne ich nicht. Du, Peter?«

Der Angesprochene schüttelte den Kopf und sah mich aufmerksam an.

»Das ist ein Reisemagazin. Ich schreibe Reiseberichte.«

»Ach so!« In seiner Stimme schwang leichtes Desinteresse mit, so als hätte er mich eingeordnet und abgehakt. Er sah in mir wohl keinen potenziellen Käufer oder Verkäufer von was auch immer. Peter, der bis jetzt noch kein Wort gesagt hatte, blickte interessiert auf mein Schreibzeug, das neben meinem Glas lag. Gut, dass er nicht wusste, was meine Notizen tatsächlich beinhalteten.

»Was schreiben Sie denn da so?«, brach er sein Schweigen.

»Alles. Angefangen von der Reise im Flugzeug, Lage und Größe der Orte, die ich besuche. Landschaft. Menschen und ihre Traditionen …«

»Darauf trinken wir noch eine Runde«, schnitt mir der Jüngere das Wort ab, was Peter gar nicht zu gefallen schien. Bevor er es jedoch schaffte, dem Kellner ein Zeichen zu geben, hob eine Frau im hinteren Teil des Cafés kurz den Arm, woraufhin sich der ältere Kanadier erhob.

»Sie entschuldigen, wir haben ein Treffen mit einem Geschäftspartner. Den Drink müssen wir auf einen späteren Zeitpunkt verschieben.« Mit einem bedauernden Schulterzucken erhob sich auch Peter und folgte seinem Kollegen. Sie bahnten sich ihren Weg durch das Café und verschwanden dann ganz plötzlich aus meinem Blickfeld. Ich konnte nicht mehr ausmachen, wo sie sich niederließen.

Die Plätze an meinem Tisch blieben nicht lange leer. Zwei Biertrinker gaben sich die Ehre, nordische Typen, die mir leutselig zuprosteten, und ein dunkelhaariger, hagerer junger Mann mit Pferdegebiss, dessen Nationalität mir verborgen blieb, da er mehrere Sprachen fließend zu sprechen schien. Zumindest konnte ich das in Bezug auf sein Amerikanisch feststellen, und so wie er mit den Deutschen, Dänen oder was immer sie waren, scherzte, schien er auch in ihrer schweren, harten Sprache zu Hause zu sein. Seinen Vinho Verde bestellte er sich selbstverständlich auf Portugiesisch.

»Hello«, sagte einer der Biertrinker leutselig zu mir und legte sein ganzes sprachliches Können in dieses eine Wort. Ohne Zweifel ein Deutscher.

»Ich bin Herr Lorey von der Deutsch-Atlantischen Telegrafengesellschaft.«

Tja, wie gesagt ... »Angenehm«, antwortete ich, »Nick Hamlet.«

»Und für welche Gesellschaft arbeiten Sie?« Der Satz kam mir bekannt vor.

»Ich arbeite für ein amerikanisches Reisemagazin.«

»Reisemagazin. So, so.« Herr Lorey nickte skeptisch und bestellte sich ein frisches Bier. Meine Versuche, etwas über die Geschäfte zu erfahren, denen die Herren hier nachgingen, blieben vergebens. Lorey gab sich zugeknöpft. Ein Profi. Ich wechselte zu unverfänglicheren Themen, um kein Aufsehen zu erregen. Das Gespräch verlief schleppend entlang einer eintönigen Oberfläche. Sie mochten Bier, ich zog Scotch vor. Sie empfanden Louis Armstrongs Gesang als Zumutung, ich liebte ihn. Sie waren noch nie in Amerika gewesen, ich noch nie in Europa. Erschöpfende Themen. Das Pferdegesicht hatte die ganze Zeit schweigend dabei gesessen, als hätte es ihm plötzlich all seine Sprachen verschlagen. Als ich gerade beschlossen hatte, mir einen neuen Scotch an der Bar zu holen und mich bei dieser Gelegenheit abzuseilen, reckte das Pferdegesicht den Hals und nickte jemandem im hinteren Teil des Cafés zu. Er sprach die Biertrinker in ihrer Sprache an, erhob sich dann und ging, ohne mich auch nur eines Blickes zu würdigen, hinaus. Meine neuen Bekannten prosteten mir ein letztes Mal zu, leerten ihre Gläser und kämpften sich, wie zuvor die beiden Kanadier, durch den überfüllten Raum. Auch sie verschwanden in den hinteren Nebeln des Cafés. Mit diesem Phänomen würde ich mich noch beschäftigen müssen. Nachdem ich jedoch bereits mehr als dreißig Stunden ohne Schlaf verbracht hatte, beschloss ich, alle weiteren Aktivitäten auf den nächsten Tag zu verschieben.

Kapitel 7

Ich wachte wie immer nach genau sechs Stunden Schlaf auf. Flug, Zeitverschiebung und Schlafmangel hatten meinen natürlichen Rhythmus nicht aus dem Gleichgewicht bringen können. Mein zweiter Besuch bei Dabney stand an. Ich machte mich also fertig und verließ zu Fuß, nur mit Anzug und Hut bekleidet meine Residencial in der Rua Rosa. Obwohl es noch früh war, hatte die Luft bereits angenehme Temperaturen erreicht. Ob sich halb New York wohl immer noch mit Regenmantel und Schirm bewaffnen musste, bevor man den ersten Schritt aus dem Haus wagen konnte?

Da ich keine Ahnung hatte, wann hier, weit ab vom American Way of Life, die »oberen Zweihundert« geruhten, sich in das Getümmel ihrer täglichen Geschäfte zu stürzen, beschloss ich, so gegen acht Uhr bei *The Cedars* zu sein. Ich wählte nicht den direkten Weg über die Rua Vasco da Gama und die Rua Consul Dabney. Stattdessen suchte ich mir auf dem Plan von Horta – Morelli sei Dank – einen Weg entlang der Kaimauer rund um die Bucht und den Hafen von Porto Pim. Das Meer war spiegelglatt, der Himmel von einem kühlen, frischen Blau. Am Hafen herrschte bereits reges Treiben. Boote, die ihren Fang an Land brachten, Fischer, die unter lautstarker Begutachtung die frische Ware putzten, sortierten und ausnahmen, um sie sogleich in hölzerne Kisten zu verfrachten. Kisten, wie sie im Keller der Polizeistation aufgereiht waren, um den Toten frisch zu halten. Die Fischer schleppten ihren Fang entweder zu zweit bis zu dem kleinen Platz hinter dem Hafentor oder luden ihn auf eine Art grob zusammengezimmerte Schubkarren, die sie dann die kurze Steigung über holpriges

Kopfsteinpflaster hinaufzogen. Dazwischen ab und zu der Kopf oder Schwanz einer ängstlichen, hungrigen Katze, die wohl abwägte, ob die Gedärme und Fischköpfe den einen oder anderen Fußtritt wert waren. Ich beschleunigte meinen Schritt, denn der Geruch von Fisch und Tang und das ganze zappelnde, glitschige Zeug in den Kisten ließ meinen Magen rebellieren. Das war nichts für einen Großstadtmenschen aus der zivilisierten Welt. In der Rua do Pasteleiro bog ich in eine ruhige Seitenstraße ein und ließ somit den Hafen hinter mir.

Die Frauen standen den Männern, die ihren Fisch versorgten, in nichts nach. Das bekam ich zu spüren, als ich an einer offenen Tür vorüberging, aus der sich plötzlich ein Schwall Wasser über den schmalen Gehweg ergoss. Ich schaffte es nicht, noch rechtzeitig auszuweichen, was meine Schuhe und Hosenbeine zu spüren bekamen.

»Meu Deus ...!« Die junge Frau, die ihren Putzeimer so schwungvoll geleert hatte, hielt sich eine Hand vor den Mund und starrte entsetzt auf meine durchnässten Schuhe und Hosenaufschläge.

»Halb so schlimm«, lächelte ich sie an.

»Desculpe ... Eu ... ai, que pena!« Sie fuhr sich errötend über ihre schwarzen, zu einem straffen Knoten gebundenen Haare. »Posso ... posso ajudar-lhe ...«, stammelte sie in einer wunderschönen Sprache, von der ich allerdings kaum etwas verstand. Ihr entsetzter Blick sprach für sich.

»Das ist wirklich nicht so schlimm.« Ich hob beschwichtigend die Hände und zeigte nach oben. »Wenn ich in New York in den Regen komme, sehen meine Schuhe schlimmer aus.«

»Um momento, não se va embora – warten Sie bitte«, sagte sie und verschwand im Innern des Hauses. Gleich darauf kam sie mit einem sauberen Tuch in der Hand zurück und bückte sich rasch, um meine Schuhe damit zu bearbeiten.

»Nein, nein, um Gottes willen!«, rief ich aus, ging neben ihr in die Knie und hielt ihre Hand fest. Unsere Blicke begegneten sich. Die räumliche Nähe und die Berührung unserer Hände brachten eine plötzliche Intimität mit sich, die durch die Stille um uns herum noch verstärkt wurde. Ich wusste nicht, was ich sagen sollte, zumal ich nicht einschätzen konnte, wie gut oder schlecht sie mich verstand. Meine Stimme klang fremd in meinen eigenen Ohren.

»Das ... also das brauchen Sie wirklich nicht. Wahrscheinlich sind meine Schuhe jetzt sauberer als vorher.« Ich erhob mich und half ihr auf. Als auch sie stand, zog sie ihre Hände, die ich noch immer hielt, etwas verlegen zurück. Sie war sicher nicht älter als Anfang zwanzig und eine absolute Wucht. Der Blick aus ihren Augen, die an hellen Bernstein erinnerten, war offen und auf eine berührende Art traurig. Sie sah aus, als hätte sie für ihr Alter schon viel zu viel erlebt, aber auch, als würde sie irgendwie damit zurechtkommen.

»Sind Sie sicher, wegen der Hose ...?«, sagte sie mit weichem Akzent.

»Absolut. Das trocknet wieder. Die Sonne scheint ja schon.« Ich deutete nach oben und lächelte ihr aufmunternd zu. Sie nickte erleichtert, ohne jedoch zu lächeln.

»Ja, dann ... bom dia«, antwortete sie und griff nach kurzem Zögern nach ihrem Eimer.

»Bom dia.« Ich hob meinen Hut an und ging ein paar Schritte rückwärts, wobei ich mir das Bild ihrer zierlichen Gestalt einprägte, bevor ich meinen Weg wieder aufnahm. Wirklich zu schade, dass ich nicht privat hier war ...

Diese Begegnung und der doppelte Kaffee, den ich kurz darauf in einer Art Stehbar trank, die eine kleine Ecke in einer Bäckerei einnahm, brachten mich ganz enorm in Schwung, so dass ich voller Optimismus und Tatendrang auf *The Cedars* zusteuerte. Meine frisch geputzten Schuhe glänzten in der klaren Morgensonne, und auch mein Hosensaum war dank der leichten Meeresbrise fast wieder getrocknet. Die stattliche Residenz war schon von weitem zu sehen. Die großen Flügeltüren rechts und links des Eingangsportals waren um diese Zeit noch durch schwere rostbraune Läden fest verschlossen. Das war gut so. Ich suchte mir einen Platz auf der gegenüberliegenden Seite, wo ich im Schutz hoher Hortensienbüsche und einiger Bäume in Ruhe beobachten konnte, was sich bei *The Cedars* tat. Ich studierte das Haus und versuchte mir vorzustellen, was sich hinter den Fenstern der einzelnen Stockwerke verbarg. Außer dem Chauffeur, der Sekretärin und P. H. Dabney selbst hatte ich bei meinem ersten Besuch keine anderen Menschen gesehen oder gehört. So still und abweisend, wie das Gebäude dalag, sah es fast aus wie ein Haus, das nur im Sommer bewohnt wird und das jetzt bereits für den Winter geräumt und fest verschlossen worden war. Ein Haus ohne Zugang.

Ich hörte leichte, flinke Schritte die Straße entlangkommen und trat ein Stück zurück in die Deckung meines Baumes. Ich erkannte die Sekretärin. Während sie die große Freitreppe hinaufstieg, öffnete sie ihre Handtasche, vermutlich, um nach dem Schlüssel zu suchen. Ein Blick auf meine Uhr bestätigte, dass es immer noch recht früh war, kurz vor acht. Als ich wieder aufblickte, sah ich sie nicht wie erwartet die große Eingangstür öffnen; sie war verschwunden.

Ich wartete noch eine Weile, und als sie nicht wieder auftauchte, schlenderte ich gemächlich den Weg entlang und die Treppe hoch. Das Haus lag nach wie vor still da. Ich ging die Veranda entlang, um herauszufinden, wohin sie verschwunden war. Gerade als ich einen Blick um die Ecke werfen wollte, hörte ich hinter mir ein Krachen, als würde jemand unfreiwillig die Bekanntschaft einer morschen Bretterwand machen. Als ich instinktiv zurücksprang, sah ich in das erschreckte Gesicht der Sekretärin, die gerade sehr geräuschvoll eine der großen Flügeltüren geöffnet hatte. Nachdem wir uns beide eine Schrecksekunde lang angestarrt hatten, fuhr sie sich mit einer Hand über die straff zurückgebundenen Haare, während ich meinen Hut zog.

»Guten Morgen! Miss Millar, wenn ich mich recht erinnere …«

»Ja.« Sie klang verwundert. Wahrscheinlich war sie es nicht gewohnt, dass sich die Besucher von *The Cedars* an sie erinnerten. Sie errötete unsicher.

»Sie möchten zu Mr. Dabney?« Ihre großen grau-grünen Augen blickten mich unruhig an.

»Ganz richtig.«

»Ja, also, Sie sind sehr früh dran. Gewöhnlich kommt er erst gegen neun Uhr in sein Büro. Haben Sie denn einen Termin?«

»Ich bin Frühaufsteher, wissen Sie. Wenn es Ihnen nichts ausmacht, warte ich gerne hier auf ihn.« Ich lächelte mein Schuljungenlächeln und drehte den Hut in den Händen um dreihundertsechzig Grad. Das wirkte normalerweise immer.

Miss Millar schien verunsichert. Mit solchen Entscheidungen überschritt sie ganz sicher ihre Kompetenzen. Sie gab sich einen Ruck. »Ja, bitte … selbstverständlich.« Schnell öffnete sie den zweiten Laden und bat mich mit einer Handbewegung einzutreten. »Bitte sehr.« Sie deutete zu den beiden unbequemen antiken Holzstühlen, die hinter und neben einem ebenso alten Couchtisch standen.

Ich ging über einen abgelaufenen Perserteppich zu den Stühlen und setzte mich. Bei meinem ersten Besuch war ich so schnell durch diesen Raum geschleust worden, dass ich kaum Zeit gehabt hatte, ihn richtig wahrzunehmen. Jetzt fiel mir auf, dass hier kein Geld in edle Möblierung investiert worden war, wie in Dabneys eigenem Zimmer. Alles war alt und verwohnt, und wären die Möbel und Teppiche nicht einmal wertvolle edle Stücke gewesen, hätte das Ganze trotz der deckenhohen dunklen Holzvertäfelung schäbig gewirkt.

Miss Millar befand sich auf der anderen Seite des Raumes, fast ganz von der riesigen Schreibmaschine verdeckt, die auf einem Tischchen links von ihrem Schreibtisch stand. Als sie meinen Blick bemerkte, nickte sie mir leicht zu, senkte den Kopf und begann zu schreiben. Nicht sehr zugänglich, die Dame. Ich hätte mich gerne etwas mit ihr unterhalten, solange Dabney noch nicht hier war. Sie tippte schnell und hielt nur inne, wenn sie ein Blatt umwenden musste, das ihr ganz offensichtlich als Vorlage diente. Ich würde sie eine Weile ihrer Arbeit nachgehen lassen und mich dann unter irgendeinem Vorwand an sie ranmachen. Bis es so weit war, würde ich mich noch ein wenig umsehen. Außer einem halbhohen Bücherregal und einem verschließbaren hässlichen Aktenschrank, der einem Tresor glich, stand nur eine hohe Areca-Palme als einziges schmückendes Beiwerk zwischen Miss Millars Schreibtisch und der Flügeltür. Nicht ein Bild hing an den Wänden, was den Raum irgendwie kahl und unpersönlich erscheinen ließ.

»Verdammt ... schon wieder ...!« Miss Millar stieß einen unterdrückten Fluch aus und begann dann vorsichtig, die ineinander verhakten Typen ihrer Schreibmaschine zu lösen.

Das war ein guter Moment für mich, um sie in ein Gespräch zu verwickeln.

»Ist wohl noch ein älteres Modell?«

»Ja, allerdings.«

»Eine Remington?«

»Hm-m.« Sie legte den Brieföffner, der ihr als Werkzeug gedient hatte, beiseite.

»Ich habe die neue Remington-Reiseschreibmaschine. Die lässt sich gut transportieren. Und sie ist auch schnell verstaut, wenn man sie mal nicht auf dem Tisch haben will.«

»Oh, das ist natürlich phantastisch. Aber von so einem modernen Gerät kann ich hier wohl nur träumen.«

»Mr. Dabney ist wohl eher von der alten Schule, was?«

Miss Millar lehnte sich zurück. »Ja, er ist ... nun ja, er legt eben sehr viel Wert auf Tradition ...«

Sie war ein vorsichtiges Mädchen und würde einem Fremden gegenüber mit ihrer Meinung sehr zurückhaltend sein. Allem Anschein nach wusste sie nicht, wer ich war, und vor allem nicht, in welchem Verhältnis ich zu ihrem Chef stand. Ich beschloss, diesen günstigen Moment auszunutzen und mich ihr jetzt zu erkennen zu geben. Früher oder später musste ich sowieso mit allen Angestellten der Transatlantischen Telegrafengesellschaft sprechen.

»Miss Millar, ich glaube, ich muss mich Ihnen endlich einmal vorstellen: Ich bin Nick Hamlet, Privatdetektiv.«

Sie bekam große Augen.

»Die Transatlantische Telegrafengesellschaft in New York hat mich damit beauftrag, das Verbrechen aufzuklären, das hier stattgefunden hat.«

»Oh, deshalb hat mir Mr. Dabney untersagt ...«

In diesem Moment drehte sich ein Schlüssel in der Tür, die

zu Dabneys Büro führte. Sowohl Miss Millar als auch ich starrten gespannt auf die sich öffnende Tür.

»Miss Millar«, dröhnte Dabney, ohne sich mit einem Gruß aufzuhalten. »Ist die Liste für diesen Detektiv fertig?«

»Ich, also, ... Sie hatten mir nicht gesagt, dass Sie heute schon so früh ...«

»Dann sehen Sie zu, dass Sie damit fertig sind, bevor er hier auftaucht ...«

Miss Millar schaute in meine Richtung. Leider verriet dieser Blick meine Anwesenheit. Dabney fuhr herum. Sein Ausdruck hatte etwas Gehetztes, was er jedoch schnell überspielte.

»Ah, Hamlet. Das lobe ich mir. Früh auf den Beinen, was!? Kommen Sie, kommen Sie! Bedaure, dass Ihre Liste noch nicht ganz fertig ist.« Wir gingen in sein Zimmer.

»Das macht nichts.« Ich nahm meine Notizen zur Hand, setzte mich und lächelte Dabney freundlich an. »Ich habe meine eigene Liste dabei. Es gibt da einige Dinge, die ich abklären muss. Als Erstes möchte ich den Ort sehen, an dem der Prototyp aufbewahrt wurde, dann die Stelle, an der der Wachmann gefunden wurde. Ferner möchte ich mit den Ingenieuren sprechen, die an der Entwicklung des Fernschreibers beteiligt sind. Bitten Sie doch die Leute, sich für ein Gespräch zur Verfügung zu halten.«

Dabney sah mich ungläubig an. Er hatte sicher nicht erwartet, dass ich ihm das Zepter aus der Hand nehmen würde.

»Oder stellt das eine Schwierigkeit dar?«

»Nein, nein, selbstverständlich nicht. Werde meine Leute anweisen, Ihnen Rede und Antwort zu stehen. Jederzeit, jederzeit.«

»Gut. Menschen, die ein gutes Gewissen haben, brauchen ja nichts zu befürchten. Und können daher auch meine Fragen beantworten. Übrigens, wo waren Sie eigentlich in der Nacht zum 12. März?«

Dabney lief rot an und japste nach Luft.

»Sie haben doch sicher nichts dagegen, wenn ich Sie das frage. Routine, wissen Sie. Der Vollständigkeit halber.«

Er räusperte sich, während seine kleinen Augen flink hin und her flitzten. Jetzt war ich gespannt, was kommen würde.

»In der Nacht zum 12. März ... also, das ist nicht so einfach ... Ein anständiger Mensch schläft schließlich in der Nacht«, bellte Dabney. Ich dachte schon, das wär's gewesen, als sich sein Gesichtsausdruck mit einem Schlag änderte. Er sah plötzlich zufrieden und irgendwie listig aus.

»Am 12. März allerdings habe ich nicht geschlafen. War zur Zehn-Jahres-Feier der Italcable eingeladen. Kleine Gesellschaft, keine Konkurrenz für uns. Aber ein rauschendes Fest. Haben die halbe Insel eingeladen, die Italiener. Ging bis in die frühen Morgenstunden. Der Polizeichef war auch unter den Gästen. Fast wie in alten Zeiten. Mein Ururgroßvater hätte seine Freude an so einem Fest gehabt. Ja, die Italiener verstehen es zu feiern. Übrigens, meine Sekretärin kann Ihnen das bestätigen. Kommen Sie! Können sie gerne sofort fragen.«

Miss Millar bestätigte tatsächlich Dabneys Aussage. Dass dabei ein leichtes Bedauern in ihrer Stimme lag, bemerkte Dabney sicher nicht. Breitbeinig und selbstgefällig stand er mitten im Raum und registrierte zufrieden, was sie zu sagen hatte.

»Zeigen Sie Mr. Hamlet die Einladung. Die haben Sie doch wohl noch.«

»Ja, selbstverständlich.« Mit fliegenden Händen blätterte sie durch eine Akte, die sie aus einem Ablagekorb genommen hatte. »Hier, bitte, hier ist sie.« Sie reichte mir eine geschmackvoll gestaltete Einladung, die auf edles Büttenpapier gedruckt war. Und mehr noch. Sie hatte mit anderen Mitarbeitern der ATTC an einem Tisch gesessen, von dem aus sie Dabney den ganzen Abend über im Blickfeld hatte, was ihre Freude an der Festivität ganz sicher erheblich geschmälert hatte. Diesem Chef würde Miss Millar bestimmt kein falsches Alibi geben. Damit war Dabney aus dem Schneider. Und trotzdem. Ich musste noch einmal mit ihr alleine sprechen. Ein Gespräch unter vier Augen würde sicher noch einiges ans Licht bringen.

»Miss Millar, wenn Ihnen noch etwas einfällt – hier ist meine Adresse. Sie können sich jederzeit bei mir melden.« Ich notierte meine hiesige Anschrift auf der Rückseite meiner Visitenkarte und reichte sie ihr.

»Ja. Danke.« Unsere Blicke trafen sich kurz. Wir hatten uns verstanden.

»Dann möchte ich jetzt gerne sehen, von wo der Fernschreiber gestohlen wurde.«

Dabney räusperte sich. »Wäre es denn nicht besser, wenn Sie warten, bis Miss Millar die Liste fertig hat?«

Ohne auf seine Bemerkung einzugehen, erhob ich mich. »Bitte, nach Ihnen.«

Dabney war sprachlos, trabte jedoch brav zur Tür. Ich zwinkerte der strahlenden Miss Millar aufmunternd zu und folgte ihm.

Begegnung

Die beiden Frauen standen sich wortlos gegenüber. Alles, was zu sagen war, war schon vor langer Zeit gesagt worden. Und nicht nur von ihnen. Alle Brücken zerschlagen, alle Versöhnungsversuche zunichtegemacht. Obwohl sie beide auf der gleichen Insel, im gleichen Ort lebten, waren sie sich jahrelang nicht begegnet. Gewollt oder nicht. Jetzt waren sie sich fremd. Das erleichterte die Sache vielleicht sogar. Die Ältere beendete das Schweigen.

»Du brichst mit der Familientradition, Maria?« Ihre streng nachgezogenen Augenbrauen gingen in die Höhe. Die junge Frau stand mit verschränkten Armen in der Mitte des Raumes und antwortete nicht. Vielleicht war es doch falsch gewesen, hierher zu kommen. Sie hatte während der letzten drei Tage und Nächte alle Möglichkeiten in Gedanken durchgespielt. Und übrig geblieben war nur diese. Sie konnte unmöglich warten, bis andere sie an der Hand nahmen und durchs Leben führten. Sie wollte ihren Weg selbst wählen.

»Es war richtig, zu mir zu kommen«, fuhr die Ältere fort, so als hätte sie ihre Gedanken gelesen. »Wir sind uns in gewisser Weise … sehr ähnlich.«

Jetzt war es an der Jüngeren, die Augenbrauen hochzuziehen.

»Doch, das sind wir. Wir wollen unabhängig sein, unsere Entscheidungen alleine treffen. So wie du das jetzt getan hast.«

»Ich habe noch keine Entscheidung getroffen.« Maria ließ sich nicht durch versteckte Schmeicheleien ködern. »Sag mir, was du mir anbieten kannst, dann sprechen wir weiter.«

Solch unvermittelte Deutlichkeit hatte Lily nicht erwartet.

Sie war erstaunt, aber im Stillen freute sie sich auch. All die anderen Mädchen, die für sie arbeiteten, hatten im besten Fall Intelligenz und Durchtriebenheit zu bieten. Was für ihre Jobs auch durchaus genügte. Aber Format und Stolz, das hatte keine von ihnen im Blut.

»Du warst mehrere Jahre auf Terceira und hast eine Ausbildung gemacht?«

Die Jüngere bestätigte dies mit einer zustimmenden Kopfbewegung.

»Was hast du dort gelernt?«

»Ich bin Stenotypistin; von Buchhaltung verstehe ich auch etwas.«

»Gut. Du könntest drei bis vier Stunden am Tag für mich arbeiten.«

Maria schaute argwöhnisch. Ein verführerisches Angebot. Das war viel zu schnell gegangen, viel zu einfach. Vorsicht war angesagt, bei allem, was sie über diese Frau wusste.

»Wollen wir es miteinander versuchen?« Die harte Stimme der Älteren bekam einen freundlichen Unterton. Ihr Gesichtsausdruck blieb jedoch so undurchdringlich wie zuvor.

»Ich möchte eine Nacht darüber schlafen. Morgen bekommst du meine Antwort.«

Lily nickte anerkennend. Das hätte sie nicht anders gemacht.

Kapitel 8

Als ich am Café Internacional ankam, war der Kellner gerade dabei, die Flügeltüren mit Hilfe eines kleinen Wandhakens festzustellen. Ein wohlwollender Ausdruck des Wiedererkennens huschte über sein Gesicht. Ich suchte mir einen der hinteren Tische aus, da, wo letzte Nacht die Kanadier und die Deutschen verschwunden waren. Ein kurzer Blick verriet mir, dass es außer den »Senhoras« und »Senhores« auch noch die »Privates« gab. Dahinter vermutete ich die Lösung des Rätsels. Der Türknauf ließ sich im Vorbeigehen leicht und geräuschlos drehen, aber die Tür öffnete sich nicht. Der Kellner balancierte ein Tablett mit schmutzigem Geschirr durch eine Schwingtür. Ich nutzte den Moment seiner Abwesenheit und wagte einen schnellen Blick durch das Schlüsselloch. Von der anderen Seite steckte, wie erwartet ein Schlüssel.

Ich saß schon längst wieder an meinem Tisch, als der Kellner zurückkam. Er stand mit dem Rücken zum Café und hielt die Schwingtür auf. Eine andere Männerstimme drang zusammen mit leisem Geschirrgeklapper aus der Küche. Der Kellner lachte und antwortete etwas in einer Sprache, die ich nicht verstand. Es war weder Englisch noch Portugiesisch, und für Deutsch klang es zu weich. Italienisch schloss ich auch aus. Interessant! Bevor ich damit beginnen wollte, Ordnung in meine Gedanken zu bringen, rief ich ihn und bestellte Milchkaffee und Sandwiches. Als er meine Bestellung aufnahm, war er wieder ganz der professionell freundliche Barmann.

»Café com leite e sandes mistes.« Mit diesen Worten stellte er kurz darauf einen üppig bestückten Teller vor mich hin und wünschte mir einen guten Appetit. Ich lehnte mich zurück und gab mich ganz dem Genuss hin. Vor allem die großzügig mit Fisch und Meeresfrüchten belegten Sandwiches ließen mir das Wasser im Mund zusammenlaufen. Die Sonne stand mittlerweile so, dass sie zur Tür hereinschien und in einer breiten Schneise den schachbrettartigen Steinboden zum Glänzen brachte. Darüber tanzte goldener Staub. Das alles schmeckte eher nach Urlaub als nach Arbeit … Seufzend schob ich den Teller zurück.

»Hat es Ihnen geschmeckt?« Diskret war der Kellner an meinen Tisch getreten, um das leere Geschirr abzuräumen.

»Ausgesprochen gut! Ich wusste gar nicht, dass man das ganze Seegetier auch einfach so aufs Brot essen kann.«

Er lächelte.

»Ihr Koch hat doch da bestimmt ein paar Tricks … Diese Mayonnaise zum Beispiel, macht er die selbst?«

»Ja, das ist eine eigene Kreation.« Sein Blick drückte die Art von liebevollem Stolz aus, den Eltern empfinden, wenn ihre Kinder eine besondere Leistung erbringen.

»Mein Kompliment an den Koch. Diese Sandwiches habe ich heute bestimmt nicht zum letzten Mal gegessen.«

»Danke. Ich werde es ausrichten. Haben Sie noch einen Wunsch?«

»Ja, ich nehme noch einen Milchkaffee.«

Er nickte und entfernte sich.

Als er meinen Kaffee gebracht hatte, lehnte ich mich zurück und ließ noch einmal Revue passieren, was ich bisher erfahren hatte.

Wie so oft bei der Arbeit kam mir mein alter Lehrmeister in den Sinn. *Junge*, pflegte Sid zu sagen, *die Menschen sind selten das, was sie vorgeben zu sein. Am allerwenigsten, wenn sie Dreck am Stecken haben. Und das haben die meisten, denen wir in unserem Beruf begegnen. Merke dir: Ein guter Detektiv muss nicht nur beschatten, befragen und bestechen können. Er muss vor allem wahrnehmen können. Wenn einer dir was erzählt, dann musst du vor allem das hören, was er nicht sagt. Wenn einer dir Hilfe anbietet, dann stell dir vor, er hätte genau das Gegenteil gesagt. Und schau immer auf ihre Hände und Füße.*

Welche Rolle spielten Frauen wohl bei dem Verbrechen, das auf Fayal geschehen war? Genau genommen waren es ja zwei Verbrechen – Mord und Diebstahl. In knapp zwei Stunden würde ich mit Garrett zur Tochter des ermordeten Wachmanns gehen. Ich war gespannt auf das, was sie mir zu sagen hatte. Und auf ihre Hände und Füße natürlich auch.

Sehr aufschlussreich würde sicher auch ein Gespräch mit Miss Millar sein. Ohne ihren Chef im Rücken war sie garantiert mitteilsamer. Ich hoffte, dass sie meinen Wink verstanden hatte und bald bei mir auftauchen würde. Bass erstaunt war ich, als mir heute Vormittag der leitende Ingenieur vorgestellt wurde: Jonathan Millar. Wie sich herausstellte, war er der Bruder von Dabneys Sekretärin. Ein Geschwisterpaar, beide in einer Vertrauensstellung.

Und dann Dabney. Er war die zweifelhafteste Figur für mich. Irgendetwas versuchte er zu verbergen. Er war mir unsympathisch, und deshalb musste ich mich vor einem subjektiven Urteil hüten. Vielleicht hatte er ja nur Angst, von der Gesellschaft verantwortlich gemacht zu werden und seinen Thron zu verlieren.

Die Sache mit dem Wachmann war das größte Rätsel. Garrett hatte mir gesagt, dass er gut anderthalb Meilen von hier in einer Walfabrik gefunden wurde. Warum tauchte die Leiche so weit weg vom Ort des Diebstahls auf? Da passte einiges nicht zusammen. Vielleicht konnte der Walfänger, der ihn gefunden hatte, etwas Licht in die Sache bringen.

Der Raum, aus dem der Prototyp gestohlen wurde, war abgeschlossen gewesen, nicht so der Tresor, in dem er lag. Der leitende Ingenieur hatte beim Pförtner wie gewohnt den Schlüssel geholt, um den Raum zu öffnen. Als er und seine Kollegen mit ihrer Arbeit fortfahren wollten, mussten sie feststellen, dass der Tresor offen stand und der Prototyp verschwunden war. Um den Tresor zu öffnen, waren zwei Schlüssel nötig, wie für ein Bankschließfach. Einen hatten jeweils Dabney und der Ingenieur Millar, das notwendige Gegenstück hatte der Pförtner unter Verschluss. Die hiesige Polizei hatte keine Einbruchspuren festgestellt, und auch die Schlüssel waren wie immer sicher verwahrt gewesen. Ich fragte mich, ob der Raum vielleicht doch nicht abgeschlossen gewesen war oder ob es mehr als zwei Schlüssel gab. Oder hatte jemand den Gegenschlüssel des Pförtners entwenden und später zurücklegen können?

Millar und seine Kollegen waren am Boden zerstört gewesen, als ich mit ihnen sprach. Sie hatten eineinhalb Jahre an der Entwicklung dieses neuen Fernschreibesystems gearbeitet. Dummerweise waren alle Unterlagen und Pläne zusammen mit dem Gerät im Tresor eingeschlossen gewesen. Das Erstellen neuer Pläne und der Bau eines weiteren Gerätes würden Wochen, wenn nicht Monate dauern. Ein interessiertes Konkurrenzunternehmen würde nun sicher zuerst mit dieser Neuerung herauskommen und entsprechende Großaufträge erhalten. Millar betonte, dass er an der zu erwartenden Großproduktion des neuen Fernschreibers finanziell beteiligt sei. Er hätte also keinen Grund gehabt, das Gerät zu stehlen und zu verkaufen. Es wäre für ihn ohnehin einfacher gewesen, die Pläne unauffällig zu kopieren und weiterzuverkaufen. Er führte mir fast zu viele Gründe an, um seine Unschuld zu beweisen. Andererseits – hätte ich das in seiner Lage nicht genauso gemacht?

Ich hatte lediglich die Bewegung hinter mir wahrgenommen, nicht aber das Öffnen der Tür oder die Schritte auf dem Steinboden. Als ich mich schnell umdrehte, stand vor mir die junge Frau, in deren wilde Putzaktion ich heute früh geraten war. Sie schien mich zu erkennen und erwiderte meinen Gruß mit einem Nicken ohne Lächeln. In den Armen hielt sie einen Aktenordner und einen Stapel Papiere, die sie fest an ihre Brust drückte. Ihre Augen wirkten hier drin dunkler als im frischen Morgenlicht und auch größer. Flink schaute sie an mir herunter.

»Sehen Sie, alles in bester Ordnung.« Ich streckte wie ein Balletttänzer erst den einen und dann den anderen Fuß von mir. »Schuhe und Hose haben das unfreiwillige Bad von heute Morgen bestens überstanden.«

Ein Lächeln zauberte zwei kleine Grübchen in ihre Wangen, die jedoch so schnell wieder verschwanden, wie sie gekommen waren. Das reichte, um sie nicht gehen lassen zu wollen, jedenfalls noch nicht. Zu schade, dass ich beruflich hier war. Andererseits, wer würde mir eine Kaffeepause in netter Gesellschaft verwehren …

»Darf ich Ihnen einen Platz anbieten?« Ich zog einen der Stühle etwas zurück.

Sie schüttelte den Kopf. »Das geht nicht. Ich bin bei der Arbeit.«

»Ja – dann vielleicht ein anderes Mal?«

»Vielleicht.« Sie zögerte kaum merklich, wandte sich um und ging in Richtung Bar. Der schwingende Saum ihres Kleides gab bei jedem Schritt einen kleinen Teil ihrer Waden frei, die in dicken schwarzen Strümpfen steckten. Zartgliedrige Rundungen, die perfekt zu den schlanken Fesseln passten. Diese Beine in Seidenstrümpfen zu betrachten, musste ein Genuss sein.

Sie machte einen Schritt hinter den Tresen, und der reizvolle Anblick verschwand. Geschäftig breitete sie die mitgebrachten Papiere aus und begann ein Gespräch mit dem Barkeeper.

Nachdem ich mich dabei ertappt hatte, wie ich ihren unverständlichen Worten lauschte, spülte ich schnell meinen kalten Kaffee hinunter und winkte dem Barmann, um zu zahlen. Erst die Pflicht, dann das Vergnügen. Früher oder später würde ich ihr wieder begegnen.

Kapitel 9

Es schlug zwölf von einem der zahlreichen Kirchtürme, als Garrett und ich am Haus des Toten ankamen. Es lag ganz in der Nähe des Hafens und meiner Residencial. Das Gewirr kleiner Gassen, durch die Garrett mich geführt hatte, kam mir zum Teil schon recht vertraut vor, obwohl ich erst seit gestern hier war. Vor allem im Hafenviertel schauten uns viele Leute neugierig nach. Spätestens jetzt würde sich herumsprechen, wer ich war und was mich auf die Insel geführt hatte. Ob das gut für meine Nachforschungen war? Zwei oder drei Mal blieb Garrett stehen, um ein paar Worte mit jemandem zu wechseln. Er schien beliebt zu sein. Ich beschloss, das Ganze optimistisch zu sehen und als Vorteil für mich zu werten. Anfangs hatte ich mich gefragt, warum wir nicht Garretts Dienstwagen genommen hatten. Dieser gute Kontakt zur Bevölkerung würde sich vom Auto aus wohl kaum herstellen lassen. Unter Zeitmangel schien niemand zu leiden. Anscheinend gingen die Uhren hier anders als in New York. Langsam hatte ich das Gefühl, mich an diesen Rhythmus gewöhnen zu können.

»So, da wären wir.« Er hatte vor einem handtuchschmalen Haus haltgemacht und schlug nun mehrmals kräftig mit dem Messingknauf an die grün gestrichene Holztür, deren Farbe schon an einigen Stellen abblätterte. Oben öffnete sich ein Fenster.

»Wer ist da?«

»Ich bin es, Maria, Detective Sergeant Garrett.«

»Einen Moment, ich komme herunter.«

Ich hatte das Haus erkannt, und ich erkannte auch die Stimme. In diesem Moment öffnete sich die Tür, und ich blickte in zwei bernsteinfarbene Augen. Das war also die Tochter des ermordeten Wachmanns. Statt eines kleinen Geplänkels beim Kaffee würde ich sie ins Verhör nehmen müssen.

Während Garrett erklärte, warum wir hier waren, lächelte sie mich unsicher an. Diesmal war ich derjenige, der ihr zunickte, ohne zu lächeln.

»Es ist dir doch recht, Maria, wenn wir einen Augenblick hereinkommen?«

»Oh, ja, ja natürlich. Bitte treten Sie doch ein.« Sie ging voran und brachte uns in ein gemütliches, einfach möbliertes Zimmer. Ein breites, voll beladenes Bücherregal, dessen Böden sich in der Mitte durchbogen, sprang mir sofort ins Auge. Zwischen Regal und Fenster stand auf einem neu wirkenden dickflorigen Teppich ein tiefer Ohrensessel. Daneben eine Messingstehlampe mit einem bunten Glasfransenschirm – ganz offensichtlich der Leseplatz. Durch das geöffnete Fenster konnte man den Hafen und die Bucht mit einigen entfernten Gebäuden sehen. Ganz ähnlich wie aus meinem Zimmer in der Rua Rosa.

Mit einer Handbewegung zu dem dunklen Tisch in der Mitte des Raumes bot sie uns Platz an. Sie selbst blieb jedoch stehen.

»Maria, Mr. Hamlet wurde von der Transatlantischen Telegrafengesellschaft in New York beauftragt, das Verbrechen aufzuklären. Er hat dabei meine volle Unterstützung. Wenn du dich dazu in der Lage fühlst, dann bitte ich dich, ihm ein paar Fragen zu beantworten.« Er hatte sie sanft angesprochen und nickte ihr nun aufmunternd zu.

Maria atmete tief ein und setzte sich zu uns an den Tisch. »Bitte, Mr. Hamlet, fragen Sie.«

»Ich weiß, dass das alles sehr schwer für Sie sein muss. Aber ich bin auf Hilfe angewiesen, wenn ich dieses Verbrechen aufklären will. Vor allem auf Ihre Hilfe.« Ich verschwieg natürlich, dass die Transatlantische Telegrafengesellschaft in erster Linie an der Wiederbeschaffung des Prototyps interessiert war und nicht an der Aufklärung des Mordes. Maria nickte und sah mich erwartungsvoll an.

»Bitte schildern Sie mir den Tag, an dem Sie Ihren Vater zum letzten Mal gesehen haben.«

Ihre Antwort kam klar und ohne Umschweife. »Es war ein Tag wie jeder andere auch. Wir haben zusammen zu Abend gegessen, bevor er sich auf den Weg zur Arbeit gemacht hat. Er ist etwa gegen zehn Uhr abends aus dem Haus gegangen.«

»War das die übliche Uhrzeit? Oder ist er vielleicht früher weggegangen, um noch etwas zu erledigen, jemanden zu treffen?«

»Nein, er ist immer um diese Zeit weggegangen. Außer …« Ich horchte auf. »Außer was?«

»Außer vor … zwei Tage, bevor er …« Ihre Stimme versagte. Sie schüttelte den Kopf, ungläubig, so als hätte sie soeben erst verstanden, dass ihr Vater tot war. Tapfer sprach sie weiter. »Da ist er eine Stunde früher weggegangen. Ich erinnere mich noch, denn er wollte nicht warten, bis ich seinen Kaffee fertig habe. Sonst ist er nie ohne Kaffee aus dem Haus.«

»Wissen Sie, wo er hinwollte?«

»Nein, er hat es mir nicht gesagt, und ich habe auch nicht gefragt.«

»Hatte er etwas dabei? War er aufgeregt oder anders als sonst?«

Maria dachte nach, schüttelte aber dann den Kopf. »Nein, er war wie sonst auch. Aber selbst wenn mein Vater irgendein Problem gehabt hätte, dann hätte ich es sicher nicht gemerkt.

Wir waren uns nie sehr nah. Er war ein sehr verschlossener Mann und hat immer alles mit sich selber ausgemacht.« Das klang traurig und bitter. Wenn sie außer diesem verschwiegenen Vater niemanden gehabt hatte, dann musste das ein einsames Leben gewesen sein.

»Hatte er Streit mit irgendjemandem?«

Sie schüttelte den Kopf.

»Feinde?«

Erneutes Kopfschütteln.

»Familiäre Zwistigkeiten?«

Sie wich meinem Blick aus.

Ich lehnte mich zurück. »Erzählen Sie mir von Ihrer Familie.«

»Es gab nur meinen Vater und mich.« Maria wirkte blass und verschlossen.

»Aber irgendwann hat es doch auch einmal eine Mutter gegeben, Großeltern …«

»Ich habe eine Tante auf Terceira, einer Nachbarinsel. Bei ihr habe ich für lange Zeit gelebt, nachdem meine Mutter gestorben war. Meine Großeltern habe ich kaum noch in Erinnerung.«

»Sonst keine Verwandten?«

Maria zögerte unmerklich und schüttelte dann den Kopf, ohne mich anzusehen.

»Gut. Danke, das wär's fürs Erste.« Ich erhob mich. »Ach, wo waren Sie übrigens zum Zeitpunkt des Mordes?«

Marias Augen weiteten sich, und sie blickte mich ungläubig an. »Hier. Ich war hier. Wo hätte ich denn sonst sein sollen?« Ihre Stimme hatte einen schrillen Ton bekommen. Doch sie fasste sich schnell wieder. »Bitte gehen Sie jetzt, ich muss zur

Arbeit.« Ein klassischer Rausschmiss. Kälter als ein Scotch on the rocks.

Garrett hatte sich die ganze Zeit über still im Hintergrund gehalten. Jetzt schaltete er sich in das Gespräch ein. »Du arbeitest?«

»Ganz richtig. Ich arbeite seit gestern bei Lily.« Maria hatte das Kinn trotzig vorgeschoben, und Garrett sog hörbar die Luft ein.

»Maria, weißt du auch, was du da tust?«

»Ja«, antwortete sie mit fester Stimme, »das weiß ich.«

Garrett wollte noch etwas sagen, besann sich jedoch anders. Er setzte seine Dienstmütze zurecht und erhob sich.

Spannung lag in der Luft. Ich war mir sicher, dass das hübsche Kind mir einiges verschwieg, und beschloss, zu einem späteren Zeitpunkt noch einmal mit ihr zu sprechen. Sie erhob sich und brachte uns zur Tür, die sie geräuschvoll hinter uns schloss.

Wir machten an der Kaimauer halt. Garrett zündete sich eine Zigarette an, und ich dachte mir einen Scotch.

»Sie haben das Mädchen ja ganz schön rangenommen, Hamlet. Verdächtigen Sie sie etwa?«

»Frauen sollte man prinzipiell mit Vorsicht begegnen. Rein beruflich natürlich.«

Garrett grinste. »Ja, sicher. In unseren Berufen vor allem. Aber Maria – nein, ich kann mir nicht vorstellen, dass sie irgendwas damit zu tun hat.«

»Wäre mir auch lieber.« Ich dachte an Marias große traurige Augen und ihren sinnlichen Mund. Ungern würde ich daraus ein Mordgeständnis vernehmen. Ich räusperte mich. »Aber solange ich nicht weiß, was Sache ist, gehört gerade sie für mich zum engeren Kreis der Verdächtigen. Sie wäre nicht die erste Tochter, die Vater oder Mutter umbringt.«

»Aber warum denn, um alles in der Welt?«

Ich begann an den Fingern meiner rechten Hand aufzuzählen: »Habgier, Hass, Totschlag im Affekt ... Vielleicht stand er ihrer Lebensplanung im Weg. Ein Mann ... Da gibt es genug mögliche Gründe.«

Garrett drückte seine Zigarette an der Mauer aus und schüttelte den Kopf.

Ich wechselte das Thema. »Was hat es denn mit dieser Lily auf sich?«

»Lily Pereira ist die Besitzerin des Café Internacional und deshalb vielen ein Dorn im Auge.«

Ich blickte ihn fragend an.

»Für Sie ist das wahrscheinlich nichts Besonderes – Bars, die die halbe Nacht geöffnet sind und in denen die Gäste von leicht bekleideten Mädchen bedient werden.«

»Ich habe dort auch schon gegessen und getrunken, aber ... besonders verrucht schien es mir nicht zu sein.« Der Kellner kam mir in den Sinn.

»Ja, für Sie, für andere Ausländer. Und für mich, na ja. Ich sehe es mit zweierlei Augen. Aber für die Insulaner – indiskutabel. Die Mädchen, die dort arbeiten, sind alle von hier oder von Nachbarinseln. Ohne Familie, ohne Beruf und somit ohne Möglichkeit, sich ihren Lebensunterhalt anderswo zu verdienen. Im Vergleich zu denen, die als Prostituierte in den Hafenkneipen von Conceição arbeiten, fühlen sich die Mädchen, die bei Lily arbeiten, privilegiert. Und ich glaube, sie sind es auch. Sie verdienen gutes Geld, sind immer herausgeputzt und Lily treu ergeben. Für viele, ich würde sagen, für die meisten Insulaner ist das nicht akzeptabel. Marias Familie ist das beste Beispiel dafür.«

»Marias Familie?«

»Ja, sogar innerhalb einer Familie treffen manchmal Welten aufeinander – Lily ist eine Cousine von Marias verstorbener Mutter, und sie wurde wegen ihres ›Lebenswandels‹ von der gesamten Familie verstoßen.«

Die Pereira war also das schwarze Schaf der Familie. Ich hatte allerdings nicht den Eindruck, als würde ihr das viel ausmachen.

»Und wissen Sie auch, warum: weil im Café Internacional nur Ausländer verkehren und weil keiner so recht weiß, was dort genau läuft. Außerdem ist die Pereira eine äußerst erfolgreiche Geschäftsfrau. Das macht die Leute misstrauisch und bringt sie gegen sie auf.«

»Was läuft denn Ihrer Meinung nach dort?«

Garrett zündete sich eine neue Zigarette an und lachte. »Die ganzen Telegrafengesellschaften haben aus Fayal einen Treffpunkt der internationalen Welt gemacht. Hier treffen Neues und Altes aufeinander. Das verkraften viele nicht und lehnen es deshalb ab. Wissen Sie, Hamlet, wo sich viel bewegt, passiert auch viel. Und nicht immer nur Gutes und Schönes. Die Leute hier sind sehr in ihren Traditionen verwurzelt. Viele sind nicht nur von gestern, sondern von vorgestern.«

Ich dachte an Morellis Notizen mit dem Hinweis auf eine Handvoll Traditionalisten. Anscheinend dachten hier viele Menschen so. Obwohl alle entgegenkommend schienen und mehr oder weniger gut Englisch sprachen, war doch eine Barriere spürbar, die die Fremden freundlich, aber bestimmt auf Distanz hielt.

»Was werden denn im Café Internacional für Geschäfte getätigt?«

Garrett sah dem Rauch seiner Zigarette nach. Für einen Moment wurde sein Gesichtsausdruck hart und verschlossen. Seine Kiefer traten kantig hervor. »Geschäfte … So würde ich das kaum nennen.« Er wandte sich mir mit einem einnehmenden Lächeln wieder zu. »Das ist nur der übliche Kleinkram. Jedenfalls nichts, was die Welt bewegt.«

Mit dieser vagen Auskunft war für ihn das Thema erledigt. So weit ging die Zusammenarbeit für ihn wohl nicht, dass er sich mir gegenüber über das Café Internacional als Agenten- und Spionagetreff äußerte. Wer wusste schon, wo sein eigener Vorteil bei der ganzen Sache lag. Ich war mir jedenfalls sicher, dass da einiges vorging, was die Welt sehr wohl bewegte.

In diesem Moment lief ein junger Sergeant auf uns zu und verwickelte Garrett in ein Gespräch.

»Mr. Hamlet, entschuldigen Sie mich. Ich habe mich etwas in der Zeit verschätzt und kann leider nicht mit zum alten Pedro kommen. Gehen Sie einfach den Weg weiter, hinunter zum Strand und auf der anderen Seite wieder hoch. Sagen Sie ihm, dass Sie von mir kommen.«

Ich dankte Garrett und machte mich auf den Weg in die »alte Welt«.

Befehl

Der bullige Junge wirkte ungelenk, als er versuchte, Haltung anzunehmen. Er traute sich nicht, das Wort zu ergreifen. Ehrfurcht und Angst lagen in seinem Blick. Trotz der Kühle des Raumes begann er zu schwitzen. Der alte Mann beobachtete ihn, während er um ihn herumging und sich auf den hohen Lehnstuhl am Tischende setzte. Der Junge blieb stehen. Ein einfältiger, gutmütiger Mensch, der warten würde, bis ihm ein Platz angeboten wurde. All das registrierte der alte Mann mit Genugtuung. Die unterwürfige Beklommenheit des Jungen gab ihm Bestätigung. Seine alte Sicherheit war wieder da. Er hatte keinen Zweifel mehr, dass er seine Pläne in die Tat umsetzen würde. Und sie würde ihn dafür lieben. Eine nervöse Erregung wallte in ihm auf bei dem Gedanken an ihre dankbare Zuneigung, derer er sich sicher war.

»Setz dich«, befahl er dem Jungen und sagte dann etwas freundlicher, »ich habe dich kommen lassen, weil ich vieles über dich gehört habe.«

Der Junge blickte ihn unsicher an.

»Man sagt, dass du zuverlässig bist; und gehorsam; und dass du unsere Insel, unsere Heimat liebst.«

»Ja …« Die Stimme des Jungen klang belegt. Er räusperte sich und nahm einen zweiten Anlauf. »Ja, das tue ich.«

»Gut. Sehr gut.«

Der Junge konnte dem Blick des Generals nicht standhalten. Er senkte den Kopf und knetete seine Hände, die von der harten Arbeit als Walfänger gezeichnet waren.

»Ich habe eine Aufgabe für dich – eine einfache und doch

wichtige Aufgabe. Und ich erwarte von dir, dass du sie ausführst.«

Der Junge blickte neugierig auf.

»Es ist wichtig für unsere Arbeit, dass gewisse, nun sagen wir Weichen gestellt werden für die Zukunft. Jeder von uns muss fest auf seinem Platz stehen. Wir müssen uns gegenseitig helfen und voranbringen. Ich habe dich ausgewählt, um Maria, die nun ganz alleine dasteht, eine Stütze zu sein.«

Der Junge machte große Augen. Maria. Er kannte sie nur vom Sehen, hatte noch nie ein Wort mit ihr gewechselt. Sie war wunderschön und für ihn unerreichbar. Er wischte die feuchten Hände an seiner Hose ab.

»Was soll ich denn … machen?«, fragte er unbeholfen.

»Du wirst sie heiraten!«

Der Junge starrte den anderen mit offenem Mund an. Sein Gehirn war plötzlich wie leer gefegt.

»Du wirst sie heiraten?!« Die Stimme des Älteren klang eindringlich.

»Ich, ja … ich … Aber sie … hat sie denn … weiß sie denn …« Die Stimme des Jungen versagte. Die Angst vor dem, was da auf ihn zukam, fuhr ihm in den Magen.

»Kümmere dich nicht um Einzelheiten. Das erledige ich. Eure Zukunft ist gesichert.« Er legte seine Hand mit freundschaftlichem Nachdruck auf die Schulter des Jungen.

Die Zuversicht und Selbstsicherheit, die der alte Mann ausstrahlte, übertrug sich auf den jungen Walfänger. Langsam entspannte er sich. Der General war ein geachteter Mann. Was er sagte, hatte immer seine Richtigkeit. Außerdem war das auf den Inseln ja schon immer so gewesen: Die Eltern suchten die Ehepartner für die Kinder aus. Maria war nun, wie auch er, Waise, ohne Verwandtschaft. Also hatte der General die Rolle der Eltern übernommen. Er würde, wie die anderen Walfänger, mit denen er hinausfuhr, die meiste Zeit auf See verbringen. Maria würde auf ihn warten und das Haus führen. Sie würden Kinder haben … Er fühlte sich plötzlich sehr männlich. Als er sich auf seinem Stuhl zurücklehnte, leuchteten seine Augen wie die eines Kindes.

All das entging dem General nicht. Seine Rechnung ging auf. Heute Abend würde er es Maria sagen. Wenn der Junge dann tagelang, manchmal wochenlang auf See war, würde er sich selbstverständlich um sie kümmern. Wie früher ihr Vater, nein, besser als ihr Vater. Eine plötzliche Erinnerung durchzuckte ihn. Sein Blick wurde düster. Er schob seinen Stuhl hart zurück und erhob sich.

»Du kannst jetzt gehen. Ich nehme alles Weitere in die Hand.«

Der Junge, dem die Veränderung des Generals nicht aufgefallen war, erhob sich, streckte dem alten Mann strahlend die Hand hin und ging mit federnden Schritten hinaus.

Kapitel 10

Durch meine Schuhsohlen drang Kälte, und ich spürte bei jedem Schritt die Unebenheiten des groben Kopfsteinpflasters. Als ich die schützenden Gassen verließ und durch das schmale Tor in der Kaimauer auf den Strand hinaustrat, wurde ich von einem unerwartet rauen Wind empfangen. Ich schlug den Kragen meiner Jacke hoch und stapfte den Strand entlang, wobei ich jedes Mal einsank, wenn ich einen Fuß vor den anderen setzte. Das Gehen gegen den Wind war anstrengend, und bereits nach wenigen Metern hatte ich die Schuhe voller Sand. Am Ende des Strandes, der zusammen mit der Kaimauer einen unregelmäßigen Halbkreis bildete, erhoben sich halbhohe Felsen, auf denen die Walfabrik errichtet war. Als ich endlich dort ankam, hatte ich das Gefühl, für diesen kurzen Weg ziemlich lange gebraucht zu haben. Das Gebäude wirkte düster und verlassen. Es war bereits später Nachmittag. Hoffentlich war überhaupt noch jemand da.

Ich setzte mich auf die unterste Stufe der ausgetretenen Steintreppe, die zur Fabrik hinaufführte, und zog meine Schuhe aus, um sie zu leeren. Fein rieselte der Sand heraus, und noch bevor er unten angekommen war, hatte der Wind ihn verweht. Nachdem ich auch meine Socken vom Sand befreit hatte, packte ich meine Füße wieder ein und erhob mich. Als ich hochsah, stand oben an der Treppe ein alter Mann. Ich hatte ihn nicht kommen hören und wusste nicht, wie lange er mich schon beobachtete. Er starrte schweigend auf mich herab. Ich hatte das Gefühl, dass das der alte Pedro sein musste. Da Angriff meist die beste Verteidigung ist, nickte ich ihm freundlich zu und rief ein lautes »Boa tarde« zu ihm hinauf. Ich klopfte kurz meine Hose ab, musste jedoch feststellen, dass sich der Mann in diesen zwei Sekunden aus dem Staub gemacht hatte. Na, das konnte ja heiter werden.

Oben angekommen überquerte ich einen kleinen Vorplatz. Durch ein geöffnetes massives Holztor trat ich in die Fabrikhalle und befand mich plötzlich mitten in einem Sog von Meeresluft, Blutgeruch und fischiger Verwesung. Ekel nahm mir den Atem. Ich legte meine Hand über Mund und Nase. Mich schüttelte es, und ich wagte nur kurze, flache Atemzüge. Düstere, klamme Leere beherrschte die Halle. An der gegenüberliegenden Wand befand sich ein weiteres geöffnetes Tor. In der Hoffnung auf frische Luft ging ich hinüber, wobei ich meinen Blick schweifen ließ. Der Boden war feucht, wie frisch geschrubbt. Ein grober Besen, an die Wand gelehnt, daneben ein verbeulter Blecheimer, halb voll mit Wasser. Große Holzkisten übereinandergestapelt in einer Ecke, halb dahinter verborgen ein gigantischer Haken, rotbraun verfärbt – Blut. Oder vielleicht doch nur Rost. Meine Schritte hallten an den hohen Wänden wider. Ich ging durch das zweite Tor, das auf einen schmalen rechteckigen Platz hinausführte. Von hier fiel eine steile, steinerne Rinne direkt ins Meer ab.

»Da hat er gelegen.«

Ich fuhr herum. Auf der anderen Seite der Halle stand plötzlich wieder der Alte, eine gespenstische Silhouette gegen das Licht des geöffneten Tores. Langsam hinkte er zu mir herüber.

»Genau da.« Seine schwielige Hand mit dem ausgestreckten Zeigefinger fuchtelte zur Rinne hin.

»Der Tote? Sind Sie Pedro und haben da den Toten gefunden?«

Der Alte ging einen Schritt zurück und starrte mich abweisend an.

»Amerikaner, was?«

Ich nickte, sagte jedoch nichts.

Verächtlich schaute er an mir herunter. Ich sah ihm an, was er dachte: *Ein Fremder. Zu jung, zu gut gekleidet, den kann man nicht ernst nehmen.* Er spuckte vor mir aus, so als wollte er meine Gedanken damit unterstreichen.

Ich klopfte die Jackentaschen nach meinen Zigaretten ab. Nachdem ich mir eine Murat angezündet hatte, hielt ich dem Alten die Schachtel hin. Er nahm gleich das ganze Päckchen und fingerte sich dann eine Zigarette heraus. Den Rest stopfte er in seine ausgebeulte Hosentasche. Nachdem er tief inhaliert hatte, sprach ich ihn an.

»Sergeant Garrett sagt, dass Sie den Toten gefunden haben?«

Doch auch die Erwähnung des Polizeichefs machte ihn nicht zu dem gesprächigen Alten, den Garrett mir angekündigt hatte. Er sah mich nur geringschätzig an, so als wäre ich hier vollkommen fehl am Platz. »Americano!« Das klang fast schon bedauernd. Der Alte ging kopfschüttelnd hinaus, ohne mich noch eines Blickes zu würdigen.

Das war ein harter Brocken. Aber so schnell würde ich mich nicht geschlagen geben. Er konnte ja noch nicht weit sein. Ich fand ihn in einem länglichen Schuppen, der seitlich an die große Halle angebaut war. Hier war es trocken und, im Vergleich zur Halle, angenehm warm. An der langen Wand hingen, gut eingefettet, allerlei Furcht einflößende Gerätschaften, die zweifelsohne für den Walfang bestimmt waren. Der Alte thronte inmitten seines Reiches an einem groben Holztisch vor einem schmalen Fenster, durch dessen schmierige Scheiben das Licht fiel. Konzentriert betrachtete er einen hellen

Stein. Er nahm eines der Miniaturwerkzeuge, die vor ihm auf dem Tisch lagen, und kratzte behutsam etwas in den Stein. Er war so vertieft, dass er mich nicht kommen hörte. Ich trat leise hinter ihn und sah nun auch, welche Arbeit er mit so viel Inbrunst ausführte: Er stellte einen Scrimshaw her. Das, was ich für einen Stein gehalten hatte, war ein Walzahn, und die Darstellung eines harpunierten Wales, dessen Schwanzflosse das Meer aufpeitschte, war so gekonnt eingraviert worden, dass ich einen bewundernden Ausruf nicht unterdrücken konnte. Jetzt war es an dem Alten, erschreckt herumzufahren.

»Was willst du, Americano?«

»Schönes Stück. Mein Großvater hat meiner Großmutter einmal ein ähnliches Scrimshaw mitgebracht. Von einer Seereise. Da waren zwei Wale drauf – ein kleiner und ein großer.«

Er blickte mich lauernd an, konnte jedoch eine gewisse Neugierde nicht verbergen.

»Dein Großvater war Seemann?«

Jetzt musste ich Farbe bekennen, möglichst ohne den kleinen Vorteil, der sich gerade entspann, wieder zu vergeben. Der Vater meiner Mutter war Händler gewesen. Als junger Mann hatte es ihn vor allem nach Europa und Nordafrika gezogen. Das Meer, ferne Länder, fremde Völker … Er war immer auf der Suche nach einem Schiff, das einen Hafen anlief, den er noch nicht kannte. Von einer seiner Schiffsreisen hatte er eben jenen Scrimshaw mitgebracht, den er meiner Großmutter schenkte, als er um ihre Hand anhielt.

»Nein, er war kein Seemann. Aber wenn er nicht Händler geworden wäre, dann wäre er ganz bestimmt zur See gefahren.« Zumindest hatte er das mir gegenüber behauptet, wenn er mir, als ich sechs, acht oder zwölf Jahre alt war, immer wieder in den buntesten Farben von seinen zahlreichen Reisen berichtet hatte. Noch Jahre später erinnerte ich mich, wie ich Abenteuer um Abenteuer aus ihm herausgebettelt hatte. Ich hing an seinen Lippen und konnte nie genug kriegen. Später fragte ich mich manchmal, ob er so viele Geschichten tatsächlich erlebt hatte.

»Ein Händler!« Mit einem Blick, der sagte, »Hätte ich mir ja fast denken können«, drehte der Alte sich um und widmete sich erneut seiner Gravurarbeit.

Doch jetzt wusste ich, wie ich an ihn herankommen konnte. Unbeeindruckt von seinem mir zugewandten Rücken fuhr ich fort, mich mit ihm zu unterhalten.

»Als ich noch ein Junge war, hat er mir auch von Reisen erzählt, die ihn hierher geführt haben. Ich glaube sogar, er hat den Scrimshaw von Fayal mitgebracht.« Das war natürlich frei erfunden, doch es verfehlte seine Wirkung nicht. Der alte Mann hielt inne, ohne sich jedoch umzudrehen.

»Ja, er hat damals in einer Kneipe am Hafen einen Seemann getroffen, einen Walfänger …«

»Wann war dein Großvater denn hier?« Er hatte sich mir zugewandt, und das Eis begann ganz langsam zu schmelzen.

Ich rechnete blitzschnell. »Das muss so achtzehn vierundsiebzig – fünfundsiebzig gewesen sein.«

»Fünfundsiebzig … da war ich zehn.« Er hatte den Scrimshaw und das Werkzeug beiseitegelegt. »Ja, da war ich zehn. Und kurz drauf, da hat mich der alte Capitan unter seine Fittiche genommen. Aber mit rausgefahren bin ich dann erst mit sechzehn. Wär ja auch zu gefährlich gewesen für 'n Kind. Und zu schwer. War wie ein Sohn für ihn. Hat mich hart ran genommen … wie einen Sohn …«

Seine Augen glänzten in der Erinnerung an vergangene Zeiten. Und er redete sich warm, was ganz in meinem Sinne war.

Ich musste ihn nur bei nächster Gelegenheit unauffällig in die richtige Richtung lenken.

»Da haben Sie sicher viel erlebt, draußen auf dem Meer.«

»Oh ja. Der Walfang – das ist ein hartes Leben. Immer fährt der Tod mit raus. Viele sind da draußen geblieben. Wen das Meer erst mal hat, den gibt's nicht mehr her. Mich hätt's um ein Haar auch erwischt.« Er klopfte auf sein Holzbein.

»Aber der Tote, den Sie hier gefunden haben, der war kein Walfänger …«

»Doch, der war auch Walfänger. War jünger als ich. Aber ein guter Mann.«

Der Mann redete in Rätseln. Ein Wachmann der Transatlantischen Telegrafengesellschaft als Walfänger? Ich begann, an seiner Aussage zu zweifeln.

»War nicht von hier. Ein Zugezogener aus Terceira. Der ist als Kind mit seinen Eltern hierher gekommen. Die besten Walfänger kommen aus Fayal. Aber für einen aus Terceira war er in Ordnung. Er hat das Meer geliebt.«

»Ich dachte, er wäre Wachmann bei der Transatlantischen Telegrafengesellschaft gewesen.«

»Ja, war er auch. Aber das hat er nur wegen dem Kind gemacht. Der wäre lieber weiter mit rausgefahren. Das war ihm dann zu gefährlich, nachdem die Frau gestorben war. Wenn er draußen auf See geblieben wär, hätte das Mädchen niemanden mehr gehabt. Aber wie man sieht«, Pedro schnalzte vielsagend mit der Zunge. »Manchmal lebt man an Land gefährlicher als auf dem Wasser«, fuhr er fort.

Ich nickte zustimmend. »Sie kannten ihn wohl gut?«

Der alte Pedro zuckte mit den Schultern. »Was heißt kennen. Wir sind oft zusammen rausgefahren. José war verschlossen wie eine Auster. Nachdem die Frau gestorben war noch viel mehr. Hat mir trotzdem leidgetan um ihn. War zuverlässig. Das ist wichtig beim Walfang. Wenn du dich da auf einen nicht verlassen kannst – na, gute Nacht! Und stur war er. Wie ein Krebs.«

Er beugte sich etwas zu mir herüber.

»Ich hab ihm immer gesagt, dass das noch mal ins Auge gehen kann. Und sehen Sie, ich habe recht gehabt. Man muss genau wissen, mit wem man es zu tun hat. Manchmal ist es einfach besser, klein beizugeben.«

Jetzt wurde es interessant.

»Er wollte wohl seinen Kopf durchsetzen – um jeden Preis?«, fragte ich.

»Oh ja, das wollte er. Aber es gibt immer jemanden, der einen härteren Kopf hat. Das hat José nicht verstanden. Seit *er* zurück ist … Es war wie damals … Sie verstehen …« Pedro blickte mich mit Verschwörermiene an, und ich verstand nicht im Geringsten. Doch ich spürte, dass ich nah dran war. Auf diesen Moment hatte ich hingearbeitet.

»Aber auf mich hört ja keiner. Wissen Sie, schon in dem Moment, als ich José da hab liegen sehen in der Rinne, war mir klar …«

In diesem Augenblick quietschte die Tür des Schuppens in den Angeln, und wir bekamen Gesellschaft. Ein düster dreinblickender grobschlächtiger junger Mann kam herein.

»Pedro, es wird Zeit. Sie bringen einen Wal.«

So schnell, wie der Alte hinaus war, dem bulligen Jüngling hinterher, konnte ich kaum fassen, dass dieses vielversprechende Gespräch damit beendet war. Hatte ich zwischendurch manchmal an seinem Verstand gezweifelt, so war ich mir nun sicher, dass Pedro etwas wusste. Trotz aller Ungereimtheiten und neuen Fragen, die sich mir stellten, war ich mir sogar sicher, dass er der Schlüssel zur Lösung des Falles war. Von draußen hörte ich die Stimmen anderer Männer. Ich würde wohl noch einmal kommen müssen, um das Gespräch mit Pedro zu Ende zu führen.

Es war Zeit für mich, erst einmal meine Gedanken zu sortieren. Da war mir der Rückweg auf dem verlassenen Strand gerade recht.

Ich trat hinaus in das graue Licht des nahenden Abends. Nebelschwaden zogen auf. Als ich die Treppe hinabstieg, hörte ich den alten Pedro schimpfen.

»… viel zu früh … dauert doch noch ewig, bis die hier sind. Hättest mich doch noch nicht zu rufen brauchen, du dummer Junge …«

Was der andere antwortete, konnte ich zwar nicht verstehen, sein Auftauchen im ungünstigsten Moment gab mir aber trotzdem zu denken.

Ich machte mich auf den Weg in meine Residencial. Der Wind war in der Zwischenzeit schwächer geworden und kam jetzt von hinten, so dass ich nur noch gegen Sand und Dunkelheit angehen musste.

Kapitel 11

Das heiße Wasser prasselte auf meine Schultern und floss wohltuend meinen Körper hinab. Mit dem Seifenschaum wurde auch der Geruch von Fisch und Blut weggespült. Ich hatte so lange unter der Dusche gestanden, dass das enge Badezimmer nun dampfig wie ein türkisches Bad war. Einzelne Wassertropfen rannen an den beschlagenen weißen Kacheln entlang und bildeten ein Muster kleiner, glänzender Furchen.

Das Bett in meinem Zimmer wirkte einladend. Die Laken rochen nach Waschpulver, Sonne und Kräutern. Nur ein paar Minuten, sagte ich mir, als die weiche Matratze noch ein paar Mal unter mir nachfederte.

Sie war nicht größer als ein Kind, als sie zur Tür hereinkam. Doch mit jedem Schritt, den sie auf mich zumachte, schien sie zu wachsen. Ihre Hände, die sie mir entgegenstreckte, waren warm und weich. Ihr schönes, trauriges Gesicht wirkte wie gemeißelt. Um den Hals trug sie ein silbernes Amulett mit dem Bild von Sid Baker. Plötzlich lachte sie, machte sich von mir los und lief auf den Händen durchs Zimmer. Das schwarze Kleid floss über ihre Beine bis zu den Armen hinunter und gab den Blick auf ihren nackten, weißen Körper frei. Die Beine vollführten einen Spagat in der Luft. Als meine Hände nach ihr griffen, wand sie sich wie eine Schlange unter mir davon, zur Tür hinaus, wobei sie eine blutige Spur hinter sich herzog.

»… Nick …« Ein leises Klopfen an der Tür riss mich aus meinem albtraumhaften Schlaf. Ich war schweißgebadet. »Mr. Nick.« Es klopfte erneut, und das, was da leise meinen Namen rief, war zweifelsohne eine Frauenstimme.

»Einen Moment!« Noch nicht ganz da, sprang ich mit einem

Satz aus dem Bett und griff nach Hemd und Hose. Beides rutschte nur schwer über meine klamme Haut. Während ich mit der einen Hand die Tür öffnete, versuchte ich vergeblich, mit der anderen die Knöpfe an meinem Hemd zu schließen.

»Entschuldigen Sie die Störung, Mr. Nick. Ich wollte nur fragen, ob Sie vielleicht mit uns essen wollen heute Abend.«

Senhora Antonia. Meine Zimmerwirtin. Die Wirklichkeit hatte mich wieder.

»Danke. Ich … das ist sehr freundlich von Ihnen. Aber leider muss ich noch einmal weg. Ich werde wohl irgendwo unterwegs einen Happen essen.«

»Dann vielleicht morgen. Oder am Wochenende.« Ihr Blick blieb an meiner nackten Brust hängen »Tja, also … sagen Sie ruhig Bescheid, wenn Sie Zeit haben.« Etwas verlegen fuhr sie mit den Händen über die bunte Kittelschürze und trat dann den Rückzug an.

Mein Zimmer schien mir plötzlich eng und stickig. Ich musste hier raus. Ein Blick auf meine Armbanduhr verriet mir, dass ich fast eine halbe Stunde geschlafen hatte. Jetzt war es Zeit, das Café Internacional aufzusuchen und die Hintertür noch einmal ins Visier zu nehmen. Mehrmals zog ich den Kamm durch meine Haare, fixierte sie mit etwas Brillantine, kleidete mich richtig an und machte mich auf den Weg.

»Guten Abend, der Herr«, begrüßte mich freundlich lächelnd der Keller, der sein ganzes Leben in diesem Café zu verbringen schien. »Hier hinten in der Ecke ist noch ein Tisch frei.« Er ging voraus, wedelte mit dem obligatorischen weißen Tuch über die marmorne Tischplatte. Nachdem ich Platz genommen hatte, legte er die Karte aufgeklappt vor mich hin, bevor er sich entfernte, um andere Gäste zu bedienen.

Ein unattraktiver Tisch, halb hinter einer quadratischen Säule verborgen, zwischen Wand und Toilettentür, aber für mein Vorhaben genau richtig. Mein Glück, dass er noch frei war. Die viereckige Säule war breit genug, um mir etwas Deckung zu geben, der Blick auf die Hintertür blieb jedoch frei. Einzig Josephine Baker, deren Portrait die Säule schmückte, konnte einen kritischen Blick auf mich werfen. Ihr Augenzwinkern über dem strahlenden Lächeln war eindeutig konspirativ. Eine gute Gesellschaft für mein Vorhaben.

»Haben Sie schon gewählt?« Der Kellner stand mit gezücktem Block neben meinem Tisch.

»Oh … äh, ja, ich hätte gerne einen doppelten Scotch. Und eine Kleinigkeit zu essen. Was können Sie mir denn heute Gutes empfehlen?«

»Ich kann Ihnen die frischen Muscheln empfehlen – unser Koch war heute Abend noch einmal am Hafen und hat *lapas* und *amêijoas* gekauft. Heute bereitet er sie mit Sahne, Knoblauch und frischer Petersilie zu … oder hätten Sie vielleicht lieber *bife*?«

»Bife – ein Steak?«

»Ja, Thunfischsteak – gegrillt. Da kommt der Geschmack am besten raus.«

Mein Magen jaulte laut auf; nicht aus Hunger, sondern aus Protest.

»Danke, aber ich befürchte, dass mir alles, was aus dem Meer kommt, heute nicht gut tun würde. Ich nehme …« Mein Finger wanderte schnell die Karte hinunter. »Bringen Sie mir eine Sopa de legumes, Brot und Käse.«

»Möchten Sie unseren einheimischen Käse probieren? Oder ist Ihnen der importierte lieber?«

»Ja, wenn Sie mich so fragen, dann nehme ich natürlich lieber den einheimischen!«

Er nahm die Karte und entfernte sich mit einem sichtlich erfreuten Nicken. Ich hatte langsam den Verdacht, dass sich hinter dem typischen, professionellen Barmann ein richtiger Gourmet verbarg.

Das Café hatte sich während unseres kulinarischen Geplänkels gefüllt. Da alle Tische besetzt waren, saßen die neu eingetroffenen Gäste an der Bar oder standen in kleinen Grüppchen bei der Tür. Obwohl mir niemand bekannt vorkam, waren Szenerie und Atmosphäre exakt wie an dem Abend, an dem ich zum ersten Mal ins Café Internacional gekommen war. Irgendetwas verband diese Menschen hier, ließ sie schnell in Kontakt miteinander kommen und betont ungezwungen miteinander plaudern, so als ob sie sich schon lange kennen würden. Einzelne Wortfetzen teils in Englisch, Italienisch, Deutsch oder was auch immer drangen an mein Ohr, während die Musik durch die Stimmen und das Gelächter immer mehr in den Hintergrund trat. Ein leicht geschürztes junges Mädchen trug ein Tablett mit exotisch aussehenden Cocktails an einen der Tische. Ob da wohl auch so eine berauschende Kreation wie Smittys Corky-Lime dabei war? New York schien mir weit weg. Die Entfernung, die ich empfand, ließ sich nicht in Meilen ausdrücken. Zwischen New York und Fayal lagen Welten.

»Bitte sehr!« Der Kellner stellte den Scotch vor mich hin.

»Danke, Smitty«, sagte ich in Gedanken. Im selben Augenblick wurde ich mir meines Fehlers bewusst und musste lachen.

»Max. Ich bin Max.« Er verbeugte sich leicht bei seiner Vorstellung und lächelte nachsichtig.

»Danke, Max. Und ich bin Nick.«

»Sehr erfreut. Ihre Suppe kommt auch bald, Mr. Nick.«

Ich hatte plötzlich das Gefühl, Max schon sehr lange zu kennen.

»Signorina!« Mit diesem Ausruf kam Leben in das gleichmäßig an- und abschwellende Gemurmel. Ich lugte hinter meiner Säule hervor und entdeckte einen »Bekannten«, der, den Hut in der einen Hand, die andere halb erhoben, auf den hinteren Teil des Cafés zusteuerte. Der Italiener im Nadelstreifenanzug. Im Schlepptau hatte er einen kleinen, rundlichen Mann mittleren Alters, dem so viel Aufsehen ganz offensichtlich peinlich war. Er fuhr sich mit der Hand über das schüttere Haar, nachdem er den Hut abgenommen hatte, und schaute dabei, als wäre das verboten. Sie begaben sich zu einem bereits voll besetzten Tisch ganz in meiner Nähe, wo der Nadelstreifenmann die anderen mit seinem Begleiter bekannt machte. Die Blondine von neulich war nicht dabei, dafür aber eine aufgeputzte Rothaarige mit Schlafzimmerblick und schiefen Zähnen. Er schaute sich suchend um und kam dann auf mich zu.

»Scusi. Benötigen Sie diese beiden Stühle?« Er sprach gewählt, aber mit starkem Akzent.

»Nein. Nehmen Sie sie ruhig mit.« Das war mir mehr als recht, so konnte ich für mich bleiben, was mich dem Vorhaben Hintertür hoffentlich ein Stück näherbringen würde. Während am Nachbartisch das Stühlerücken noch voll im Gange war, nahm ich aus dem Augenwinkel wahr, wie sich die Tür öffnete. Eine Frau blieb im Türrahmen stehen. Im schummrigen Licht konnte ich ihr Alter schlecht schätzen. Irgendwo zwischen vierzig und fünfzig. Schlanke Figur. Ihre Haltung war steif und unnahbar, Typ Göttin auf der Säule. Sie hob die Hand und gab ein Zeichen. Es galt dem redseligen Italiener.

»Un minuto, Signora Lily!«, rief er ihr gestikulierend zu.

Der Blick der Frau drückte Missbilligung aus. Das war sie also – die berühmt-berüchtigte Besitzerin des Café Internacional. Sie erwiderte nichts, drehte sich aber mit einer heftigen Bewegung um und ging eine Treppe hinauf. So viel konnte ich gerade noch sehen, während die Tür langsam wieder zuschwang, ohne sich jedoch ganz zu schließen. Ein altbekannter, elektrifizierender Schauer lief über meinen Nacken. Ich war auf dem Sprung. Es fiel mir schwer, unbeteiligt sitzen zu bleiben und auf den richtigen Moment zu warten. Am liebsten wäre ich gleich hinterhergeschlichen. Unmöglich natürlich. Schon machte sich der Italiener zusammen mit seinem nervösen Begleiter auf und stieg die steile Treppe hinauf. Leider zog er die Tür fest hinter sich zu. Ich ging zur Toilette und versuchte im Vorbeigehen den Türknauf zu drehen – Fehlanzeige.

Ich hatte mich noch nicht wieder richtig hingesetzt, als der Italiener zurückkam, ohne seinen Begleiter. Er rückte seinen Stuhl ganz nah zu der Rothaarigen hin und flüsterte ihr, während seine Hand unter dem Tisch verschwand, etwas ins Ohr. Entweder aus Unachtsamkeit, oder weil er den anderen bald zurückerwartete, hatte er die Tür nicht wieder hinter sich zugezogen. Das war meine Chance. Vielleicht die einzige. Die Rothaarige lachte gackernd. Ich dachte nicht mehr lange nach. »Wünsch mir Glück, Josephine«, flüsterte ich meiner Tischdame zu, trank meinen Scotch aus und ging wie selbstverständlich durch die Tür.

Die Treppe war schmal und steil. Ein dicker dunkelroter Teppich, der auf jeder Stufe durch eine glänzende Messingstange festgehalten wurde, wies den Weg nach oben. An den

Wänden edle Textiltapeten, in deren feinem Streifenmuster sich das gleiche dunkle Rot mit goldenen und cremefarbenen Streifen abwechselte. Ich lief wie auf Watte, kein Geräusch von Schuhen oder quietschenden Dielen konnte mich verraten. Kleine Wandlampen mit Milchglasschirmen, ähnlich denen im Café, verbreiteten ein dämmriges Licht. Oben angekommen, befand ich mich in einem sechseckigen Flur, von dem drei Türen abgingen. So sehr ich auch lauschte, außer meinem eigenen Herzschlag und dem Rauschen des Blutes in meinen Ohren konnte ich nichts hören. Die Tür zu meiner Linken war nur angelehnt, schwacher Lichtschein drang heraus. Vorsichtig öffnete ich sie einen Spaltbreit. Ich blickte in ein kleines Büro, das nur durch eine Schreibtischlampe spärlich beleuchtet wurde. An einem Aktenschrank stand, mit dem Rücken zu mir, eine Frau, die in Papieren blätterte. Jetzt drehte sie sich ein wenig nach rechts, so dass ich sie im Profil sehen konnte. Es war Maria. In diesem Dämmerlicht wirkte sie in ihrem schwarzen Kleid besonders schmal und zerbrechlich. Zugegeben, ein appetitlicher Anblick, auch wenn sie nicht auf den Händen lief. Garrett war ja davon überzeugt, dass sie nichts mit diesen schmutzigen Verbrechen zu tun hatte. Was zu beweisen wäre. Büroarbeit um diese Uhrzeit? Die Sekretärinnen, die ich kannte, arbeiteten alle tagsüber. Nun ja, mit Maria würde ich mich später noch näher beschäftigen. Leise lehnte ich die Tür wieder an und schlich an einer Wandgarderobe vorbei zur nächsten Tür. Im Vorbeigehen streifte ich den dort hängenden Mantel, wodurch zwei Kleiderbügel leicht aneinanderschlugen. Das metallische Geräusch klang in dieser Stille unnötig laut. Ich hielt inne. Zum Glück war ich wohl der Einzige, der es vernommen hatte. Vor der mittleren Tür blieb ich stehen. Gedämpfte Stimmen drangen an mein Ohr. Ein Blick durch das

Schlüsselloch war leider nicht sehr aufschlussreich. Außer einem Bücherschrank, vor dem ein alter Ledersessel stand, war nichts zu sehen. Ich konnte zwar die Stimmen einer Frau und die eines Mannes unterscheiden, Worte oder gar Zusammenhänge waren nicht herauszuhören. Ich presste ein Ohr an die Tür. Die Stimme der Frau wurde lauter, sie schien jetzt direkt hinter der Tür zu stehen. Sie sprach Englisch. Gerade, als ihre Worte klar verständlich durch die Tür mein Ohr erreichten, wurde der Türknauf gedreht. Ich sprang schnell zurück und verbarg mich, so gut es ging, hinter dem herabhängenden Mantel, bevor die Tür aufging.

»Nein! Auf gar keinen Fall!«

»Aber Signora, Sie müssen doch auch Verständnis für meine Lage haben.« Lily stand bereits halb auf dem Flur, mit dem Rücken zur Garderobe, der Mann war noch im Raum.

»Ich muss gar nichts!« Sie machte ein paar Schritte in das Zimmer zurück, wobei sie die Tür wieder ein Stück zuschob. Die Stimmen klangen gedämpfter, waren aber noch gut zu verstehen.

»Mein Auftraggeber wird Ihr Angebot nicht akzeptieren. Er …«

»Ihr Auftraggeber soll selbst zu mir kommen«, schnitt sie ihm das Wort ab.

»Aber was Sie verlangen, ist unmöglich!« Die Stimme des Mannes klang verzweifelt. »Bitte, Signora …!«

»Keine Diskussionen mehr! Richten Sie ihm aus, dass ich nur mit ihm selbst verhandle. Er soll dann auch die restlichen Papiere mitbringen. Diese hier«, ich hörte Papiergeraschel und einen Protestruf ihres Kunden, »behalte ich so lange. Sie können gehen.«

Alle Achtung, das war ein kluger Schachzug. Sie hatte diesen armen Menschen übertölpelt. Auf diese Weise konnte sie sich sicher sein, dass der wahre Auftraggeber zu ihr kommen würde. Sei es, um persönlich zu verhandeln, oder die Papiere, die sie einbehalten hatte, zurückzufordern. Diese Frau hatte Macht, und sie wusste sie einzusetzen.

Die Tür ging auf. Ich musste mich schleunigst unsichtbar machen. Um die Treppe wieder hinunterzulaufen, war es zu spät. Es gab für mich nur eine Möglichkeit. Mit zwei großen Schritten war ich bei der Bürotür und verschwand dahinter. Hoffentlich noch rechtzeitig. Maria zuckte bei meinem Eintreten zusammen und blickte mich erschrocken an. In diesem Moment wurde der Knauf gedreht, und die Tür öffnete sich. Schnell trat ich zurück, bis ich die Wand in meinem Rücken spürte. Jetzt hat sie dich, Nick Hamlet, schwirrte es durch meinen Kopf. Im Geiste ging ich schon mal »Die besten zehn Ausreden gegenüber älteren Damen« durch.

»Maria, du bist noch hier?« Lily klang überrascht, fast ärgerlich. Sie machte einen Schritt in den Raum. Ihr Schuh klackte laut auf dem Steinboden. Jetzt konnte ich die Spitzen ihrer Schuhe sehen. Schwarzer Lack. Ein Schweißtropfen kitzelte sich quälend langsam meinen Nacken hinab.

»Ja. Ich führe die Lieferscheine und Rechnungen aller Firmen zusammen. Es dauert doch länger, als ich ursprünglich annahm.« Bewundernswert, mit welcher Sicherheit sie Lily gegenübertrat, zumal sie mich genau in ihrem Blickfeld hatte. Ihre Stimme war kühl und bestimmt. Man hätte die beiden Frauen für Partner halten können, nicht aber für Chefin und Angestellte.

»Das ist lobenswert. Aber für heute hast du genug getan. Die Arbeit läuft dir nicht weg. Morgen ist auch noch ein Tag.« Das klang schon freundlicher.

»Ganz wie du willst.« Jetzt zögerte Maria doch ein wenig. »Du kannst die Tür schon abschließen, ich gehe durchs Treppenhaus.«

»Gute Nacht.« Mit diesen Worten zog sich Lily zurück und schloss zweimal von außen zu.

Maria und ich standen uns wie angewurzelt gegenüber. Keiner wagte zu sprechen. Nach einer Weile nahm sie ihre Tasche, öffnete die andere Tür und lauschte. Alles war still. Auf ein Zeichen hin folgte ich ihr in den dunklen Hausflur. Nachdem sie die Tür abgeschlossen hatte, ging sie die Stufen hinab. Ich blieb dicht hinter ihr, bemüht, synchron mit ihr zu laufen, damit ein eventueller Lauscher nur die Schritte einer Person vernahm. Unten angekommen wagte ich ein geflüstertes »Danke, dass Sie mich nicht verraten haben.«

Durch das Milchglas des Oberlichtes beleuchtete eine Straßenlaterne unsere Gesichter. Marias Augen wirkten undurchdringlich schwarz in diesem diffusen Licht. Obwohl sie flüsterte, klang ihre Frage sehr bestimmt. »Was wollten Sie da oben?«

Ich winkte ab. »Nicht jetzt. Wir unterhalten uns demnächst. In Ruhe. Nur wir beide.«

Maria nickte zwar, doch die beiden Falten zwischen ihren Augenbrauen vertieften sich. Nach kurzem Zögern öffnete sie vorsichtig die Tür und spähte hinaus. Schnell zog sie sie wieder zu und drückte sich an die Wand, wobei sie instinktiv auch mich nach hinten zog. Eine unerwartet heftige Berührung, die mir nicht gerade unangenehm war. Draußen hörte ich Schritte. Klang ganz nach schwarzen Lackschuhen. Direkt vor der Tür verstummten sie. Marias Augen bewegten sich unruhig hin und her. So als würde sie nach einem anderen Ausgang suchen. Wir standen dicht beieinander. Ich spürte die Wärme ihres

Körpers. Ihre Zunge fuhr nervös über ihre Lippen und gab ihnen einen samtigen Glanz. Obwohl sie vorhin so souverän reagiert hatte, schien sie jetzt sehr erregt zu sein. Wie ein in die Enge getriebenes Tier. Mir ging es genauso, doch der Grund war eher anderer Natur. Von draußen war ein Scharren zu vernehmen. Gleich darauf entfernte sich die Person vor der Tür mit leiser werdenden Schritten, die bald gar nicht mehr zu hören waren.

Maria atmete tief aus und schaute mich erleichtert an. Und da war noch etwas in ihrem Blick. Wenn zwei Menschen die gleiche Durststrecke durchlebt haben, dann erkennen sie in den Augen des anderen die eigenen Wünsche und Sehnsüchte wieder. Es war nur noch ganz wenig zwischen uns, was es uns ermöglichte, die Distanz aufrechtzuerhalten. Und dieses Wenige wischte sie beiseite, indem sie mit der Hand ganz leicht meine Wange berührte. Die Berührung war so zart und unschuldig, dass sie fast unerträglich war. Ich ließ meine Hände über ihre Schultern wandern, zeichnete die Linie ihres Rückens nach und zog sie ganz an mich heran. Als sie mich ansah, nahm ich in ihrem Blick die gleiche Lust auf das Leben wahr, die auch ich verspürte.

Doch es war uns nicht vergönnt, diesen besonderen Moment auszukosten. Mit einem lauten Klacken standen wir plötzlich im Scheinwerferlicht. Zumindest schien es mir so, als die Beleuchtung des Treppenhauses anging. Von weiter oben drangen Geräusche herab. Ich reagierte fast so schnell wie immer in brenzligen Situationen, öffnete die Tür und zog Maria mit hinaus. Die Straße war menschenleer. Wortlos wandten wir uns in entgegengesetzte Richtungen. Nach wenigen Schritten drehten wir uns gleichzeitig noch einmal um. Der Blick aus Marias dunkel glänzenden Augen berührte mich tief.

Ich bog um die Ecke und schlenderte auf das Café Internacional zu. Vor dem Eingang atmete ich ein paar Mal tief durch, zog Hut und Krawatte zurecht und ging mit federnden Schritten hinein. Jetzt musste ich nur noch zusehen, dass ich möglichst unauffällig meinen Platz hinter der Säule wieder einnahm. Das Café war mittlerweile so brechend voll, dass es ein Leichtes sein würde, sich durch das verrauchte Gewimmel zu arbeiten, ohne dabei aufzufallen. Ich bezweifelte allerdings, dass mein Tisch noch frei sein würde. Während ich mir meinen Weg suchte, schweifte mein Blick über unzählige Gesichter und traf dann unvermittelt die Augen von Max, die regelrecht auf mir zu ruhen schienen. Ohne irgendeine Reaktion zu zeigen, wandte er sich wieder seiner Arbeit hinter der Bar zu.

Ich fand meinen Tisch genauso vor, wie ich ihn verlassen hatte. Sogar das leere Scotch-Glas stand noch da. Josephine blickte fragend auf mich herab. »Frag nicht, Josephine …«

»Wie bitte?« Vor mir stand plötzlich Max.

»Oh, ich … ähm … ich habe mich gerade gefragt, ob ich mir noch einen Scotch genehmigen soll … vor dem Essen.«

»Ah ja. Ich wollte fragen, ob ich jetzt Ihre Suppe bringen soll, Mr. Nick.«

»Ja … die Suppe.«

»Und den Scotch, jetzt oder später?«

»Danke, später vielleicht.«

Mit einem Lächeln, das ich nicht recht deuten konnte, zog er sich zurück und ging durch eine Schwingtür in die Küche. Diskret. Oder einfach nur schlau. Was hatte er wohl mitbekommen? Mit diesem Max würde ich mich noch näher beschäftigen müssen.

Loyalität

Dieses Mal saß der Junge bereits am Tisch, als der General eintrat. Seit dem letzten Mal, als er hier war, waren noch nicht einmal vierundzwanzig Stunden vergangen. Doch in dieser kurzen Zeit hatte er sich verändert. Er fühlte sich jetzt wie ein Mann. Niemand würde ihn mehr herumkommandieren. Er würde bestimmen, wo es lang ging. Sogar, nein, vor allem dem alten Pedro würde er zeigen, wer jetzt das Sagen hatte. Der General hielt große Stücke auf ihn. Das würde er die anderen schon wissen lassen. Nur die ständige knetende Bewegung seiner Hände verriet Unsicherheit und Anspannung.

Dem General war diese Verwandlung nicht verborgen geblieben. Es lief gut. Doch er musste aufpassen, dass der Junge sich immer innerhalb seiner Grenzen bewegte.

»João!«, sprach er ihn an, während er die Tür fest hinter sich schloss.

Der Kommandoton verfehlte seine Wirkung nicht. João sprang hastig auf, so dass der Stuhl auf dem Steinboden ein hässliches Geräusch machte.

Der General ließ sich am Tischende nieder. »Setz dich wieder! Nun, was führt dich zu mir?« Der General blickte ihn freundlich an, seine Stimme und die gesetzten Worte ließen jedoch keinen Zweifel daran, dass er nur einen wichtigen Grund für diesen überraschenden Besuch akzeptieren würde.

»Da … also, da ist einer in die Walfabrik gekommen. Der hat mit dem alten Pedro gesprochen.«

Der General zog fragend eine Augenbraue hoch.

»Es ist nur … wegen Maria.«

Die Hände des Generals ballten sich unmerklich unter dem Tisch zusammen. »Worüber haben sie gesprochen?« Der Junge bemerkte die Anspannung in seiner Stimme nicht.

»Also ... über Marias Vater. Ich hab nicht viel gehört. Aber hinterher, also, da hab ich den Pedro in die Mangel genommen.« Beifall heischend schaute er den General an. Der schwieg. Die feuchten Hände des Jungen wischten mechanisch über die schmutzigen Hosenbeine, dann platzte er heraus. »Der will die Maria mitnehmen!«

Der General richtete sich auf.

»Ja!« Jetzt kam João in Fahrt. »Also, der Pedro, der wollte ja erst nicht rausrücken mit der Sprache. Aber ich hab ihn so lange bearbeitet, bis er's mir dann gesagt hat. Der Americano hat von ... also ... er hat von ... na, dass der Maria ihr Vater ... also, dass sie jetzt niemanden mehr hat. Und dass sie deshalb bei Lily arbeiten muss.«

Der General zuckte zusammen.

»Und Pedro ... also der sagt, es wär gut, wenn Maria mit dem Americano weggehen würde.« Jetzt war es heraus. Erschöpft lehnte er sich an die hohe Stuhllehne und wischte sich mit einem Ärmel über Stirn und Haaransatz.

Der General atmete tief ein, wobei er sich in die Brust warf. Das wilde Pochen seines Herzens spiegelte sich im schnellen Zucken seiner Halsschlagader wieder. Doch wie immer verbarg er den Aufruhr in seinem Innern hinter straffer Selbstbeherrschung. Etwas war ihm entgangen. Ihm! Wie war das möglich? Er würde handeln müssen. Und zwar schnell. Er würde nicht eher ruhen, bis auch dieser Verrat gesühnt war. Dieser Junge, der vor ihm saß, war sein wichtigstes Werkzeug.

»Sehr gut, João. Es war richtig, gleich zu mir zu kommen.«

Der Junge gab ein erleichtertes Stöhnen von sich.

»Kennst du den Americano?«

»Nein. Ich habe ihn auch noch nie hier gesehen.«

»Und Pedro – kennt er ihn?«

»Na ja … sie haben miteinander gesprochen.«

Der General nickte langsam, während sein Gehirn auf Hochtouren arbeitete.

»Soll ich … also, ich kann mir den Pedro noch mal vornehmen. Der wird mir schon alles sagen.«

»Noch nicht. Dazu wissen wir noch zu wenig. Du … du würdest doch alles tun, um Maria zu beschützen, oder!?«

»Ja! Alles!« Der Junge nickte heftig. Sein Blick war ernst und entschlossen.

»Sehr gut, João. Halte die Augen offen. Ich lasse dich rufen, wenn ich dich brauche.«

Mit diesen Worten war der Junge entlassen. Er druckste noch eine Weile herum, stand dann auf und ging zögernd zur Tür, wo er sich noch einmal umdrehte, bevor er den Raum verließ. Der fanatische Blick in den Augen des Generals erreichte sein einfaches Gemüt nicht. Für ihn bestand kein Zweifel daran, dass dieser Mann stets das Richtige tat.

Der General saß aufrecht am Tischende, die geballten Fäuste auf der Tischplatte. Er nahm den Aufbruch des Jungen schon nicht mehr wahr. Andere Bilder standen vor seinen Augen. Er war bereit zu kämpfen. Eher würde er sie töten, als dass er zuließe, dass Maria in die Fänge dieses Weibes geriet.

Kapitel 12

Mr. Nick?« Es klopfte zaghaft an meine Tür.

»Ja, Moment. Ich komme.« Schnell erhob ich mich und band meinen Morgenrock zu.

Vor der Tür stand Senhora Antonia, in der Hand ein Tablett, auf dem eine dicke maisgelbe Henkeltasse mit dampfendem Kaffee stand.

»Ah, Kaffee! Sie können wohl Gedanken lesen?« Ich nahm ihr das Tablett aus der Hand. Der glatte Stoff meines Morgenmantels verrutschte und gab Senhora Antonia erneut die Möglichkeit, einen Blick auf meine nackte Brust zu werfen. Die Frau sah mich mehr aus- als angezogen.

»Arbeiten Sie schon?« Ihre Augen wanderten zu meiner Reiseschreibmaschine, die auf dem Holztisch vor dem offenen Fenster stand. Das eingespannte Blatt flatterte von Zeit zu Zeit im Wind. Außer meiner Remington beherbergte der kleine Teakholztisch noch jede Menge Holzwürmer, die seit gut einer Stunde mein Geklapper ertragen mussten. Mit dem Bericht für meine Auftraggeber konnte ich mir noch Zeit lassen. Das langsame Tippen diente mir vor allem dazu, meine Gedanken zu sortieren.

»Ja. Ja, ich habe schon gearbeitet.« Ich fuhr mir mit der Hand über mein stacheliges Kinn. Der Kaffeeduft stieg mir in die Nase. »Eine kleine Kaffeepause habe ich mir schon verdient.«

»Da ist noch etwas, Mr. Nick.« Sie zog ein langes Couvert aus der Tasche ihres Kittels und reichte es mir. Absender P. H. Dabney. »Das hat vor zehn Minuten ein Bote gebracht.«

»Danke, Senhora Antonia.«

»Ja, dann … will ich Sie jetzt nicht länger stören.« Dieses Mal blieb ihr Blick an meinen etwas zu dünn geratenen Waden hängen. Ich hätte damals doch nicht auf dunkelrotem Paisley bestehen sollen, sondern den lang geschnittenen blauen Morgenrock nehmen sollen. Aber die Idee, dass eine Frau meine Beine mustern könnte, die mich nicht sowieso schon ohne den Morgenmantel gesehen hatte, war mir beim Kauf natürlich nicht gekommen.

Als meine Zimmerwirtin die Tür hinter sich zugemacht hatte, setzte ich mich erst mal aufs Bett, um den Kaffee zu trinken. Vorsichtig nippte ich an dem heißen Getränk. Ich betrachtete dabei skeptisch den Brief. Sah sehr offiziell aus. Besonders die Rückseite. Mit Siegel verschlossen. Hoffentlich war es keine Einladung.

Sehr geehrter Mr. Hamlet,
ich darf Sie heute Abend für 21.00 Uhr
zu mir zum Essen bitten.
Hochachtungsvoll
P. H. Dabney

Na, wunderbar! Ein Befehl zum Abendessen. Eigentlich hatte ich vorgehabt, wieder unangemeldet bei Dabney aufzutauchen. Solche Blitzbesuche waren im Allgemeinen, und bei Dabney im Besonderen, am ergiebigsten. Nun ja, ich würde gut vorbereitet zu diesem Essen gehen und einen Weg finden, um ihn aus der Reserve zu locken. Vorher standen allerdings noch einige andere Besuche an: Ich musste noch einmal mit dem alten Pedro sprechen und vor allem mit Maria. Ich dachte an gestern Abend, und es lag sicher nicht an Antonias starkem Kaffee, dass mir warm wurde. Ich dachte auch an Garrett, der

Maria für ein Unschuldslamm hielt. Und ich dachte an Sid, dem genau diese Haltung zum Verhängnis geworden war.

Schnell streifte ich meinen Morgenmantel ab und mit ihm alle angenehmen Gedanken an Maria. Ich kleidete mich an, kämmte meine Haare straff zurück und zog meine Krawatte fest. Es war noch nicht halb acht. Ich würde zuerst in die Walfabrik gehen und Pedro zu einem Kaffee in einer der Hafenkneipen einladen. Hoffentlich war er heute genauso redselig wie gestern, und wir wurden nicht wieder gestört. Schnell machte ich mich fertig. Ich nahm meinen Hut und wollte schon gehen, als mir einfiel, wie gierig Pedro bei meinem letzten Besuch meine Zigaretten konfisziert hatte. Irgendwo musste ich noch ein Päckchen Murat haben. Kleine Geschenke erhalten die Freundschaft. Seit ich eine gute Zigarre zu schätzen wusste, schmeckte mir dieses wüste Kraut sowieso nicht mehr. Ich steckte das noch verschlossene Päckchen ein und nahm auch für mich eine Cubana perfecto mit, die ich am Abend zusammen mit einem Scotch im Café Internacional genießen wollte.

Als ich nach dem Türknauf griff, klopfte es. Ich öffnete die Tür. Senhora Antonia. »Mr. Nick, verzeihen Sie, dass ich schon wieder störe, aber unten ist eine junge Frau. Die möchte mit Ihnen sprechen.«

Ich dachte an Maria und lockerte meine Krawatte. »Wer ist es denn?«

»Das hat sie nicht gesagt. Es ist eine Amerikanerin.«

Miss Millar. Das konnte nur Miss Millar sein. Gut. Sehr gut sogar. Und doch empfand ich Enttäuschung, dass es nicht Maria war. Schnell blickte ich mich in meinem Zimmer um. Ungemachtes Bett, Kleider über dem Stuhl, Aufzeichnungen auf dem Tisch. Antonia, von deren gedankenleserischen Fähigkeiten ich nun restlos überzeugt war, sagte lächelnd: »Sie wartet im Wohnzimmer. Dort können sie sich ganz ungestört unterhalten.«

»Sehr gut. Danke.« Ich nickte ihr anerkennend zu.

Verlegen wischte sie mit ihren Händen über den bunten Kittel, den sie immer trug.

»Übrigens, mein Zimmer brauchen Sie heute nicht zu machen. Morgen wieder.«

Sie schien erfreut. Vielleicht kam ihr diese Arbeitsersparnis gerade recht. Ich schloss meine Tür ab und folgte ihr. Unten führte sie mich in ein kleines Wohnzimmer, das aussah, als würde es nie benutzt. Dunkler Vitrinenschrank mit Bleiverglasung, eine Anrichte im gleichen Stil. Auf den Rücken- und Armlehnen der Polster lagen feine Spitzendecken, die den Stoff vor schwitzenden Händen oder nicht mehr ganz taufrischen Haaren schützen sollten. In der Mitte stand auf einem Teppich, der sicher gutes Geld gekostet hatte, ein dunkler runder Holztisch mit vier hochlehnigen Stühlen. Alles hier sah so neu aus, dass ich verstohlen nach vergessenen Preisschildern Ausschau hielt.

Als ich eintrat und die Tür hinter mir schloss, drehte sich Miss Millar um. Sie hatte am Fenster gestanden und wirkte sehr nervös. »Guten Morgen, Miss Millar.« Ich gab ihr die Hand und schaute sie aufmunternd an.

»Guten Morgen. Ich … verzeihen Sie, dass ich so früh schon hierher komme, aber ich wollte unbedingt noch mit Ihnen sprechen, bevor ich zur Arbeit gehe.«

»Das ist schon in Ordnung. Sie haben Glück, dass ich noch da bin. Ich wollte gerade weggehen.«

»Oh!« Ihre Hände griffen an den Halsausschnitt ihrer Bluse.

»Bitte, setzen wir uns doch.«

Wir nahmen beide am Wohnzimmertisch Platz. Ich legte die Arme auf den Tisch, nahm sie jedoch gleich wieder herunter und zog die aufwändig gearbeitete Spitzendecke wieder glatt. Das war ganz eindeutig das »gute Stück«, und ich wollte mir auf keinen Fall den Zorn von Senhora Antonia zuziehen.

»Also, Sie haben ja gestern auch mit meinem Bruder gesprochen. Wissen Sie, er war unheimlich stolz, als er diesen Job bei der Transatlantischen Telegrafengesellschaft bekommen hat. Leitender Ingenieur ... es war die Erfüllung eines Traumes für ihn. Und jetzt so etwas ...« Sie schüttelte den Kopf, ihre Augen wurden feucht.

Ich wartete, bis sie sich wieder etwas gefasst hatte.

»Mr. Hamlet, mein Bruder hat mit der Sache nichts zu tun! Seit dieses Gerät und die ganzen Unterlagen verschwunden sind, hat er kein Auge mehr zugemacht. Er fühlt sich verantwortlich. Und er hat Angst. Aber Sie verdächtigen ihn doch nicht?! Oder? Bitte, sagen Sie, dass Sie ihn nicht verdächtigen!« Ihre Stimme versagte.

»Miss Millar, nun beruhigen Sie sich erst einmal.« Ich gab ihr mein Taschentuch.

»Danke.« Sie wischte sich über die geröteten Augen. Sie sah aus, als hätte auch sie kaum geschlafen.

»Ihr Bruder ist nicht mehr und nicht weniger verdächtig als alle anderen auch.«

»Wie ...?«

»Nun, zu Beginn einer Ermittlung sind alle verdächtig ...«

Sie wollte erneut protestieren.

»... was in diesem konkreten Fall bedeutet, dass es hunderte von Verdächtigen gibt.«

Verständnislos blickte sie mich an.

»Die Mitarbeiter aller ausländischen Kabelgesellschaften gehören dazu. Und die der Transatlantischen Telegrafengesellschaft. Also auch Ihr Bruder. Und Sie selbst.«

Sie atmete heftig aus und sah mich fassungslos an.

»Und Ihr Chef, Mr. P. H. Dabney.« Ich zwinkerte ihr zu. »Aber vielleicht war es auch jemand von der Insel, jemand, der ganz andere Motive hat, als alle annehmen.«

Miss Millar blickte stumm auf ihre Hände. Ihr ging jetzt sicherlich vieles im Kopf herum. Ich hatte ihr nicht die Antwort gegeben, die sie sich gewünscht hatte. Aber zumindest war sie ruhiger geworden. Ich hielt sie für eine gefühlsbetonte, aber auch praktische Frau und war gespannt, wie sie nun reagieren würde. »Sie haben recht, Mr. Hamlet. Aus Ihrer Sicht sind wir alle verdächtig. Ich weiß, dass mein Bruder nichts mit der Sache zu tun hat … und ich schon gar nicht. Wie können wir Ihnen helfen, die Wahrheit herauszufinden?«

Ihre Stimme klang leicht resigniert. Es kostete sie sicher einiges an Überwindung, ihre Gefühle beiseitezulassen und diesen Schritt auf mich zuzumachen. Ich nickte ihr anerkennend zu. »Gehen wir noch einmal die Nacht zum zwölften März durch. Ist Ihnen irgendetwas aufgefallen? Kann eine Kleinigkeit sein. Etwas, das Sie vielleicht gar nicht mit dem Verbrechen in Verbindung bringen.«

»Nein. Ich habe mir seit Ihrem Besuch schon den Kopf zermartert. Aber … nichts, absolut nichts. Es war alles wie immer. Ich musste trotz des Festes bei der Italcable bis zum Schluss arbeiten. Als ich dann endlich bei den Italienern ankam, war Mr. Dabney schon da und auch alle anderen. Zum Glück haben mir meine Kollegen einen Platz an ihrem Tisch freigehalten.«

»Um wie viel Uhr war das?«

»Das war genau halb neun. Ich war nämlich eine halbe Stunde zu spät.« Das klang bitter, so als wäre sie auch im Leben immer zu spät gekommen.

»Hm … Als ich gestern früh auf Mr. Dabney gewartet habe, wurde unser Gespräch unterbrochen. Sie hatten gerade gesagt, dass er Ihnen irgendetwas verboten hat. Wissen Sie noch, was das war?«

»Verboten? Nein. Nein, ich erinnere mich nicht.«

»Doch, doch. Denken Sie noch einmal nach. Als ich mich Ihnen vorgestellt habe, sagten Sie ›… deshalb hat Mr. Dabney mir untersagt …‹ Dann wurden wir durch sein Eintreffen unterbrochen.«

»Ach, ja, natürlich! Jetzt weiß ich, was Sie meinen. Nachdem Sie das erste Mal bei ihm waren, hat er mir strikt untersagt, mit irgendjemandem darüber zu sprechen. Allerdings, ohne den Grund dafür zu nennen. Dabei hätte er gar nicht so geheimnisvoll tun müssen. Ich dachte mir schon, dass es mit dem Diebstahl und dem Mord zu tun hat. … Ich bin ja nicht dumm!«

»Nein, Miss Millar, das sind Sie ganz gewiss nicht. Und ich bin auch davon überzeugt, dass Sie eine gute Beobachtungsgabe haben. Auf die bin ich jetzt angewiesen. Wie war das in den Tagen vor dem Fest bei Italcable? Ist Ihnen da irgendetwas Ungewöhnliches aufgefallen?« Ich nahm sie ernst, und das spürte sie. Sie entspannte sich zusehends. Und ich mochte sie auch. Ich war mir sicher, dass sie die Wahrheit sagte und sich bemühte, mir zu helfen. Doch voreilige Schlüsse wollte ich deshalb nicht ziehen.

»Nicht vor dem Fest, aber danach. Eine Kleinigkeit. Ich bin an dem Tag etwas früher gegangen, weil ich eine Verabredung mit … mit meinem Bruder hatte.« Sie wurde rot und schaute weg. »Er hat … ach, es hat wahrscheinlich gar nichts zu bedeuten, aber … als Sie eben gefragt haben, ist es mir wieder eingefallen …«

»Nur Mut! Manchmal sind es gerade diese Dinge, die das Unterbewusstsein an die Oberfläche spült und die dann ein wichtiges Teil im Puzzle darstellen.«

»Er hat seinen Scotch verschüttet.«

»Seinen Scotch?«

»Ja, er schien irgendwie nervös und hat beim Eingießen die Hälfte verschüttet. Er bemerkte mich erst, als er versucht hat, die Pfütze mit einem Taschentuch aufzutupfen … Er hat dann etwas verlegen gegrinst und gemeint, dass das wohl noch die Nachwirkungen der Feier bei Italcable seien.«

»Das war also direkt am Tag nach dem Fest?«

»Nein, es war zwei Tage später.«

Interessant!

»Hat Ihr Bruder denn bei dem Fest so viel getrunken?«

»Mein Bruder? Wieso denn mein Bruder?« Miss Millar sprang auf.

»Ja, sprechen Sie denn nicht von Ihrem Bruder?«

»Nein! Von Dabney! Ich spreche von Dabney!« Ihre Stimme war laut und schrill. Was mochte Senhora Antonia von mir denken!

»Verzeihen Sie …«

»Ach, hören Sie doch auf! Sie haben sich in den Kopf gesetzt, dass es Jonathan war. Und jetzt wollen Sie auch noch, dass ich Ihnen den Beweis dafür liefere!« Die arme Miss Millar stand kurz vor einem Nervenzusammenbruch.

»Nein, das tue ich nicht, und das wissen Sie auch. Sie haben von einer Verabredung mit Ihrem Bruder gesprochen, also habe ich angenommen, dass sich auch der verschüttete Scotch auf Ihren Bruder bezieht. So einfach ist das.«

Sie blickte mich stur an, doch ihre Wangen glühten auf der sonst blassen Haut, und ihre Hände zitterten.

»Moment.« Schnell ging ich hinaus. Ich fand Senhora Antonia in der Küche.

»Haben Sie vielleicht einen Scotch oder etwas in der Art?«

»Ich habe etwas viel Besseres!« Schon nahm sie eine unbeschriftete Flasche aus dem Küchenschrank und füllte zwei Wassergläser zur Hälfte damit, die sie auf das Tablett stellte, auf dem sie mir vorhin den Kaffee gebracht hatte.

»Eigentlich brauche ich nur einen für die junge Dame. Was ist das?«

»Das ist Aguardente. Beruhigt die Nerven sofort. Nehmen Sie ruhig auch einen. Wenn jungen Damen die Nerven durchgehen, können Männer auch was zur Stärkung gebrauchen.« Antonia kannte sich aus. Ich ging mit dem Tablett zurück ins Wohnzimmer, wo Miss Millar zusammengesunken wieder auf ihrem Stuhl saß. »Trinken Sie das.«

»Was ist das?«

»Senhora Antonias Wunderwaffe gegen bloßliegende Nerven.« Misstrauisch roch sie an der klaren Flüssigkeit. Ich kippte mein Glas zuerst, sie tat es mir nach. Das Teufelszeug nahm nicht nur die Nervosität, sondern auch den Atem. Wie doch so ein gemeinsames Nach-Luft-Japsen verbinden konnte. Ich fand zuerst die Sprache wieder.

»Besser?«

Miss Millar nickte nur. Sie brachte kein Wort heraus. Hoffentlich hatte ihr das Zeug nicht die Stimmbänder verätzt.

»Wollen wir es noch einmal miteinander versuchen?«

Sie nickte wie in Zeitlupe.

»Möchten Sie mir noch irgendetwas sagen?«

Ein erneutes Nicken, dann endlich die ersten Worte. »Ich glaube, ich bin betrunken.«

Antonias Wunderwaffe hatte seinen Zweck erfüllt. Sicher lag es nicht nur am Alkohol, dass Miss Millar schließlich beschwingt den Raum verließ. Sie würde die Augen offen halten und wieder zu mir kommen, sobald sie etwas zu berichten hatte. Ich wünschte mir für sie, dass ihr Bruder wirklich nichts mit der Sache zu tun hätte. Dass Dabney seinen Scotch verschüttet hatte, konnte alles Mögliche bedeuten. Eine Information, mit der ich im Moment nichts anfangen konnte, doch ich würde sie im Gedächtnis behalten.

Der Weg zur Walfabrik schien mir diesmal kürzer. Die um diese Uhrzeit noch recht raue Seeluft wehte mir fast den Hut weg. Als ich bei der Fabrik ankam, war mein Kopf wieder klar und kühl.

Ich ging die Treppe hinauf und direkt auf den Schuppen zu, in dem er neulich an seinem Scrimshaw gearbeitet hatte. Die Tür stand auf. Ein Mann um die fünfzig mit Dreitagebart und struppigen Haaren war gerade mit der Pflege der Walfanggeräte beschäftigt. Er tauchte seine rissige, schmutzige Hand in eine rostige Blechdose mit der Aufschrift: *Das Beste fürs Kind – nahrhaft und gesund.* Was er zutage förderte, war ein Klumpen Fett, den er in den metallenen Riesenhaken einmassierte. Eine Zigarettenkippe hing wie festgewachsen in seinem Mundwinkel. Er kniff die Augen zusammen, um sie vor dem aufziehenden Rauch zu schützen.

»Bom dia. Ich suche Pedro Medeiros.«

Keine Reaktion.

Ich sprach etwas lauter. Vielleicht war er ja schwerhörig.

»Wissen Sie, wo ich ihn finden kann?«

Noch immer keine Reaktion. War er gar taub? Ich betrat den Schuppen und stellte mich direkt vor ihn hin. Er musste mich bemerken, denn ich stand ihm im Licht. Jetzt schaute er hoch. Na, endlich! Statt jedoch etwas zu sagen, machte er mit einer Hand eine Bewegung, um mir zu bedeuten, dass ich aus dem Licht gehen sollte.

Ich trat etwas zur Seite und versuchte es auf Portugiesisch. »Por favor, onde tem Pedro Medeiros?«

»Der versteht Sie nicht.«

Ich drehte mich um. Hinter mir stand ein Mann in meinem Alter, breitbeinig, die Arme vor der Brust verschränkt. Auch er offensichtlich ein Walfänger.

»Ist mein Portugiesisch so schlecht?«

Mein Scherz kam nicht an.

»Pedro ist nicht hier.« Der Mann klang abweisend.

»Und wo kann ich ihn finden?«

»Draußen.« Mit diesen Worten ging er hinaus.

»Moment!« Ich folgte ihm. »Wollen Sie damit sagen …«

Doch er war bereits in der Halle verschwunden. Ich schaute mich um, aber auch hier draußen war von Pedro nichts zu sehen.

Es hatte keinen Sinn, weiter hier herumzufragen. Auf diese Weise würde ich nur unnötig viel Aufsehen erregen und die Leute kopfscheu machen. Ich hatte eine bessere Idee. Ich würde Garrett fragen, wo Pedro wohnte, und ihm dort einen Besuch abstatten. Aber vorher musste ich unbedingt etwas Festes in den Magen bekommen.

Kapitel 13

Das Brot entpuppte sich als eine Art staubtrockener Kuchen, der zu allem Überfluss auch noch nach Naftalin schmeckte. An dem Kaffee, mit dem ich das Ganze hinunterspülen wollte, verbrannte ich mir die Zunge. Da half es auch nichts mehr, dass die dicke Bäckersfrau hinter ihrer Kasse in Mitleidsbezeugungen ausbrach, die ich sowieso nicht verstand. Sie gab mir ein Glas kaltes Wasser, was ich dankend entgegennahm. Ich trank in kleinen Schlucken, die ich ein wenig im Mund behielt, um meine schmerzende Zunge zu kühlen. Künftig würde ich in aller Ruhe bei Antonia frühstücken, bevor ich das Haus verließ.

Ich machte mich auf den Weg zu Garrett. Erstens wollte ich von ihm wissen, wo der alte Pedro wohnte, und außerdem interessierte mich natürlich, ob er noch etwas herausgefunden hatte. Plötzlich, ohne ersichtlichen Grund, kam eine Erinnerung an etwas zurück, was ich heute früh zwischen Schlaf und Erwachen halb geträumt, halb gedacht hatte. Ein Hinweis, eine Spur, eine Tür … Es hatte mit der Hintertür im Café Internacional zu tun. Oder mit dem alten Pedro. Er hatte von irgendetwas gesprochen, was von Bedeutung war. Ganz hinten in meinem Kopf klingelte es. Ein hauchdünner Faden führte zu einem anderen wichtigen Punkt. Doch je mehr ich versuchte, den Faden zu verfolgen, desto schneller verschwand er im Dunst meines Unterbewusstseins. Wie bei Träumen. Je stärker man bemüht ist, sich an sie zu erinnern, desto schneller verflüchtigen sie sich.

Der Weg zu Garrett führte mich an Marias Haus vorbei, na ja, fast vorbei. Ich machte einen kleinen Bogen und stand bald darauf vor dem kleinen windschiefen Haus, von dessen Tür seit meinem letzten Besuch noch mehr Farbe abgeblättert war. Warum sollte ich nicht jetzt gleich mit ihr sprechen? Was bei Dabney wirkte, konnte bei ihr nicht verkehrt sein. Unangemeldete Besuche brachten so manche Wahrheit zutage. Genau! Und überhaupt: Sie war eine der wichtigsten Personen in diesem Fall, wenn nicht die Schlüsselperson überhaupt. Ich würde mich weder von ihren traurigen Augen noch von der Erinnerung an gestern beeinflussen lassen. Sie hielt Informationen zurück, und dieses Mal würde ich herauskriegen, was es war. Ich war durchaus in der Lage, Persönliches von Beruflichem zu trennen. Nachdem ich mir also eine Weile gut zugeredet hatte, trat ich einen Schritt zurück und blickte zu dem Fenster über der Haustür, aus dem Maria neulich herausgeschaut hatte. Die Fensterläden waren geöffnet. Ich fasste nach dem kalten Messingring und klopfte. Quietschend öffnete sich eine Tür. Allerdings nicht die, an die ich geklopft hatte. Aus dem Haus nebenan trat eine alte Frau. Um den Kopf hatte sie ein schwarzes Wolltuch gebunden, die schwarze Strickjacke, die sie trug, wurde durch ihren runden Buckel hinten hochgehoben, während sie vorne fast bis zu den Knien hinabreichte. Sie stellte zwei Körbe auf den Gehweg und warf mir einen Blick zu, der zwischen Neugierde und Misstrauen schwankte. Aus dem einen Korb nahm sie einen riesigen Schlüssel, mit dem sie ihre Haustür sorgfältig verschloss. Die Alte hob ihre Körbe auf und fixierte mich mit geneigtem Kopf von halb unten. Im Vorbeigehen murmelte sie unverständlich vor sich hin. Ein letztes Mal klopfte ich an Marias Tür. Wenn sie jetzt nicht öffnete, würde ich mich auf den Weg zu Garrett machen. Plötzlich rief es hinter mir:

»Hey Americano!«

Ich drehte mich um. Die alte Frau hatte ihre Körbe abgesetzt und schaute mich vorwurfsvoll an. Breitbeinig, eine Hand auf die Hüfte gestützt, wirkte sie fast angriffslustig.

»Verstehst du mich nicht? Ich habe gesagt, Maria ist nicht hier.«

Ich war verblüfft. Die Alte konnte Englisch. Sie sprach sogar mit weniger Akzent als Senhora Antonia. »Ich ... danke. Wann ... wissen Sie denn, wann sie zurückkommt?«

»Nein, weiß ich nicht. Geht mich auch nichts an.« Missbilligend schüttelte sie den Kopf, nahm erneut ihre Körbe auf und machte sich, noch immer kopfschüttelnd, auf den Weg in Richtung Hafen.

Ich hatte eine Idee. »Hallo! Moment! Bitte warten Sie.« Mit einigen langen Schritten hatte ich die alte Frau eingeholt.

»Was ist denn noch, Americano?« Sie blieb nicht stehen.

Ich schlenderte neben ihr her. »Kennen Sie vielleicht Pedro? Pedro Medeiros?«

»Und wenn ich ihn kenne?« Sie sah stur geradeaus.

»Nun, dann könnten Sie mir vielleicht sagen, wo er wohnt.« Ich beugte mich etwas zur ihr hinab, um ihr ins Gesicht sehen zu können. Mein Lächeln sollte ihr Vertrauen wecken und sie aus der Reserve locken.

Sie blieb stehen, setzte die Körbe ab und schaute mich lange an. »Du bist sicher kein übler Junge, Americano. Deshalb gebe ich dir einen Rat: Halt dich an deinesgleichen, und lass uns hier in Frieden.« Sie nickte mir mit freundlicher Strenge zu, nahm ihre Körbe und ging. Die Art und Weise, wie sie mich angesehen und mit mir gesprochen hatte, ließ keine weiteren Fragen zu. Rose Elms kam mir in den Sinn, meine alte Lehrerin. *Nick Hamlet, du bist kein schlechter Junge. Das weiß ich. Aber wenn ich dich noch einmal beim Lügen erwische, dann ziehe ich dir den Hosenboden stramm.* Ich wusste, dass Miss Elms einen Rohrstock in der Schublade ihres Pultes liegen hatte, und verzichtete künftig darauf, von meinem Vater, dem portugiesischen Edelmann, zu erzählen.

Auf zu Garrett!

Als ich dieses Mal die Polizeistation betrat, war der Stuhl hinter Garretts Schreibtisch leer. An einem kleinen Tisch saß ein junger Sergeant vor einer Schreibmaschine. Mit zwei Fingern tippte er im Zeitlupentempo einen Bericht. Miss Millar hätte ihre Freude an diesem Anblick gehabt. Seine Mütze lag auf dem Tisch neben der Maschine, die oberen Knöpfe seiner Uniform waren offen. Angestrengt suchte er sich Buchstabe um Buchstabe zusammen. Er hatte mich nicht klopfen hören und bemerkte mich erst, als ich die Tür hinter mir zuzog. Erschreckt sprang er auf, wobei er gleichzeitig nach seiner Mütze griff. Dass ich nicht sein Chef war, ließ ihn erleichtert aufatmen. Sofort nahm er jedoch wieder Haltung an.

»Sie wünschen?« Er zog gewichtig die Augenbrauen nach oben, um zu zeigen, dass er hier im Moment die ganze Verantwortung trug.

»Ich möchte zu Detective Sergeant Garrett.«

»Detective Sergeant Garrett ist im Moment nicht verfügbar. Sie können sich aber auch gerne an mich wenden.« Amüsiert registrierte ich die formelle, etwas geschraubt klingende Sprache. Sie passte so gar nicht zu diesem Jungen, der sicher noch keine zwanzig war.

»Danke, sehr freundlich. Aber … ich muss schon mit ihm selbst sprechen. Wissen Sie, wann er wiederkommt?«

»Das kann dauern.«

Der wollte mich wohl loswerden. »Macht nichts, ich kann

warten.« Mein freundliches Lächeln trieb ihn nur noch mehr in die Defensive.

»Bitte, wenn Sie nicht mit mir vorliebnehmen wollen …« Wenig begeistert deutete er mit der Hand auf eine kleine Holzbank.

Ich setzte mich und wünschte mir bereits nach wenigen Minuten, dass Garrett nicht mehr allzu lange ausblieb. Die Bank war nicht nur hart. Ihre Maße legten die Vermutung nah, dass es sich um eine ausrangierte Schulbank handelte. Der junge Sergeant hatte wohl ähnliche Wünsche wie ich. Er fühlte sich sichtlich unwohl in meiner Gegenwart, obwohl ich mich bemühte, nicht immer auf seine Zeigefinger zu schauen, die langsam über der Maschine kreisten, bevor sie sich auf eine der Tasten stürzten.

Ich schlug meine Beine im Wechsel übereinander. Ich verlagerte mein Gewicht von einer Pobacke auf die andere. Ich lehnte mich vor. Ich lehnte mich zurück. Irgendwann hielt ich es nicht mehr aus und stand auf, um wenigstens einen Augenblick lang der polizeilichen Härte zu entkommen.

»Sagen Sie … Sie wissen doch sicher, wo Detective Sergeant Garrett ist …«

Der junge Beamte blickte von seiner Schreibmaschine hoch und ließ die Hände sinken. »Selbstverständlich weiß ich das!«

»Sagen Sie mir doch einfach, wo ich ihn finden kann. Dann muss ich hier nicht länger sitzen und auf ihn warten.« Ich war mir sicher, dass das auch ganz in seinem Sinne war. Doch ich hatte mich getäuscht.

Seine Schultern strafften sich, die Augenbrauen schnellten in die Höhe. »Ich bin nicht befugt, Ihnen derlei Auskünfte zu erteilen. Es ist Ihnen überlassen, ob Sie warten wollen oder nicht. Die Wahrung unserer Dienstgeheimnisse …«

Seine Präsentation polizeilicher Autorität wurde durch das Schrillen des Telefons auf Garretts Schreibtisch unterbrochen. Der Junge schnellte hoch und setzte seine Mütze auf, bevor er zackig durch den Raum stiefelte, um den Hörer abzunehmen. Die altersschwachen Dielen ächzten unter jedem seiner Schritte.

»Polizeistation Horta, Sergeant Nuñes am Apparat. … Ja … ja, ich werde umgehend kommen … nein … ja.« Er legte auf, schloss die beiden oberen Knöpfe seiner Uniform, zog die Mütze zurecht und, wie sollte es auch anders sein, die Augenbrauen in die Höhe. »Ein wichtiger Einsatz. Ich werde dringend benötigt. Ich muss Sie jetzt leider ersuchen zu gehen.«

Kleiner Wichtigtuer, dachte ich, es tut dir nicht im Geringsten leid, mich jetzt rauszuwerfen. Wahrscheinlich musst du irgendeine altersschwache Katze vom Baum holen. Trotzdem ergab ich mich der Staatsgewalt. Ich hatte lange genug auf dem Folterbänkchen ausgeharrt. Mehr Sitzfleisch hätte ich sowieso nicht gehabt. Das war heute eindeutig nicht mein Tag. Pedro, Maria, Garrett – alle schienen mir auszuweichen. Ich hatte das Gefühl, dass die Zeit gegen mich arbeitete, und wurde langsam unruhig.

Da war ja auch noch Max. Vielleicht traf ich wenigstens ihn an, und es gelang mir, einen Blick hinter die Fassade des mustergültigen Barkeepers zu werfen. So unbeteiligt, wie er gestern Abend meine Rückkehr in das Café registriert hatte, unterstellte ich ihm einfach mal, dass er ein brillanter Beobachter war, der sicher einiges zu erzählen hat. Wenn ich ihn denn zum Reden bringen konnte. Außerdem hatte ich, bevor ich die nächste Runde einläutete, ganz eindeutig einen Tee und ein Sandwich Internacional verdient!

Umso enttäuschter war ich, als ich bald darauf das Café Internacional betrat und hinter dem Tresen nicht Max stand. Ein Mann mit einer Jockey-Figur und faltigem Gesicht ging um die Theke herum und kam auf mich zu, noch bevor ich mich gesetzt hatte. Wie Max war auch er in traditionelles Schwarz-Weiß gekleidet. Ansonsten hatte er wenig vom typischen Barmann. Er war bestimmt schon über sechzig und hätte ein Bruder oder Kollege von Pedro Medeiros sein können.

»Guten Tag. Bitteschön.« Er deutete eine Verbeugung an und gab mir die Karte. Die Finger seiner rechten Hand waren tabakbraun. Ein unangenehmer Geruch nach Rauch und Schweiß umgab ihn.

»Danke. Die brauche ich nicht. Ich hätte gerne einen Chá Gorreana und ein Sandwich Internacional.«

»Einen Gorreana, ein Internacional. Geht klar.« Freundlich lächelnd wandte er sich um und ging in die Küche. Seinen Duft ließ er leider hier. Kurz darauf kam er mit einem vollen Tablett wieder, das er auf einem Nachbartisch abstellte. Er wischte und rubbelte mit seinem weißen Tuch über die Marmorplatte meines Tisches, bevor er Tee und Sandwich vor mich hinstellte.

»Einen guten Appetit wünsch ich dann.«

»Danke. Ach … sagen Sie, ist Max heute nicht da?«

»Der kommt später. So gegen acht.«

»Und Sie vertreten ihn so lange.«

»Richtig. Mach ich zweimal in der Woche. An seinen freien Tagen. Da kommt er dann immer erst abends.«

»Ach so, er hat frei.«

»Muss ja auch mal sein, oder? Der schafft sowieso viel zu viel.«

»Ja, scheint so. Ich habe ihn jedes Mal gesehen, wenn ich im Café war.« Ich schenkte mir Tee ein. »Das ist wohl eine Lebensstellung hier?«

Der Jockey lehnte sich an die Kante des Tisches, wo er vorhin das Tablett abgestellt hatte, und überkreuzte die Füße. Aha, er war also in Plauderstimmung. Ein leichtes Kribbeln wanderte über meinen Hinterkopf zum Nacken. Vielleicht würde ich nach den vielen vergeblichen Anläufen heute wenigstens diese Hürde nehmen.

»Kann man so sagen. Der geht hier bestimmt nicht mehr weg. So gut trifft der das nie mehr. Nirgends. Noch nicht mal bei euch drüben überm großen Teich.« Diese Feststellung schien ihn zu freuen.

»So? Was ist denn hier so viel besser als bei uns?«

»Na, 'ne Chance habt ihr ihm nicht grad gegeben, als das bekannt wurde mit …« Er wedelte unbestimmt mit der Hand und vermied meinen Blick. »Dabei ist das ein feiner Mann, und großzügig!«

Ich schaute ihn fragend an, während ich zu meiner Teetasse griff. »Was war denn? Hat er Probleme gehabt?«

»Ja, hat er. Aber die hat er nicht verdient. Sehen die meisten hier aber anders. Ich bin da nicht so. Er ist nämlich ein Gentleman.«

»Da stimme ich Ihnen zu. Das merkt man sofort.«

»Ja, nicht wahr? Kann man weiß Gott nicht von jedem behaupten, der hinter schwedischen Gardinen …« Verlegen hielt er inne.

»Er war im Gefängnis?«

»Ja. War er.« Er stellte sich hin und wirkte plötzlich wesentlich reservierter.

»Was hat er denn angestellt?« Ich bemühte mich um einen beiläufigen Tonfall und biss zur Tarnung herzhaft in mein Brot.

Er schwieg und machte ein betretenes Gesicht. So als hätte

er gerade begriffen, dass er sich zu weit vorgewagt hatte. Schließlich bekam ich doch noch eine Antwort: »Aber er ist kein Verbrecher! Da gibt's andere. Ganz andere.« Fast wütend ging er zurück hinter die Theke, wo er lautstark begann, mit Geschirr zu hantieren.

Das Rätsel Max wurde immer größer.

Vertrauen

Leise öffnete Maria die Haustür und spähte vorsichtig hinaus. Niemand war zu sehen. Bevor sie ging, zog sie das Tuch weiter über ihren Kopf nach vorne. Leichtfüßig schlüpfte sie im Schatten von Haus zu Haus. Jetzt in der Mittagszeit waren die Straßen leer, fast ausgestorben. Auf der anderen Straßenseite flatterte die Wäsche in der Sonne. Ein schläfriger Hund hob den Kopf und sah ihr nach. Aus geöffneten Fenstern waren vereinzelt Stimmen zu hören und das Klappern von Geschirr. Es roch nach Essen. Mit der Familie zu Mittag essen – wie schön musste das sein.

Als sie vor dem Haus angekommen war, packten sie Zweifel. Sie hob die Hand, um den Metallknauf an die Tür zu schlagen. Ihr Atem ging schnell, im Gleichklang mit ihrem Herzschlag. War das richtig? Sollte, durfte sie das überhaupt tun? Er war ein Fremder. Trotz allem. Einer, der keinen Hehl daraus machte, dass er auch sie verdächtigte. Und ihm wollte sie sich anvertrauen. Sie ließ ihre Hand wieder sinken. Andererseits fühlte sie sich zu ihm hingezogen. Er hatte etwas an sich, was ihr Vertrauen in ihn rechtfertigte. Dieser Blick aus seinen Augen gestern Abend. Es war, als hätte sie in einen Spiegel geschaut und ihre eigene Seele gesehen. Sie konnte nicht sagen, was es war, aber es war so stark, dass es sie immerhin bis vor seine Tür geführt hatte.

Was aber, wenn sie sich alles nur eingebildet hatte. Wenn sie gar nicht verfolgt wurde. Die Schritte hinter ihr, der Schatten auf der anderen Straßenseite, als sie gestern Abend die Läden zugezogen hat. Nein, das konnte keine Einbildung sein. Je-

mand beobachtete sie, und sie hatte Angst. Und dann die Sache mit dem Ring.

Maria blickte sich noch einmal um und schlug dann den Messingknauf fest an die Tür.

»Maria!« Die Frau in der bunten Kittelschürze war überrascht.

»Guten Tag, Senhora Antonia. Ich … darf ich kurz hereinkommen?«

»Ja, natürlich, komm. Ist etwas passiert?« Prüfend sah sie Maria an.

»Nein. Nicht so direkt jedenfalls. Ich müsste mit Mr. Hamlet sprechen. Ist er da?«

»Das tut mir leid, aber er ist heute schon ganz früh aus dem Haus gegangen. Willst du auf ihn warten?«

»Nein. Nein, ich … ich muss ja auch bald arbeiten gehen.«

»Soll ich ihm etwas ausrichten?«

Maria schüttelte langsam den Kopf. »Nein. Es war eigentlich auch nicht so wichtig. Auf Wiedersehen, Senhora Antonia.«

»Auf Wiedersehen, Maria.« Besorgt sah Antonia ihr nach, bis sie um die nächste Ecke verschwunden war. Ein junger Mann löste sich aus dem Schatten eines Mauervorsprungs und schlenderte um die gleiche Ecke.

Maria atmete tief durch. Die Entscheidung war ihr abgenommen worden. Vielleicht war es besser so. Irgendwann würde er sie ohnehin aufsuchen.

Sie beschleunigte ihren Schritt und war froh, endlich beim Café Internacional angekommen zu sein. Sobald sie das Café betreten hatte, fühlte sie sich ruhiger. Wie eine Kirche, ging es ihr durch den Kopf. Bei dem Gedanken musste sie laut auflachen. Der kleine, faltige Mann hinter der Bar blickte auf. Hier fühlte sie sich so sicher wie in einer Kirche. Ausgerechnet hier im Sündenbabel! Das würden auf Fayal wohl die wenigsten nachempfinden können.

Draußen ging ein junger Mann vorbei. Wütend blickte er auf die schwere Flügeltür, die noch leicht nachschwang. Die Hände in den Hosentaschen ballten sich zu Fäusten.

Kapitel 14

So sehr mich auch die Vergangenheit von Max interessierte, meine Gedanken kehrten zu Pedro zurück. Ich wurde unruhig. Das Gespräch mit dem alten Walfänger duldete keinen Aufschub mehr. Er hatte mir etwas zu sagen, etwas Entscheidendes, das spürte ich. Aber wo konnte ich ihn finden? Der Mann war wie vom Erdboden verschluckt. Irgendjemand musste mir doch sagen können, wo er wohnte.

Vom Tresen klang Gläsergeklirr zu mir herüber. Ich suchte den Blick des Kellners, doch der arbeitete mit verschlossener Miene vor sich hin. Keine ideale Voraussetzung, um nach Pedros Adresse zu fragen. Was würde ihn wohl dazu bewegen, mir die gewünschte Auskunft zu geben? *Geld, Junge. Jeder hat seinen Preis.* Das war Sids Methode gewesen. Und meistens hatte er auch Erfolg damit gehabt. Es kam auf den Versuch an.

Ich ging zur Bar, um zu zahlen. Außer dem geforderten Betrag legte ich ihm noch ein sattes Trinkgeld auf den Tresen. Während ich meine Geldbörse einsteckte, fragte ich beiläufig: »Sagen Sie, der alte Pedro, der wohnt doch ganz in der Nähe von Porto Pim.«

Der Kellner begann, die Münzen an sich zu nehmen.

»Können Sie mir sagen, wo genau?«

»Das ist viel zu viel.« Barsch schob er mir den größten Teil meiner großzügigen Bezahlung zurück.

»Nein, das ist schon in Ordnung so.« Ich schob ihm das Geld wieder hin. »Aber noch mal zu meiner Frage …«

Er gab einen unwilligen Laut von sich. »Ihr Amerikaner glaubt wohl, mit Geld lässt sich alles kaufen.«

Ich hatte heute schon zu viele vergebliche Versuche hinter

mir und wurde ungeduldig. Auch mein Ton wurde schärfer. »Hören Sie, ich will hier nichts kaufen!« Ich schlug meine flache Hand vor ihm auf das blanke Holz. »Ich brauche lediglich eine simple Auskunft!«

Er ging nicht auf mich ein, sondern redete sich jetzt richtig in Fahrt. »Ja, so seid ihr. Bestechlich, selbstgefällig und brutal.« Er funkelte mich genauso geringschätzig an wie Pedro bei unserem ersten Treffen. »Na los, ziehen Sie schon Ihre Knarre, und halten Sie sie mir an den Kopf. Das kommt doch immer dann, wenn Geld nicht ...«

Meine Hand schoss über den Tresen und packte ihn beim Kragen. Das Münzgeld klimperte zwischen den Gläsern hindurch. Ein Teil landete unter kleinen Fontänen im Spülbecken. Ich zog ihn zu mir heran und drückte dabei seinen Hals zu.

Seine Augen traten hervor, er röchelte nach Luft. »So lassen Sie mich doch los!« Er fasste nach meiner Hand und versuchte, sie zu lösen.

Ich nahm ihn kaum noch wahr. Vor meinen Augen tauchten andere Bilder auf. Ich hörte Kinderlachen. *Leise, sei doch leise. Wenn Papa das merkt, zieht er mir den Hosenboden stramm.* Spindeldürre Arme. Und Beine, die blass aus kurzen Hosen ragten. Dunkelbrauner Grind auf dem Knie. *Los, wir verstecken uns hinter den Mülltonnen.* Abwechselnd wogen wir die Waffe in unseren Händen. Ehrfurcht in den Augen. Kichernd. Ein Spiel.

»Bitte ...« Ein heiseres Krächzen aus dem verzerrten Mund. Sein Blick flehend. Die Pupillen begannen zu flackern, rutschten seitlich weg.

Was um alles in der Welt machte ich hier! Ich wollte meinen Griff lockern, doch meine Hand war wie mit Stahlschrauben zusammengehalten. Es kostete mich all meine Kraft, loszulassen. Ich schlug dem Kellner mehrmals leicht ins Gesicht, damit er wieder zu sich kam. Er schnappte nach Luft und riss mit einer Hand an seinem Kragen. Der oberste Knopf sprang ab und sank auf den Grund des Spülbeckens zu den Münzen. Schwer atmend hing ich noch immer halb über dem Tresen.

»Ich trage nie eine Waffe, hören Sie, nie!« Meine Stimme klang dumpf und fremd in meinen Ohren. Ich stand auf der Schwelle zu meinem früheren Leben. Nur langsam ließ die Spannung in meinem Körper nach. Ich setzte mich auf einen Barhocker und starrte auf den Tresen, der einen fast unnatürlichen Glanz hatte. Mein Blick verlor sich in den Maserungen des Holzes. Feine Linien in dunklem und hellem Braun, in unregelmäßigen Abständen unterbrochen durch das geschwungene Auf und Ab um kleine Astgabeln herum, die in der Mitte fast schwarz waren. Ich war erschöpft, regelrecht ausgepumpt. Erinnerungsfetzen waren übergeschwappt und hatten diese Reaktion ausgelöst. Wie würde ich das diesem armen, gebeutelten Mann verständlich machen können? Es gab keine Entschuldigung für meinen Übergriff.

Der Kellner stellte zwei Wassergläser auf den Tresen und goss aus einer unbeschrifteten Flasche großzügig ein. Er griff nach einem der Gläser mit der durchsichtigen Flüssigkeit, wartete aber mit dem Trinken, bis ich das andere Glas nahm. Wir tranken auf Ex. Ich schnappte nach Luft. Aguardente. Er schenkte nach. Dieses Mal ließen wir unsere Gläser aneinanderklirren, bevor wir sie in einem Zug leerten. Ich atmete kräftig aus und kniff kurz die Augen zusammen, um meinen Blick zu klären.

Es war Zeit für eine Entschuldigung. »Danke.« Ich deutete mit dem Kopf in Richtung der fast leeren Flasche. »Und …«

Der Kellner winkte ab. »A lembrança é uma bestia cruel.«

Er hatte verstanden. Ich hatte verstanden. Weitere Erklärungen waren nicht nötig. Ich erhob mich und fühlte kaum den Boden unter den Füßen.

»Kennen Sie die Bäckerei in der Rua Filipe Carvalho?« Seine Stimme klang noch immer heiser, so als hätte er eine starke Erkältung.

Ich schaute ihn fragend an.

»Ganz in der Nähe vom Hafen. Es gibt da nur die eine.«

»Ja, ich glaube, dann weiß ich, wo es ist.« Das konnte nur die Bäckerei sein, in der ich nach meiner ersten feucht-fröhlichen Begegnung mit Maria einen Kaffee getrunken hatte und in der ich mir bei meinem zweiten Besuch die Zunge verbrannt hatte.

»Oben drin wohnt Pedro Medeiros mit seiner Frau.«

Ich machte mich auf, in Richtung Porto Pim. Mein Aguardente-Pegel war seit heute Morgen konstant erhöht, was mir zwar einen beschwingten Schritt verlieh, meiner Konzentration jedoch ganz entschieden im Weg stand. An der Kaimauer machte ich halt. Vielleicht wäre ich nach ein paar Atemzügen frischer Seeluft wieder hergestellt. Der raue Stein war von der Sonne aufgeheizt. Ich legte meinen Hut ab, schwang die Beine über die Mauer und ließ sie über dem Wasser baumeln. Hier würde ich so lange sitzen bleiben, bis ich wieder einigermaßen klar denken konnte. Lange Wellen endeten an dem Mauerwerk unter meinen Füßen. Die Spitzen und schroffen Kanten einzelner Felsen verschwanden im Wellengang, um gleich darauf wieder aufzutauchen. Ich atmete tief ein, bis meine Lungen schmerzten. Langsam ließ ich die Luft wieder ausströmen. Der Himmel draußen über dem Meer war diesig, die Linie des Horizontes kaum noch auszumachen. Die Sonne stand noch ziemlich hoch und brannte auf mein umnebeltes Hirn. Eine kalte Dusche bei Antonia würde mir sicher sofort auf die Beine helfen. Doch das musste warten. Langsam erhob ich mich, setzte meinen Hut wieder auf, zog das Jackett glatt und steuerte die Bäckerei an. Am Largo Arriaga angekommen, ging es links ab in die Rua da Rosa, wo meine Residencial war. Die Straße, die nach rechts führte, war die Rua Filipe Carvalho.

Von weitem sah ich eine zierliche, schwarz gekleidete Frau über die Straße gehen. Sie hatte ein Tuch um den Kopf geschlungen und eilte im Schatten der Häuser bis zur Ecke der Rua da Rosa. Ihr langer Rock schwang sanft um ihre schlanken Beine. Obwohl ich sie nur von hinten sah, hatte ich den Eindruck, dass es Maria war. War sie auf dem Weg zu mir? Ich beschleunigte meinen Schritt. Doch noch ehe ich ihren Namen rufen konnte, war sie aus meinem Blickfeld verschwunden. Ich zögerte. Vielleicht sollte ich ihr hinterhergehen. *Vielleicht solltest du dich aber einfach nur mal zusammenreißen und nicht jedem Rock hinterherstiefeln,* rief ich mich zur Ordnung. Ich entschied mich gegen den Rock und für die ausgebeulten Hosen Pedro Medeiros'.

»Pedro ist nicht da. Aber meine Schwester. Das ist seine Frau. Wollen Sie mit ihr sprechen?« Die dicke Bäckersfrau, die gerade dabei war, ihren Laden nach der Mittagspause wieder zu öffnen, war äußerst entgegenkommend. Vielleicht machte mich meine Aguardente-Fahne ein bisschen zu einem der ihren und somit vertrauenswürdig.

»Ja, danke.« Gut, dass ich wenigstens Pedros Frau antraf.

»Kommen Sie.« Sie ging voraus, an der Backstube vorbei und begann, eine steile Treppe, die man fast schon als Leiter bezeichnen konnte, nach oben zu steigen. Dabei rief sie schon von unten mit durchdringender Stimme: »Tereza! Tereza, Besuch für dich!« Die schmalen Holzstufen ächzten unter ihrem Gewicht. Ich ging mit sicherem Abstand hinter ihr her. Oben angekommen blieb sie schnaufend vor einer niedrigen Tür stehen, die gleich darauf geöffnet wurde.

Im Türrahmen erschien das Ebenbild der Bäckersfrau, nur zwanzig Kilo leichter und ein paar Jahre älter.

»Guten Tag. Senhora Medeiros?«

»Ja?« Sie begegnete mir mit dem gleichen offenen Blick wie ihre Schwester.

Ich lüpfte meinen Hut. »Nick Hamlet. Ich wollte eigentlich mit Ihrem Mann sprechen.«

»Mein Mann ist nicht da.«

»Das weiß er doch schon, Tereza«, schaltete sich ihre Schwester in unser Gespräch ein. »Vielleicht kannst du ja auch mit ihm reden. Ich muss dann mal wieder nach unten, damit meine Kundschaft nicht verhungert. Wiedersehen, Mister.« Sie nickte mir freundlich zu und machte sich auf den gefährlich anmutenden Rückweg. Meine Vermieterin Antonia wäre sicher noch geblieben, um zu erfahren, worum es ging. Entweder war die Bäckersfrau nicht neugierig, oder sie wusste, dass ihre Schwester ihr später sowieso alles berichten würde.

»Bitte, kommen Sie doch herein. Sind Sie der Detektiv?« Senhora Medeiros ging voraus in ein kleines Wohnzimmer.

»Ja, der bin ich.«

»Wissen Sie, ich war nicht damit einverstanden, dass Pedro … dass mein Mann da mitmacht. Aber er hat sich nicht davon abbringen lassen. Ach bitte, setzen Sie sich doch. Was hab ich schon an ihn hingeredet. Manchmal tut er so, als würde er mich nicht hören. Dabei hört er noch sehr gut für sein Alter.

Wissen Sie, er ist schon siebenundsechzig. Aber was er nicht hören will, tja …« Sie wirkte bekümmert.

»Wobei macht er denn mit?« Ich nahm auf einem weichen Sofa Platz, auf dem sich jede Menge Kissen in allen Farben und Mustern türmten.

»Ich mache mir solche Sorgen. Das ist doch viel zu gefährlich für ihn. Aber davon will er ja nichts wissen. Reicht doch auch so, was er noch alles macht in seinem Alter.« Sie sah mich mit einem Blick an, der Zustimmung forderte.

»Senhora Medeiros. Ich muss dringend mit Ihrem Mann sprechen. Es geht um das Verbrechen, um den Toten. Wo ist Ihr Mann?«

»Draußen ist er. Auf See.« Sie sah bedrückt auf ihre faltigen Hände, die sie in den Schoß gelegt hatte.

»Auf See?« Ich dachte an Pedros Holzbein.

»Ja. Dieser Junge, João, ist gekommen und hat gesagt, dass es diesmal nicht ohne ihn geht. Und dieser verrückte Alte …« Ihre Stimme versagte. Sie holte ein Taschentuch aus dem Ärmel ihres Kleides und putzte sich geräuschvoll die Nase. »Entschuldigen Sie. Ich habe eigentlich nicht so nah am Wasser gebaut. Und ängstlich bin ich auch nicht. Aber dieses Mal … Ich weiß auch nicht …«

Ich konnte ihr ungutes Gefühl nachvollziehen. Da waren wir schon zu zweit. Wozu war ein alter Mann, der noch dazu nur ein Bein hatte, zum Walfang auf hoher See zu gebrauchen?

»Wer ist denn dieser João? Ein Kollege?«

»Na ja, Kollege … wenn Sie das so nennen wollen. Er ist für die Walfänger so eine Art Mädchen für alles. Aber ein guter Walfänger wird aus dem wohl nicht. Er ist Vollwaise, und wenn der General ihn nicht angeschleppt hätte …« Sie schüttelte den Kopf.

»Der General?«

»Nun ja, er ist kein richtiger General. Aber alle haben ihn so genannt ... aus Respekt und weil er für Ordnung gesorgt hat. Das hatte schon etwas Militärisches ... Wer bei den Irmãos war, war ihm gerade deshalb treu ergeben ... Disziplin, Kameradschaft und all so was ...«

»Wer sind denn diese Irmãos ...?«

»Die Irmãos de Horta. Na ja ... das ... das ist, ach ich finde das ja alles Quatsch.«

Dank Morelli wusste ich ja schon, dass es sich dabei um eine Gruppierung von Traditionalisten handelte. Innerlich zog ich den Hut vor ihm. Seine Recherchen waren mal wieder erstklassig. Wenn ich zurück in New York war, würde ich mit ihm mal über unsere weitere Geschäftsverbindung reden. Der Mann war Gold wert.

»Mein Pedro und einige andere hier gehen regelmäßig zu den Treffen. Pflege der alten Traditionen nennen sie es. Na ja, zugegeben – sie tun viel für unsere Insel und für die Leute hier. Die haben schon manchem auf die Beine geholfen, der ganz unten war.«

»Und worin besteht der ›Quatsch‹, den sie machen?«

Sie wurde etwas verlegen. »Na, die ganze Geheimniskrämerei. Und viele von denen haben Ideen im Kopf – altmodisch und verstaubt.«

Ich musste lächeln. Da saß eine alte Frau vor mir, zwischen bestickten Kissen, das graue Haar zu einem Knoten gebunden, die abgearbeiteten Hände im Schoß, aber mit wachen, leuchtenden Augen.

»Ich weiß schon, was Sie jetzt denken. Aber ich war nie so. Obwohl ich die Insel niemals verlassen habe. Noch nicht mal auf einer Nachbarinsel war ich.« Sie seufzte. »Ich habe auch damals meine Söhne – wir haben vier Söhne – also, ich habe sie unterstützt, als sie nach Amerika wollten. Mein Mann, oh je … er ist kein Freund von den Amerikanern …«

Da sagte sie mir nichts Neues. Ich dachte an mein Gespräch mit Pedro und wie schwer es gewesen war, an ihn heranzukommen. Die Frau war eine wahre Informationsquelle. Und im Gegensatz zu ihrem Mann weder misstrauisch noch zurückhaltend. Eine patente Frau. Aber das würde ihr Mann sicher anders sehen.

»Wissen Sie, worum es genau geht? Waren Sie auch schon einmal bei einem der Treffen?«

Sie lachte kurz auf und schüttelte den Kopf. »Das ist nur für Männer! Und worüber gesprochen wird, ist streng geheim!« Das schien sie keinesfalls zu kränken, im Gegenteil, sie wirkte belustigt. »Das sind so die Spielregeln, nach denen sich jeder richten muss, der den Irmãos beitritt. Und der Ring natürlich … jedes Mitglied bekommt einen Ring, den er Tag und Nacht tragen muss. Haben Sie ihn nicht gesehen, als Sie mit meinem Mann gesprochen haben?«

Ich hatte ihn nicht bemerkt und ärgerte mich über meine Unachtsamkeit. Zumal ich Senhora Medeiros Belustigung nicht teilen konnte. Allem Anschein nach handelte es sich hier um einen Geheimbund, der sich nicht so leicht in die Karten schauen ließ. Was hinter verschlossenen Türen besprochen wurde, konnte von humanitärer Brüderlichkeit bis zu kriminellen Plänen reichen. Vieles hing von der Leitfigur ab.

»Und der General hat die Irmãos de Horta gegründet?«

»Ja, das war aber schon, bevor er ins Ausland ging. Als er dann nach über zwanzig Jahren wieder kam, gab es die Irmãos praktisch nicht mehr. Er hat dann innerhalb von ein paar Wochen alles wieder auf die Beine gestellt, das Haus gekauft und so ... Da ist dann auch mein Mann beigetreten, zusammen mit José.«

Ich hob fragend die Augenbrauen.

»Das ist der Wachmann, der jetzt tot ist.«

Interessant, ein Mitglied der Irmãos de Horta war gleichzeitig Wachmann bei der Transatlantischen Telegrafengesellschaft. Ein Widerspruch, den es zu klären galt. Vielleicht war er Neuem gegenüber aufgeschlossener gewesen als andere. Oder er war ein Spitzel, der die Firma auskundschaften sollte. Dieser General war zweifelsohne eine neue interessante Figur auf meinem Spielbrett, und es galt, ihn auf die richtige Position zu setzen.

»Wo kann ich den General denn finden?«

»Den General?« Sie sah mich mit offenem Mund an.

»Ja.« Ich nickte ihr aufmunternd zu.

»Aber ... Sie können nicht einfach ... Also ... niemand geht einfach so zum General. Und ... ein Freund von Amerika ist auch er nicht gerade ...« Ihr war sichtlich unwohl bei dem Gedanken, dass ich diesen Mann aufsuchen würde. Vielleicht wollte sie auch nicht mit der ganzen Sache in Verbindung gebracht werden.

»Wo ist denn das Haus der Irmãos de Horta?«

»In der Rua Aragão. Das ist hinten, in Conceição.«

»Conceição? Ist das nicht da, wo auch die Polizeistation ist?«

Sie nickte und erhob sich. Allem Anschein nach wollte sie mich loswerden. Mit dem Gespräch um den General war ihre anfängliche Offenheit verschwunden. Sie wirkte verschlossen und fast ängstlich, als sie mich zur Tür brachte. Ich verabschiedete mich und nahm ihr das Versprechen ab, mich sofort zu verständigen, wenn ihr Mann zurück war.

Als ich begann, die schmale Stiege wieder hinunterzugehen, rief sie mich noch einmal zurück.»Sie … also, der General … er ist … nicht ganz gesund …« Der Zeigefinger ihrer rechten Hand machte eine kreisende Bewegung in Kopfhöhe. »Wenn Sie mit ihm sprechen, dann sagen Sie ihm doch nicht, dass wir über ihn … dass ich Ihnen …« Sie schluckte.

»Keine Sorge«, ich drückte beruhigend ihre faltigen Hände, »er wird nichts von unserem kleinen Gespräch erfahren.«

Noch immer skeptisch zog sie die Wohnungstür hinter sich zu.

Dieser General schien nicht nur ein mächtiger Mann zu sein, sondern auch einer, vor dem die Leute offensichtlich Angst hatten. Ich schaute auf meine Uhr. Kurz nach halb vier. Eine gute Zeit, um ihm jetzt gleich einen Besuch abzustatten. Meine Unruhe war verflogen, denn endlich ging es voran.

Ich hatte das Haus der Irmãos de Horta schnell gefunden. Es war ein monumentales Bauwerk, weiß getüncht und abweisend und hatte etwas von einer Festung. Das lag wohl vor allem daran, dass Fenster und Türen, im Gegensatz zu den anderen Häusern rundum, sich in etwa drei Metern Höhe befanden. Drei große Areca-Palmen standen in militärischer Anordnung davor. Sie wirkten nicht mehr wie Bäume, sondern wie gigantische, federngeschmückte afrikanische Speere, die die Aufgabe hatten, das Gebäude zu bewachen und im Notfall auch zu verteidigen.

Eine Treppe mit mindestens zwanzig Stufen führte links hoch zu einer dunklen Eingangstür. Auf gleicher Höhe mit der Tür verlief etwas zurückgesetzt nach rechts bis zur Hausecke eine Art offene Galerie mit steinerner Brüstung. Anfang und Ende wurden von je einer dorischen Säule begrenzt. Dazwischen blickten drei hohe, geschlossene Fenster streng auf mich herab.

Ich ging die Treppe nach oben und blieb vor der schweren Tür stehen. Links war ein unauffälliges Messingschild angebracht: *Irmãos de Horta.* Unter dem Schriftzug waren die miteinander verschlungenen Anfangsbuchstaben in Form eines Wappens eingeprägt. Rechts und links sowie über und unter den Buchstaben waren kleine Zeichen zu sehen. Eine Hortensienblüte, eine Harpune, die Umrisse der Insel Fayal und ein Kreuz. In Augenhöhe war die Tür mit einem Metallgitter versehen, gerade groß genug, um eine Gesichtskontrolle vorzunehmen, bevor sich die Pforte in die Welt der geheimnisvollen Bruderschaft öffnete. Unter dem Gitter befand sich ein eingerosteter Türklopfer, der sich jedoch nicht bewegen ließ.

Für mich öffnete sich die Pforte nicht. Zumindest heute nicht. Mein Klopfen an die schwere Holztür blieb unbeantwortet. Nun gut, wenigstens hatte ich durch Senhora Medeiros wertvolle Informationen bekommen. Den General würde ich früher oder später schon noch erwischen. Ich ging trotzdem noch einmal um das Haus herum, um die Rückseite zu inspizieren. Es war an einer Steigung erbaut und daher hinten niedriger als vorne. Die Hortensienbüsche, die ringsum gepflanzt waren, reichten fast an eine Reihe kleiner vergitterter Fenster heran. Eine weitere Tür sah ich nicht. Oberhalb der Fensterreihe verlief ein noch unvollendetes Band aus in Stein gehauenen Hortensienblüten. Auch dieses schmückende Element wirkte so schwer und unnahbar wie der ganze Bau. Ich beschloss, es für heute gut sein zu lassen, und machte mich auf den Rückweg in meine Residencial. Vor meinem Besuch bei Dabney wollte ich mir noch eine Ruhepause gönnen. Wer wusste schon, was heute Abend auf mich zukam.

Siegerin

Als der General den düsteren Raum betrat, wandte sie leicht den Kopf und nickte ihm zu. Seit dem letzten Mal, als sie hier war, hatte sie sich verändert. Sie wirkte fest und stark. Nein, es war mehr als das. Eine Aura kühler Selbstsicherheit umgab sie. Das missfiel ihm.

»Maria!«, sprach er sie an und zog die Tür fest hinter sich zu. Fester, als es eigentlich nötig war.

Sie blieb unbeeindruckt in der Mitte stehen. Was bei João gewirkt hatte, griff hier nicht. Er musste eine andere Taktik anwenden.

»Bitte, setz dich doch.« Er lächelte freundlich und deutete auf die hohen Stühle.

»Danke. Du hast mich rufen lassen …?« Maria zog einen der Stühle unter dem Tisch hervor und nahm Platz.

»Ich wollte wissen, wie es dir geht. Ob du etwas brauchst.« Der General setzte sich ihr gegenüber, legte die verschränkten Hände auf den Tisch und beugte sich etwas nach vorne, noch immer freundlich lächelnd. Väterlich.

»Es geht mir … nicht schlecht.« Sie schien auf der Hut zu sein, nicht zu viel oder das Falsche zu sagen.

»Gut.« Er nickte bedächtig. »Das ist gut … Ich habe gehört, dass du arbeitest.« Er bemühte sich, seiner Stimme einen neutralen Klang zu geben.

»Das ist richtig. Ich mache die Buchhaltung im Café Internacional.«

Sie gab ihm eine Antwort. Auf eine Frage, die er nicht gestellt hatte. In einem Ton, der keine weiteren Fragen zuließ.

»Du weißt, Maria, wenn du Hilfe brauchst, bin ich immer für dich da.« Er strich ihr übers Haar, wie einem Kind.

Sie lehnte sich an die steife Rückenlehne des Stuhls und entzog sich ihm damit. Er tat, als bemerke er es nicht.

»Ich verstehe, dass du die Stunden einsamen Grübelns durch Tätigkeit vertreiben möchtest. Aber … das Café ist kein guter Platz dafür.«

Maria machte sich steif. Ihre Miene blieb undurchdringlich, doch in ihren Augen blitzte es kämpferisch auf.

»Ich weiß deine Fürsorge zu schätzen. Aber ich kann gut für mich selbst sorgen. Das Café ist ein Ort so gut wie jeder andere.«

Er lächelte, überlegen und besserwisserisch.

»Eine Frau kann nicht für sich selbst sorgen, mein Kind. Du bist noch zu jung und unerfahren, um das zu verstehen. Deshalb habe ich Schritte unternommen, um deine Zukunft zu sichern.«

Marias Herz klopfte bis zum Hals. Doch sie ermahnte sich zu Ruhe.

»Ich verstehe nicht …«

»Ich habe einen Mann für dich ausgesucht, der für dich sorgen wird.« Der General lehnte sich zurück und beobachtete ihre Reaktion. Auch wenn sie ihn im Moment noch ungläubig anschaute, früher oder später würde sie einsehen, dass er recht hatte, und sich fügen.

Maria schüttelte den Kopf.

»Einen Mann …« Ihre Stimme klang belegt.

»Du kennst ihn. João. Ein guter Junge. Er ist, genau wie ich, sehr um dich besorgt. Er wird dir auf keinen Fall erlauben, im Café Internacional zu arbeiten. Es ist wohl am besten, wenn du ab sofort nicht mehr hingehst.«

Maria lachte hysterisch auf.

»Das ist nicht dein Ernst!« Ihre Stimme klang schrill.

»Beruhige dich, mein Kind!« Der General erhob sich und ging zum anderen Ende des Raumes. Er öffnete die Klappe des Sekretärs und nahm zwei Gläser und eine Flasche heraus.

Als er sie auf den Tisch stellte, hatte Maria ihre Fassung wiedergewonnen. Hart schob sie ihren Stuhl zurück und stand auf.

»Ich werde João nicht heiraten. Und ich werde meine Arbeit bei Lily nicht aufgeben.«

Als der Name Lily fiel, zuckte der General zusammen.

»Nenne diesen Namen nie wieder in meiner Gegenwart!« Er atmete heftig. »Setz dich!«

Sie blieb stehen und schaute ungerührt auf ihn herab. »Ich habe keine Zeit mehr. Lily erwartet mich. Ich möchte auf keinen Fall zu spät kommen.«

Stolz nickte sie ihm zu und verließ den Raum.

Der General spürte die Schmach am ganzen Leib. Marias Abgang schien ihm wie eine Szene aus der Vergangenheit. Alles schien sich zu wiederholen.

Der Gedanke, alles kontrollieren zu können, ergriff vollständig Besitz von ihm. Unerschütterlich glaubte er an seine Macht. Er musste diese Frau aufsuchen. Einen anderen Weg als den seinen würde er niemals zulassen.

Kapitel 15

Oh, Mr. Nick. Heute Abend sind Sie aber besonders elegant!« Antonia stand vor mir und blickte mich mit unverhohlener Bewunderung an, während sie ihre Hände an der Kittelschürze abwischte.

Eigentlich sah ich aus wie immer. Ich hatte lediglich meine Haare glatt zurückgekämmt, war frisch rasiert und trug statt der üblichen Krawatte eine Fliege.

»Ein Rendezvous?«, fragte sie und errötete ob ihrer eigenen Forschheit.

»So würde ich das nicht nennen.«

»Ach, und ich dachte, Sie treffen vielleicht die junge amerikanische Dame, die neulich hier war …«

Neugier, dein Name ist Weib.

»Das wäre sicher amüsanter. Aber … nein. Ich treffe mich mit einem alten, dicken, bärtigen Mann.« Ich zwinkerte ihr zu.

»Und da machen Sie sich so fein?« Antonia wiegte ihren Kopf zweifelnd hin und her und lächelte schlau. Sie glaubte mir natürlich nicht. Und ich zog es vor, sie im Ungewissen zu lassen.

»Es ist doch nicht etwa ein Mädchen von der Insel?« Das klang fast brüsk und nicht sehr begeistert.

Ich ging nicht auf ihre Frage ein. »Haben Sie mit Ihrem Mann sprechen können?«

»Oh, ja, ich habe ihn gefragt. Sie können gerne sein Moped benutzen. Er hat es extra noch einmal geputzt heute Nachmittag. Sie müssen wohl weit …«

»Ich danke Ihnen, Antonia.« Bevor sie weitere Fragen stellen konnte, verabschiedete ich mich mit einem Handkuss, der sie unverzüglich zum Schweigen brachte.

Ich trat kräftig in die Pedale, um das Moped zu starten, und lenkte es knatternd in die Rua Rosa. Langsam fuhr ich über das Kopfsteinpflaster und bog dann nach rechts ab in die Rua Vasco da Gama. Die breite Straße war geteert und führte geradeaus an der Kaimauer entlang. Hier konnte ich bei meiner kleinen Probefahrt mal richtig Gas geben. Ich schaltete in den zweiten Gang und drehte voll auf. Zu meiner Rechten lag das schwarze Meer, links schienen die Häuser an mir vorbeizueilen. Ich drehte den Gashebel bis zum Anschlag und genoss diese einsame, schnelle Fahrt durch die Dunkelheit. In kürzester Zeit war ich am Ende der Straße angekommen. Die Pflicht rief. Leider. Ich wendete, fuhr zurück und bog in die Rua Consul Dabney ein.

Schon von weitem konnte ich *The Cedars* erkennen. Ich hielt ein gutes Stück unterhalb des Hauses an und stellte das Moped auf der gegenüberliegenden Seite ab. Eine Gruppe hoher Hortensienbüsche und ein mächtiger Baum boten genügend Sichtschutz. Mein fahrbarer Untersatz war so vor neugierigen Blicken verborgen und im Bedarfsfall doch schnell zur Hand. Ich beobachtete eine Weile die Villa und die Straße. Keine Menschenseele war zu sehen, kein Laut war zu hören. Ich trat aus meinem Versteck hervor und schlenderte zur Villa hinauf.

Das Gebäude war hell erleuchtet, wie für einen großen Ball. Es wirkte jetzt viel stattlicher und größer als bei Tag. Die geschwungene Auffahrt führte wie ein Wegweiser auf die Freitreppe zu. Ich konnte mir gut vorstellen, wie hier zu anderen Zeiten Kutschen und Zweispänner vorgefahren waren. Das

Knirschen des groben Kieses unter den Pferdehufen. Diener, die Verschläge öffneten und ihre Hilfe beim Aussteigen anboten. Festlich gekleidete Damen, die, Hut voran, den angebotenen Arm ergriffen. Herren in Frack und Zylinder, die ihre Begleiterinnen selbstbewusst die breite Treppe hinaufführten. Dezente Musikklänge, die durch die geöffneten Flügeltüren drangen und die Besucher hineinlockten.

Doch heute war es nicht nur still, es war mehr als das. Das Haus wirkte wie ausgestorben. Kein Fahrzeug war in der Auffahrt zu sehen, keine Stimme zu hören, geschweige denn Musik, lediglich das Geräusch meiner Schritte auf dem Kies. Wenn die Villa nicht erleuchtet gewesen wäre, hätte ich sicher am Datum der Einladung gezweifelt. Als ich die Freitreppe hinaufstieg, öffnete sich langsam eine der Flügeltüren. Ein alter, weißhaariger Diener erschien in der hohen Türöffnung. Er stellte sich seitlich neben den Türflügel und wartete zurückhaltend, ohne meinem Blick zu begegnen, bis ich eintrat. Mit einer andeutenden Bewegung seiner weiß behandschuhten Hand und gemessenen Schrittes ging er vor mir her, durch Miss Millars Büro, vorbei an der großen Areca-Palme und den Aktenschränken. Jetzt wurde mir auch klar, was mir an diesem Raum schon bei meinem ersten Besuch so merkwürdig vorgekommen war. Das musste früher einmal die Empfangshalle gewesen sein, die dann irgendwann, vielleicht in Ermangelung großer Gesellschaften, zum Büro umfunktioniert worden war. Der alte Diener öffnete eine unauffällige Tür in der Holzvertäfelung und führte mich in einen weitläufigen Flur, von dem aus eine breite Treppe, die sich nach oben hin leicht verjüngte, in das darüberliegende Stockwerk führte. Rechts und links des Aufgangs befanden sich an den Seitenwänden breite Doppeltüren. Die linke war geschlossen. Sie musste in Dabneys Büro führen. Die rechte war geöffnet und gab den Blick auf ein Speisezimmer frei, in dem festlich eingedeckt war. Ein langer Tisch, an dem mindestens zwölf Personen Platz fanden, war für zwei gedeckt. Also war ich wohl der einzige Gast. Auf weißem Damast standen silberne Kerzenleuchter, wertvolles Porzellan und vor jedem Gedeck ein ganzes Sortiment Gläser, während neben den Tellern etliche Silberbestecke ausgelegt waren. Nun ja, wenn das Menü mit den Esswerkzeugen mithalten konnte, dann würde ich wenigstens in diesem Punkt nicht enttäuscht.

Neben mir hüstelte der Diener. Die Aufforderung, abzulegen. Ich gab ihm Hut und Mantel, mit denen er unter der breiten Treppe verschwand. Gleich darauf trat er wieder hervor, ging an mir vorbei und kündigte mich an der Schwelle des Speiseraums an.

»Mr. Nicolas Hamlet!«

Irritiert schaute ich den alten Diener an, der mich jedoch keines Blickes würdigte. Er stand, die Hände auf dem Rücken, einfach nur da und blickte mit unendlich vornehmer Miene an mir vorbei ins Nichts. Ich betrat den leer wirkenden Raum und war direkt erleichtert, als vom anderen Ende Dabney auf mich zukam.

»Aah, Hamlet! Willkommen, willkommen!« Er schüttelte meine Hand und schien tatsächlich erfreut, mich zu sehen.

»Nicolas?«, fragte ich mit einem Seitenblick auf den Butler.

Dabney lachte schallend. »Der kann nicht anders. Engländer, wissen Sie. Nick ist für meinen guten Finsbury eine Abkürzung von Nicolas. Undenkbar für ihn, jemanden so vorzustellen, absolut undenkbar. Nicht wahr, Finsbury?!«

Finsbury blickte weiter distinguiert ins Leere. Ein Typ wie Dabney musste für ihn eine Zumutung sein.

»Hat schon für meinen Vater gearbeitet. Das waren noch andere Zeiten damals. Ganz andere Zeiten. Finsbury, den Aperitif! Bitte, Hamlet, nehmen Sie doch Platz!«

Ich setzte mich, und als ich aufschaute, sah ich den Dabney, den ich kannte: selbstgefällige Pose, taxierender Blick, eine Raubkatze auf dem Sprung.

»Prost!« Er hob mir über dem Tisch sein Glas entgegen. »Sherry. Auch so ein Überbleibsel aus der guten alten Zeit. Finsbury bestellt noch heute die gleiche Marke, die mein Vater und mein Großvater getrunken haben. Und Käsegebäck. Greifen Sie zu! … Na, Hamlet, wie laufen Ihre Ermittlungen? Schon was rausgekriegt?« Dieser plötzliche Themenwechsel war typisch Dabney. Er konnte einfach nicht subtil sein. Erwartungsvoll strich er über seinen Backenbart. Das Katz-und-Maus-Spiel war eröffnet.

»Nun, die Fakten, die ich – auch dank Ihrer Hilfe – bisher zusammengetragen habe, sind recht aufschlussreich. Das finden Sie doch sicher auch.«

»Ja. Ja sicher. Die Fakten. Sind ja auch mir alle bekannt. So, dann habe ich Ihnen also helfen können. Freut mich, freut mich außerordentlich. Was genau, ich meine, wie … wie gehen Sie denn jetzt vor?«

»Was meinen Sie, wer könnte wohl das größte Interesse an dem neuen Fernschreiber haben?«

Dabney guckte etwas blöde. »Alle. Alle hier auf der Insel, die uns schaden wollen. Diese Kommunisten. Wären froh, wenn sie so ein Gerät in die Hände bekämen.«

»Und andere Telekommunikations-Gesellschaften?«

»Denkbar, durchaus denkbar. Aber die Insulaner, die sollten wir nicht unterschätzen.«

»Und wie würde Ihrer Meinung nach so ein Besitzerwechsel stattfinden?«

Dabneys Augen gingen unruhig hin und her. »Da gibt es viele Möglichkeiten.« Er druckste herum. »Die Insel ist groß.« Plötzlich hellte sich seine Miene auf. »Könnte mir vorstellen, dass solche Geschäfte bei der Walfabrik laufen. Da wurde ja auch schließlich die Leiche gefunden. Liegt auf der Hand. Klare Sache.«

»Hm, möglich. Ich hatte da allerdings einen anderen Ort im Visier.«

»So?«

»Ja. Das Café Internacional scheint mir ein geeigneter Platz für solche Geschäfte zu sein. Internationales Publikum, eine geschäftstüchtige Inhaberin ...«

»Nein!« Das kam wie aus der Pistole geschossen. Dabney bemerkte seinen Fauxpas und hüstelte. »Halte ich für sehr unwahrscheinlich. Clever ist sie ja. Ist aber nicht ihre Größenordnung, so was. Hat andere ... Talente.« Dabney kippte den Rest seines Sherrys hinunter und grinste anzüglich. »War mal ein rasantes Weib, als sie jung war. Sie wissen, was ich meine, was Hamlet!?«

Ich lächelte in mein Glas.

»Und ehrgeizig. Hat sich schon damals nur mit Männern eingelassen, die was zu sagen hatten. Männer mit Einfluss.« Er warf sich in die Brust, und ich fragte mich, wie lange es wohl noch dauern würde, bis er mir erzählte, dass auch er dabei war.

Ein dezentes Geräusch am Buffet ließ uns aufblicken. Finsbury hatte die Suppenschüssel bereitgestellt und wartete nun auf eine Aufforderung.

»Bereit für die Suppe, Hamlet?«

»Sehr gerne.«

»Dann servieren Sie mal Marthas gutes Süppchen, Finsbury. Würde vorschlagen, dass wir noch beim Sherry bleiben. Ist Ihnen doch recht?!«

Er wartete meine Antwort nicht ab, sondern goss sich nach, während Finsbury aus einer silbernen Kelle eine delikat riechende Suppe in meinen Teller fließen ließ. Nachdem er auch Dabney serviert hatte, brachte er einen Korb aus Silbergeflecht, öffnete die darin liegende Damastserviette und bot kleine, knusprig gebackene Brotfladen an. In meinem Magen gurgelte es. Bereits nach dem ersten Löffel stellte ich erstaunt fest, dass Dabney, so ungehobelt er auch sonst sein mochte, einen äußerst feinen Geschmack hatte. Wenigstens ein Gebiet, auf dem er gesellschaftsfähig war. Ich konnte mich nicht erinnern, wann ich jemals eine so köstliche Krabbencremesuppe gegessen hatte. Mir war nur eine namensgleiche, undefinierbare Flüssigkeit aus der Dose bekannt, die ich mir nach dieser kulinarischen Erfahrung sicher nicht mehr kaufen würde.

Noch während wir unsere Suppe löffelten, kam Finsbury lautlos herein, beugte sich zu Dabney und flüsterte ihm etwas zu.

»Wie, jetzt? Gut. Äh, bitten Sie ihn in mein Büro. Komme gleich.« Dabneys Blick flog unruhig hin und her.

Diskret, mit einer leichten Verbeugung, zog sich Finsbury zurück.

»Sie haben Besuch? Weitere Gäste?«

»Äh, nein. Geschäfte. Haben alle keine Manieren mehr, die Leute. Um diese Uhrzeit. Wird nicht lange dauern. Sie entschuldigen mich.« Dabney erhob sich und wischte sich mit der Serviette über Mund und Bart, bevor er sie in den geleerten Suppenteller drückte. So viel zum Thema Manieren.

Ich war alleine. Schnell stand ich auf und ging leise zur Tür.

Ich öffnete sie einen Spalt und lauschte eine Weile, bevor ich hinausging. Auf Zehenspitzen lief ich über den weißen Marmor, um keine Geräusche zu machen. Schnell an der Treppe vorbei und zur gegenüberliegenden Tür, hinter der ich Dabneys Büro vermutete. Nur sehr undeutlich konnte ich die Stimmen zweier Männer vernehmen. Die Tür zu öffnen schien mir zu riskant. Da kam mir eine Idee. Durch die Tür in der Holzvertäfelung schlich ich in Miss Millars Büro. Keine einzige Lampe brannte. Nur die Außenbeleuchtung sorgte für schwaches Licht. Schnell tastete ich mich im Halbdunkel zu ihrem Schreibtisch, wo ich fand, was ich suchte. Ich drückte gleichzeitig auf die Sprechen- und Hören-Taste. Laut und deutlich hörte ich Dabneys Stimme, begleitet vom leisen Rauschen und Knistern der Sprechanlage. Ein Glück, dass er noch den *Speaker 01* hatte. Bei den Nachfolgemodellen war diese Schwäche korrigiert worden. Da der Trick nur für kurze Zeit funktionierte, musste ich alle paar Sekunden die beiden Tasten drücken, um das Gespräch möglichst lückenlos verfolgen zu können.

»Haben wohl nicht den richtigen Ton gefunden! Versager! Mit solchen Geschäftspartnern muss man eben umgehen können …«

Ich drückte erneut die Tasten.

»… Sie ihr die Ware denn nicht schmackhaft gemacht?«

»Wirklich, Sie müssen mir das glauben. Sie war noch nicht einmal bereit, mir zuzuhören.«

»Ach, Papperlapapp! Sie gehen da morgen noch mal hin. Bis dahin … Unterlagen geprüft und für gut befunden haben. Muss unter Dach und Fach gebracht werden, das Geschäft. Wird sonst von Tag zu Tag schwieriger. Will das Zeug nicht länger hier haben.«

»Aber … Sie will nur mit Ihnen persönlich verhandeln … sollen die restlichen Papiere mitbringen.«

»… restlichen Papiere? Was heißt das? Wo sind die Unterlagen, die Sie ihr zeigen sollten?«

Ich hörte so angespannt zu, dass ich fast vergaß, die Tasten herunterzudrücken.

»… behalten.«

»Ja sind Sie denn des Wahnsinns! Sagen Sie nur noch … Namen genannt haben!«

»Nein, … Ihren Namen nicht genannt.«

»Genug! Gehen Sie jetzt! Versager! Raus! … selbst machen …«

Die Tür zu Dabneys Büro öffnete sich, während ich schnell hinter dem Schreibtisch in Deckung ging. Ein kleiner, korpulent wirkender Mann trat heraus und ging durch Miss Millars Büro durch die offene Flügeltür nach draußen. Ich sah ihn nur von hinten. Auf der Treppe blieb er stehen, genau unter einer der Laternen. Mit einer Hand strich er sich mehrmals über das schüttere Haar, bevor er seinen Hut aufsetzte. Es war der Mann aus dem Café Internacional. Der, der mit dem Nadelstreifen-Italiener gekommen war und mit Lily so erfolglos verhandelt hatte.

Ich musste schleunigst zurück. Als ich durch die Tür in den hell erleuchteten Flur trat, stand Finsbury am Fuß der Treppe. Unbeteiligt wanderte sein Blick über mich hinweg.

»Ah, Finsbury, gut, dass Sie da sind. Ich suche den Waschraum.«

Er nickte und machte zwei Schritte in Richtung einer schmalen Tür unterhalb der Treppe.

»Danke, Finsbury!« Munter nickte ich ihm zu und ging an der Garderobe vorbei in den Waschraum.

Als ich zurückkam, erwartete mich Dabney bereits.

»Da sind Sie ja, Hamlet. Dachte schon, Sie haben sich in Luft aufgelöst.« Misstrauisch tasteten seine kleinen Augen mich ab.

»Ihr Besucher ist gegangen?«

»Ja … ja, ist er. Finsbury, den zweiten Gang. Dazu nehmen wir einen Roten. Wild und Rotwein. Ist ein Muss.«

Während Finsbury einen Servierwagen hereinrollte, saß Dabney mit brütendem Blick auf seinem Platz. Es lief nicht so, wie er sich das vorgestellt hatte. Meine Theorie war folgende: Er hatte Prototyp und Pläne entwendet und versuchte nun, die Ware über einen Mittelsmann bei Lily zu verkaufen. Sicher hatte er angenommen, das Geschäft schon so gut wie in der Tasche zu haben, und hatte jetzt Angst, dass ich mich im Café Internacional umsehen könnte. Eine schöne Theorie. Sie hatte nur einen Haken. Für die Nacht des Verbrechens hatte er ein hieb- und stichfestes Alibi. Und der Mord, der passte da auch nicht hinein. Wenn der Wachmann ihn bei der Tat ertappt hätte, dann hätte Dabney ihn im Affekt töten können, sicherlich. Aber warum und vor allem wie hätte er den Toten unbemerkt in die Walfabrik bringen sollen? Durch den Ort, den ganzen Strand entlang, die Treppe hoch und dann in die Rinne werfen? Nein, das ergab alles keinen Sinn. Und doch war ich mir sicher, dass Dabney Dreck am Stecken hatte, und zwar nicht zu knapp.

»So in Gedanken, Hamlet? Haben wohl neue Erkenntnisse gewonnen?« Dabney reckte mir das Kinn entgegen.

Ich grinste über den Tisch und schob mir ein Stück Fleisch in den Mund. »Hmmm, köstlich! Ihr Koch versteht sein Handwerk. Wo bekommt man denn so hervorragendes Wildbret her?«

Dabneys Antwort konnte knapper nicht ausfallen. Er war ganz und gar nicht in Plauderstimmung. »Pico. Nachbarinsel.«

Während ich genüsslich weiteraß, hatte er sein Essen noch nicht angerührt. Mal sehen, ob seine Nerven schon bloß lagen.

»Verdächtig, Dabney, äußerst verdächtig, Ihr Verhalten …«

»Was wollen Sie damit sagen!«, bellte er mir mit hochrotem Kopf entgegen.

»Na, das ist doch verdächtig, wenn der Gastgeber nicht mitisst, oder?«

»Aah so … ja … Nein! Ist nicht … ist mir noch zu heiß.« Die Haut auf seiner Stirn glänzte schweißnass.

Bis zur Nachspeise tauschten wir nur Belanglosigkeiten aus. Dabney schien unkonzentriert und unsicher. Er war ein schlechter Schauspieler und konnte seinen Gemütszustand nicht verbergen. Finsbury schenkte aufmerksam Wein nach – Dabney doppelt so viel wie mir. Erst bei der sahnigen Creme, die mit süßen, alkoholgetränkten Biskuitstückchen durchsetzt war, kam unser Gespräch wieder zum Thema zurück.

»Dann wissen Sie jetzt, wie Sie als Nächstes vorgehen werden? Kann Ihnen natürlich nur helfen, wenn Sie mich auf dem Laufenden halten.« Es drängte ihn, endlich zu erfahren, was ich vorhatte und wie viel ich wusste.

»Ja, doch. Ich habe da eine warme Spur, die zunehmend heißer wird.«

»Ja?!« Seine Apfelbäckchen über dem Backenbart waren rot, und das nicht nur vom Wein.

»Ich halte nach wie vor das Café Internacional für eine gute Anlaufstelle, was illegale Geschäfte angeht. Gleich morgen werde ich zu Garrett gehen und veranlassen, dass die Räume durchsucht werden.«

»Das wäre nicht gut!« Dabney sprach hastig. Sein Blick wanderte blitzschnell hin und her.

Ich hob fragend die linke Augenbraue.

»Sehen Sie, das wäre … übereilt.« Sein Ton war beschwörend, fast ängstlich. »Macht einen Riesenwirbel. Auch wenn Sie nichts finden. Werden dadurch nur gewarnt, diese Verbrecher.«

So wie er sich mühte, mich von meinem Plan abzubringen, war ich immer mehr davon überzeugt, dass er dahintersteckte und um jeden Preis verhindern wollte, dass ich bei Lily auftauchte. Dann wäre das Geschäft nämlich gelaufen und einige andere Geschäfte gleich mit. Wer würde schon versuchen, heiße Ware an einem Ort zu verkaufen, wo die Polizei ein und aus ging. Ich musste ihn richtig unter Druck setzen, vielleicht würde er dann in Panik einen Fehler machen.

»Das ist es wert. Ich bin sicher, dass ich dort die Beweise finden werde, die ich suche, vielmehr, die wir suchen.«

Er funkelte mich an, und ich grinste zurück. Er hatte verstanden, dass ich meinen Plan in die Tat umsetzen würde. Nun musste er handeln, wenn er seine Haut retten wollte. »Bitte, wie Sie meinen. Wenn das schiefgeht … habe Sie gewarnt.«

Dabney hatte es ziemlich eilig, unser Abendessen zu beenden. Ich hatte zum Abschluss auf eine gute Zigarre und einen Scotch gehofft, Fehlanzeige. Als ich in den Flur hinaustrat, stand Finsbury bereits mit meinem Hut und meinem Mantel bereit. Ich dankte, verabschiedete mich und ging langsam die Auffahrt zur Straße hinunter.

Als ich ein gutes Stück gegangen war, blickte ich mich um und sah, dass *The Cedars* bereits im Dunkeln lag. Im Schutz von Bäumen und Hortensienbüschen schlich ich zurück und postierte mich an der Stelle, wo ich das Moped gelassen hatte.

Nach einer ganzen Weile drang aus Dabneys Büro schwacher Lichtschein, der bald darauf wieder erlosch. Außer ein paar Blättern, die im sanften Abendwind raschelten, war nichts zu hören. Dann ein metallenes Quietschen. Ein Tor. Das konnte ein Garagentor sein. Das satte Geräusch eines leistungsstarken Motors drang zu mir herüber. Bingo! Ich klopfte mir auf die Schulter. Dann Reifen auf Kies. Zu sehen war nichts. Wo blieb er denn? Ich ging einen Schritt nach vorne und reckte meinen Kopf an dem Baumstamm vorbei, hinter dem ich stand. Plötzlich eine Explosion in meinem Schädel. Leere unter mir. Dunkelheit. Nichts.

Hass

Der General stieß die Flügeltür auf und betrat mit schweren Schritten das Café. Sein Blick schweifte angewidert über das Gedränge. Gesprächsfetzen drangen an sein Ohr. Ausländer. Amerikaner. Das Leben der Lily Pereira. Er schnaubte verächtlich. Und jetzt wollte sie Maria mit in diesen Sumpf ziehen. Ein leicht geschürztes Mädchen bahnte sich den Weg durch Rauchschwaden und Alkoholnebel.

»Guten Abend, der Herr. Sitzplätze sind schon alle weg, aber einen Drink im Stehen kann ich Ihnen anbieten.« Sie klimperte ihn mit falschen Wimpern an, während sie ihm ein Tablett mit verschiedenen Drinks unter die Nase hielt. Er scheuchte sie mit einer Handbewegung davon, mit der man lästige Insekten vertreibt.

Sein suchender Blick begegnete den Augen des Barmannes. Er fixierte ihn lange und trat schließlich zu ihm hinter den Tresen.

»Max.«

»Das ist lange her.«

»Lange her, aber nicht vorbei.«

Max atmete tief ein und blickte zu Boden. »Bitte gehen Sie.« Er hob abrupt den Kopf. »Bitte!«

»Wo ist sie?«

Der Barmann schaute stur an dem alten Mann vorbei.

»Wo?!«

»Oben.«

Wortlos drehte sich der General um, verließ das Café und bog um die Ecke. Er ging ein paar Schritte und blieb dann vor der Eingangstür stehen. Er drückte die schwere Tür auf und betrat den Flur. Der gleiche Geruch wie damals. Im Halbdunkel begann er, langsam Stufe um Stufe hinaufzusteigen. Das war einmal sein Zuhause gewesen. Mit Glück, mit Leidenschaft, mit Hoffnung. Sie hatte alles zerstört, was einst sein Leben ausgemacht hatte. Ein zweites Mal würde es ihr nicht gelingen. Dafür würde er sorgen.

Er suchte den Messingknauf, um an die Wohnungstür zu klopfen, und fand stattdessen eine elektrische Klingel. Er hielt den Daumen so lange auf dem Knopf, bis er von drinnen wütende Schritte vernahm und die Tür ungehalten aufgerissen wurde.

Über zwanzig Jahre hatte er sie nicht gesehen, und sie war noch immer so schön wie damals. Schön, anmaßend und kalt. Außer einem kurzen Zucken in der linken Gesichtshälfte zeigte sie keinerlei Regung. Sie fixierte ihn von oben bis unten, zog die fein gestrichelten Augenbrauen in die Höhe und verzog spöttisch den Mund.

»Bist du geschäftlich hier?«

Er antwortete nicht, sondern ging an ihr vorbei, direkt in das einstige Wohnzimmer. Er schaute sich um. Nichts erinnerte an die Einrichtung von früher. Alles wirkte kühl und unpersönlich. Lily war ihm gefolgt und lehnte nun unbeeindruckt im Türrahmen. Figurbetontes petrolfarbenes Kleid, spitze schwarze Lackschuhe mit hohen Absätzen. Die Haare leuchtend rot wie eh und je.

»Sieh dich ruhig um. Ich würde dir ja gerne einen Scotch anbieten. Aber ich weiß, dass du nur dieses furchtbare Zeug trinkst – wie heißt es doch gleich – ach richtig – Aguardente.«

Sie war noch immer die Alte. Und er war es im Grunde auch. Obwohl er sich nicht provozieren lassen wollte, spürte er ein unglaubliches Verlangen, ihr ins Gesicht zu schlagen. Er fix-

ierte sie, und Lily hielt seinem Blick stand. Ohne ihn aus den Augen zu lassen, ging sie zu einem Beistelltisch. Sie nahm sich eine Zigarette aus einem geschnitzten Holzkästchen, die sie routiniert in eine schwarz glänzende Zigarettenspitze steckte.

»Was willst du?«

Der General griff in seine Manteltasche und entzündete dicht vor ihrem Gesicht ein Feuerzeug. Lily wich instinktiv zurück, was er mit Genugtuung registrierte. Sie trat einen Schritt vor, nahm ihm das Feuerzeug aus der Hand und zündete sich ihre Zigarette selbst an. Den ersten tiefen Zug blies sie ihm ins Gesicht. Er packte sie hart am Handgelenk, so dass die Zigarette auf den Teppich fiel. Lily starrte auf die Wollfäden, die sich rund um die Glut dunkel färbten.

»Lass deine Finger von Maria!« Er hielt sie noch immer fest.

»Was geht dich das an!« Sie machte sich los, hob die Zigarette auf und drückte sie in einen Aschenbecher.

»Ich werde nicht zulassen, dass aus dem Mädchen so eine wird wie du.«

Lily lachte aufreizend. »Du überschätzt dich. Maria ist durchaus fähig, für sich selbst zu sorgen. Sie ist freiwillig zu mir gekommen. Hier ist sie auf jeden Fall besser aufgehoben als bei einem alten geisteskranken Mann.«

»Du Hure!« Seine Stimme war hasserfüllt.

»Immerhin hast du mit dieser Hure einmal … nun, sagen wir … viel gemeinsam gehabt.« Sie lachte hämisch.

»Ich werde dich vernichten.« Er machte zwei Schritte auf sie zu und blieb so dicht vor ihr stehen, dass sein Oberkörper und ihre Brüste sich fast berührten. Sein Atem streifte unangenehm an ihrem Gesicht vorbei. Der Blick aus seinen Augen war wie kalter Stahl. Abrupt drehte er sich um und ging aus der Wohnung, aus dem Haus.

Kapitel 16

Als ich die Augen öffnete, pendelte über mir eine Spinne, die mit dem Bau eines Netzes beschäftigt war. Von der Kugel einer verblassten Hortensienblüte spannte sich ein Fächer feiner Fäden zu einem blätterlosen Ast. Winzige Tautropfen ließen dieses filigrane Gebilde im Mondlicht wie ein Diadem glänzen. Ich versuchte, ein Stück zur Seite zu rutschen. Ein stechender Schmerz zwischen meinen Rippen stoppte meine Bewegung. Ganz langsam setzte ich mich auf. Meinem Kopf ging es erstaunlich gut. Aber mein Brustkorb schien bei jedem Atemzug platzen zu wollen. Anscheinend sollte ich nicht nur durch einen Schlag auf den Kopf außer Gefecht gesetzt werden. Mit Schlägen oder Tritten in die Rippen hatte wohl jemand seine Wut an mir abreagiert. Mühsam kam ich auf die Beine. Ein Blick auf meine Armbanduhr verriet mir, dass seit dem Überfall nur fünf Minuten vergangen waren. Ich beeilte mich, so gut es eben ging, das Moped aus dem Gebüsch zu ziehen. Wenn ich mich ranhielt, würde ich Dabney bestimmt noch am Café Internacional erwischen. Ich war mir sicher, dass er dorthin gefahren war, um die Sache jetzt selbst in die Hand zu nehmen. Wenn er vermeiden wollte, dass die Papiere, die Lily zurückbehalten hatte, bei einer Durchsuchung gefunden wurden, musste er sofort handeln. Schnell schwang ich mich auf den Sitz, wurde jedoch sogleich durch einen erneuten stechenden Schmerz aufgefordert, mich gefälligst vorsichtiger zu bewegen. Wie ich Dabney allerdings in meinem Zustand stellen sollte, war mir im Augenblick noch nicht klar. Und um vorher Garrett zu informieren, blieb mir nicht genug Zeit. Egal, eins nach dem anderen. Jetzt musste ich erst mal hinterher.

Ich beugte mich während der Fahrt vorsichtig nach vorne und atmete nur ganz flach. Zum Glück waren die breiten Straßen geteert.

Kurz bevor ich den Hintereingang des Café Internacional in der Rua Consul Medeiros erreichte, stellte ich das Moped ab. Das letzte Stück ging ich zu Fuß. Wenn Dabney hierher gefahren war, dann würde er sicher versuchen, zu Lily zu kommen, ohne dass jemand Notiz davon nahm.

Die Fordor-Limousine war in einer schlecht beleuchteten Seitenstraße geparkt und trotz der Dunkelheit nicht zu übersehen. Wenn Dabney noch im Wagen saß, dann war es gut, wenn er mich nicht sah. Und für den Fall, dass er schon oben war, konnte ich von hier aus gut sehen, wann er das Haus wieder verließ. Ich drückte mich in einen dunklen Hauseingang, von wo aus ich sowohl die Rua Consul Medeiros als auch die kleine Seitenstraße im Auge behalten konnte, und wartete. Zu meinem Ärger kam Dabney, kaum dass ich Posten bezogen hatte, bereits wieder aus dem Haus und ging flink auf die Limousine zu. Er öffnete den Schlag und setzte sich auf die Fahrerseite. Es sah ganz so aus, als wäre ich zu spät gekommen. Kurz darauf flammte im Innern des Autos Licht auf. Ein Feuerzeug. Die Flamme brannte länger, als es zum Anzünden einer Zigarette nötig war, was darauf schließen ließ, dass er sich eine Zigarre angezündet hatte. Das wiederum hieß, dass er seinen Wagen so schnell nicht verlassen würde. Wahrscheinlich war auch er in Wartestellung. Vielleicht hatte ich ja doch noch nichts verpasst.

In meiner linken Jackentasche griff ich nach dem Päckchen Murat, das ich für den alten Pedro vorgesehen hatte. Ich holte die Schachtel heraus, steckte sie jedoch gleich wieder ein, um mich nicht, wie Dabney kurz zuvor, durch die Flamme meines Feuerzeuges zu verraten. Dabei ertastete ich einen Zettel. Garretts Telefonnummer! Dabney saß unübersehbar noch rauchend im Wagen. Mir kam eine Idee. Schnell machte ich mich im Schatten der dunklen Hauswände auf den Weg ins Café Internacional. Hier gab es ein Telefon. Das war meine Chance, Garrett doch noch zu verständigen.

Als ich am Eingang des Cafés ankam, wurde die Flügeltür schwungvoll geöffnet. Ein unternehmungslustig wirkendes Pärchen hätte mich fast über den Haufen gerannt. Ich konnte gerade noch ausweichen. Sie trugen eine Geruchsmischung aus diversen Drinks und süßlichem Parfüm vor sich her. Eng aneinandergeschmiegt gingen sie leicht schwankend auf die Kaimauer zu. Es war nicht auszumachen, wer wen stützte.

Ich öffnete einen Flügel der Tür und stand mit dem ersten Schritt gleich mitten im Gewühl. Die übliche Abendveranstaltung war voll im Gange, mit allem, was dazugehört. Zum Glück befand sich das Telefon gleich links zwischen Tür und Tresen, so dass es mir erspart blieb, mir einen Weg durch die Menschenmenge bahnen zu müssen.

»Max! MAX!!« Der Geräuschpegel war zu hoch, er hörte mich nicht. Doch ein Mann wie er hatte seine Augen überall. Er sah mich, bevor ich meine Stimme noch einmal strapazieren musste. Ich deutete auf den Telefonapparat und machte ein Zeichen, dass ich telefonieren wollte. Er nickte mir zu.

Ich nahm den Hörer auf und wählte Garretts Nummer. Bereits nach dem zweiten Klingeln nahm er ab, so als hätte er auf meinen Anruf gewartet.

Ich brauchte nicht viele, aber laute Worte, um Garrett zu mobilisieren. Schnell warf ich den Hörer zurück auf die Gabel, um meinen Beobachtungsposten auf der Rückseite des Hauses wieder einzunehmen. Max, der nun ganz in meiner Nähe stand, grüßte mich wortlos.

Mein Hauseingang war noch frei. In Dabneys Wagen war in regelmäßigen Abständen das rote Glühen seiner Zigarrenspitze zu sehen. Alles war so ruhig wie vor ein paar Minuten. Anscheinend hatte ich während meiner kurzen Abwesenheit nichts verpasst. Viel später hätte ich auch nicht kommen dürfen. Denn jetzt kam langsam Leben in die nächtliche Stille. Ein leises Geräusch ließ mich nach rechts blicken. Die Tür, die in das Haus des Café Internacional führte, hatte sich geöffnet. Heraus kam ein Mann. Groß, militärischer Gang. Ich war dem geheimnisvollen »General« zwar noch nie begegnet, dennoch wusste ich, dass er es war. Neben einer Laterne hielt er kurz an, um sich umzuschauen, was mir Gelegenheit gab, ihn von vorne zu sehen. Beim Anblick des blassen, hageren Gesichtes ging mir der Begriff »alter Adel« durch den Kopf. Schließlich ging er mit zielstrebigen Schritten weiter. Auf Höhe der Limousine verlangsamte er seinen Schritt, ohne jedoch stehen zu bleiben. An der nächsten Ecke bog er rechts ab und verschwand somit aus meinem Blickfeld.

Nun betrat Dabney die düstere Bühne. Geräuschlos hatte er die Autotür geöffnet und wieder geschlossen. Er blickte sich hektisch um, bevor er mit schnellen Schritten auf das Haus zuging und darin verschwand. Anscheinend hatte er warten müssen, bis er an der Reihe war. Ich wünschte, in meinem Detektivbüro in New York würden sich die Kunden auch mal so die Klinke in die Hand geben … Die Luft war jetzt rein. Ich wartete noch einen Moment und wechselte dann meinen Beobachtungsplatz, um, wie besprochen, direkt bei der Limousine auf Garrett zu warten. Er würde ja hoffentlich vor Dabney hier auftauchen.

Es war kühl geworden, und die Luft war ziemlich feucht. Obwohl ich durch einen Straßenzug von Meer getrennt war, hörte ich bis hierher, wie die Brandung regelmäßig an die Kaimauer schlug. Sonst war es still. Niemand war um diese späte Stunde auf der Straße zu sehen. Das Nachtleben spielte sich wohl ausnahmslos drinnen ab. Ich stand in unbequemer Haltung hinter einem Stapel Holzkisten, der auf dem Gehweg aufgetürmt war. Die Schmerzen in meinem Brustkorb waren nicht schlimmer geworden, hatten sich aber unangenehm festgesetzt. Dabneys Wagen mit den verlockend weichen Polstern war nur etwa zehn Meter weiter am Rand geparkt. Fröstelnd zog ich die Schultern hoch, was meinen Schmerz neu aufflammen ließ. Wenn ich wenigstens eine Zigarette rauchen könnte.

Ich trat von einem Fuß auf den anderen und lehnte mich zwischendurch immer mal wieder an die Hauswand. So schwer war mir das Warten noch nie gefallen. Eine nahe Kirchturmuhr schlug zweimal. Ein Blick auf meine Uhr bestätigte, dass es halb zwölf war, was wiederum bedeutete, dass ich nun schon zwanzig Minuten hier stand und wartete. Das war merkwürdig. Ich hatte erwartet, dass Dabney schneller zurück sein würde, vor allem aber wunderte ich mich, wo Garrett so lange blieb. Ich hatte ihm doch genau beschrieben, wo ich auf ihn warten würde. Irgendetwas stimmte hier nicht.

Langsam ging ich zur Ecke der Straße. Außer meinen eigenen Schritten und der kontinuierlich an- und abschwellenden Brandung war nichts zu hören. An der Ecke der Rua Consul Medeiros blieb ich stehen und schaute in beide Richtungen die Straße entlang. Alles still, niemand in Sicht. In der Ferne knatterte ein Moped. Schnell verlor sich das Geräusch im Rauschen des Meeres. Ich machte lautlos ein paar Schritte in Richtung des hinteren Hauseinganges. Da sah ich ihn. Ein Schatten, der sich ein paar Meter von der Tür entfernt auf dem dunklen Gehweg bewegte. Vorsichtig schlich ich mich heran. Auf gar keinen Fall wollte ich entdeckt werden, bevor ich die Situation einschätzen konnte. Jetzt bereute ich es zum zweiten Mal in meinem Leben, dass ich mich seit meinem traumatischen Erlebnis nie zum Tragen einer Schusswaffe hatte durchringen können. Ich war noch etwa zwanzig Meter von dem unförmigen Schatten entfernt, als ich ein Stöhnen hörte. Schnell näherte ich mich. Erst als ich ihn fast schon erreicht hatte, erkannte ich ihn. Vor mir auf dem Boden lag Dabney. Vorsichtig kniete ich mich neben ihn und drehte ihn zu mir herum. Er schrie auf und wurde dann ohnmächtig. Ich hörte schnelle Schritte hinter mir und wandte mich um.

»Max!«

»Mr. Nick!« Er blieb ein paar Schritte entfernt von mir stehen. Fragend schaute er von mir zu Dabney. Für ihn musste es so aussehen, als hätte ich Dabney niedergeschlagen. Und ich fragte mich natürlich, wo er so plötzlich herkam.

In diesem Moment kam Garrett um die Ecke gerannt.

»Garrett, schnell, er scheint verletzt zu sein.«

»Ich weiß.«

Als ich zu Garrett hochsah, blickte ich direkt auf seine blutverschmierten Hände. Er hielt sie von seinem Körper entfernt, um seine Kleidung nicht zu beflecken.

»Ich habe den Angreifer noch weglaufen sehen. Bis zum Largo do Infante habe ich ihn verfolgt. Da hat er sich dann in die Büsche geschlagen, und ich habe ihn verloren.«

Garrett sah alles andere als begeistert aus. Max, der sich die ganze Zeit im Hintergrund gehalten hatte, gab ihm ein Tuch, an dem er sich die Hände abwischen konnte.

»Hamlet, kümmern Sie sich um Dabney, ich schaue mich hier in der Nähe noch mal um. Vielleicht entdecke ich noch irgendetwas. Oder irgendjemanden.« Er nickte mir kurz zu und verschwand dann über die Straße in dem kleinen Park, hinter dem sich die Umrisse des Castelo schwarz vor dem dunklen Himmel abhoben.

Dabney gab leise Laute von sich. Als wir ihn untersuchten, stellten wir zum Glück nur eine oberflächliche Schnittwunde fest, die allerdings ziemlich stark blutete.

»Sieht schlimmer aus, als es ist. Aber wahrscheinlich ist er bei dem Sturz auf den Kopf gefallen. Könnte eine Gehirnerschütterung sein.«

»Ich hole Senhora Pereira. Könnten Sie so lange bei ihm bleiben, Mr. Nick?«

»Natürlich.«

Max ging über die Straße und verschwand im Haus.

Dabney öffnete die Augen und starrte mich böse an. »Hamlet, was zum Teufel ... machen Sie denn hier?«

»Wer war denn Ihr Freund, der Ihnen das Ding verpasst hat?«

»Habe nichts sehen können. Kam von hinten, das Schwein ... ging alles so schnell.« Er versuchte sich aufzusetzen, gab diesen Gedanken jedoch schnell wieder auf.

»Haben Sie denn einen Verdacht, wer Ihnen da fast das Licht ausgeknipst hätte?«

»Licht? Wieso Licht ... ausgeknipst? Niedergeschlagen hat man mich. Wollten mich sicher ... berauben.« Das Sprechen fiel ihm schwer.

Ich schob seinen Mantel zur Seite. »Ist zwar nur ein Kratzer, aber … das hätte auch anders ausgehen können.« Ich deutete auf sein blutverschmiertes Hemd.

Dabney starrte mit schreckgeweiteten Augen auf den dunklen Fleck, der sich auf seinem Hemd ausgebreitet hatte. Seine Unterlippe begann, unkontrolliert zu zittern. Ich schlug ihm rechts und links auf die Wangen, damit er nicht umkippte. Er übergab sich. Krabbencremesuppe mit Sherry, Wildbret mit Rotwein. Bisquit-Sahne-Creme. Schade drum.

»… und kommen Sie gleich zurück, wenn sein Butler ihn in Empfang genommen hat, Max.« Lily Pereira stand mit verschränkten Armen in der offenen Haustür. Wir hatten Dabney ins Auto verfrachtet. Max setzte sich hinters Steuer, um ihn zu *The Cedars* zurückzufahren.

Die Pereira und ich blieben allein zurück. Jetzt konnte ich sie einmal richtig aus der Nähe studieren. Eine schöne Frau, ohne Zweifel. Die roten Haare glänzten im schwachen Licht, das aus dem Hauseingang kam. Und auch ihre schlanke weibliche Figur konnte man schwerlich übersehen. Sogar auf mich, der ich gut zwanzig Jahre jünger war als sie, wirkte sie provozierend attraktiv. Stolz und unnahbar, eine Frau für Machtkämpfe, nicht für die Liebe. Mal sehen, wie weit ich mit ihr kommen würde.

»Leben alle Ihre Geschäftspartner so gefährlich?«

Sie hob die Augenbrauen. »Ich weiß nicht, was Sie meinen.«

»Wirklich nicht? Ich dachte, Dabney hätte Ihnen … ein Angebot gemacht?«

Sie warf mir einen überlegenen Blick zu.

»Würden Sie eventuell auch mit mir ins Geschäft kommen?«

»Wohl kaum. Was sollten Sie schon haben, das für mich von Interesse sein könnte.«

»Umgekehrt. Sie haben etwas, was für mich von Interesse sein könnte. Oder für die Polizei …«

Doch so leicht war diese Frau nicht zu beeindrucken. Sie gab ein gelangweiltes, geringschätziges Geräusch von sich, drehte sich um und schloss ohne einen weiteren Kommentar die Haustür hinter sich.

»Keine Spur.« Hinter mir stand plötzlich Garrett. »Ich würde sagen, für heute lassen wir's gut sein. In der Dunkelheit sieht man sowieso nichts. Ich schaue mir den Park und die Straße morgen noch mal mit meinen Leuten an.«

Das war sinnvoll und kam auch meinem lädierten Gerippe entgegen. Mir reichte es für heute. Wir verabschiedeten uns bis auf weiteres. Ich hatte den Eindruck, dass Garrett distanziert war und längst nicht mehr so kooperativ wie neulich.

Vorsichtig setzte ich mich auf das Moped und tuckerte langsam die leere, nächtliche Straße entlang in die Rua Rosa.

Das Haus lag vollkommen im Dunkeln. Es war weit nach Mitternacht. Leise schlich ich die Treppe hoch. Auf gar keinen Fall wollte ich jetzt Antonia und ihren neugierigen Fragen begegnen.

Als ich mich in dem kleinen Badezimmer im Spiegel anschaute, flaute mein Hochgefühl etwas ab. Ich sah aus, als hätte ich eine über den Schädel bekommen und wäre im Dreck gelandet. Die kleine Platzwunde über meiner linken Augenbraue war nicht so schlimm. Auch die Beule am Hinterkopf nicht. Was meinen Brustkorb anging, da war ich mir nicht so sicher. Wenn ich Glück hatte, waren es nur Prellungen. Wenn ich Pech hatte, waren ein paar Rippen gebrochen. Ich füllte meine Waschschüssel und ging damit in mein Zimmer. Notdürftig machte ich mir aus einem feuchten Handtuch und meinem Schal einen festen Verband und hoffte, dass ich morgen früh wieder der Alte sein würde. Langsam ließ ich mich auf die weiche Matratze sinken und war im Nu eingeschlafen.

Es war ein unruhiger Schlaf. Ich hörte eine entfernte Kirchturmuhr schlagen. Halb vier. Wie spät war es jetzt in New York? Später. Nein, früher. Mit einem Ruck, den ich sofort darauf laut verfluchte, saß ich im Bett. Das war es!! Die Zeitverschiebung! Schnell machte ich Licht, nahm Papier und Stift zur Hand und begann zu rechnen.

Hier ist es jetzt 3.30 Uhr, in New York 23.30.

Hier ist der 18., in New York noch der 17. März!

Das war's! Ja, das war des Rätsels Lösung! Wie hatte Loy doch gleich gesagt? *Gestern ist der Prototyp gestohlen worden.* Ich schlug in meinen Notizen nach. Hier stand es: *Nacht des 12. März 1932 – Prototyp und Pläne des neuen Fernschreibers gestohlen.* In New York war noch der zwölfte, während auf Fayal schon der dreizehnte war. Je nachdem, wie und wann die Übermittlung der Geschehnisse per Kabel gelaufen war, waren die New Yorker, mich eingeschlossen, von einem falschen Datum ausgegangen. Das Fest der ITTC war am zwölften, das Verbrechen hingegen musste am dreizehnten begangen worden sein. Somit war Dabneys Alibi hinfällig. Mein Fehler. Ich hätte ihn nicht fragen dürfen, was er am zwölften gemacht hatte, sondern wo er in der Nacht des Verbrechens war.

Ich versuchte, noch ein wenig zu schlafen, was mir mehr schlecht als recht gelang. Um halb sieben stand ich ausgehfertig in Antonias Küche, um nach einem Kaffee zu fragen.

»Mr. Nick! Was ist denn mit Ihnen passiert.« Antonia schlug die Hände vor der Brust zusammen.

Ich konnte ihre Aufregung gar nicht verstehen, denn außer

einem zugeschwollenen Auge, über dem ein kleines Heftpflaster klebte, sah ich aus wie immer.

»Nicht der Rede wert«, blockte ich weitere Fragen ab. »Hätten Sie wohl eine Tasse Kaffee für mich?«

Antonia zog einen Stuhl zurück und bot mir einen Platz am Küchentisch an. Sie starrte noch immer mit offenem Mund auf mein Veilchen, fragte aber nicht mehr weiter nach. Dann siegte der praktische Frauenverstand. »Bleiben Sie sitzen«, sagte sie beschwörend. »Ich bringe Ihnen alles, was Sie brauchen.«

Innerhalb kürzester Zeit standen dampfender Kaffee, Brot, Butter und Käse vor mir. Zu guter Letzt brachte sie eine Pfanne Rühreier mit Speck, die für eine vierköpfige Familie gereicht hätte. Sie setzte sich zu mir und registrierte zufrieden, dass ich kräftig zulangte.

»Das Moped steht übrigens wieder hinter dem Haus.« Die letzte Portion Rührei landete auf meinem Teller.

»Ha, ha, da steht es schon seit einer Stunde nicht mehr. Mein Mann ist bereits zur Arbeit gefahren.« Lächelnd goss sie mir Kaffee nach.

»Was macht Ihr Mann eigentlich?«

»Er arbeitet im Post- und Telegrafenamt«, antwortete sie mir stolz. »Wenn Sie mal telegrafieren müssen … oder telefonieren. Es gibt dort auch Telefone.«

Das war gut zu wissen. Ich lehnte mich satt zurück und nippte an meinem Kaffee. »Also, Antonia, Ihr Frühstück … einmalig gut. Wenn Sie nicht schon vergeben wären …« Ich zwinkerte ihr mit meinem gesunden Auge zu.

»Aber Mr. Nick …«

»Ich hoffe nur, dass ich mir nicht jedes Mal ein Veilchen besorgen muss, um in diesen Genuss zu kommen.«

»Um Gottes willen! Ich bin jeden Morgen ab fünf Uhr hier

in der Küche. Wenn Sie frühstücken möchten, dann kommen Sie einfach herunter.« Sie stand auf und räumte den Tisch ab. »Ihr Auge … also … ich könnte mir das mal anschauen, wenn Sie möchten.«

Ich stand auf. »Ach, halb so wild.«

So schnell gab sie sich noch nicht geschlagen. »Wie … äh, wie ist das denn passiert? Ist Ihnen eine Wildkatze in die Quere gekommen?«

Ich musste lachen, ließ es aber sofort wieder, weil es mir in die Rippen fuhr. »Antonia … Sie sind doch nicht etwa neugierig?« Ich nahm meinen Hut und setzte ihn etwas schräg auf, um mein linkes Auge im Schatten der Hutkrempe zu verbergen.

Sie wurde rot. »Nein. Ich … also … ich wollte wirklich nur …« Sie ließ die Hände sinken. »Ach, was soll's. Natürlich bin ich ein wenig neugierig … Im Bad hinten links in der Ecke steht übrigens ein kleiner Verbandskasten. Den können Sie ruhig benutzen.«

»Hmm, danke. Etwas könnten Sie doch für mich tun.«

»Gerne, Mr. Nick.« Sie trocknete die Hände ab und machte erwartungsvoll einen Schritt auf mich zu.

»Meinem Anzug und meinen Schuhen geht es viel schlechter als mir. Vielleicht könnten Sie da Erste Hilfe leisten?«

Ich verabschiedete mich von der verblüfften Antonia und machte mich auf den Weg zu *The Cedars*. Ein Krankenbesuch bei Dabney war fällig. Er hatte sicher eine Menge zu erzählen, und ich würde seinen geschwächten Zustand zu nutzen wissen.

Kapitel 17

Danke, Finsbury.«

Mit einer angedeuteten Verbeugung zog sich der Butler zurück.

Ich betrat das Wohnzimmer. Dabney erhob sich aus einem dunkelbraunen Ledersessel, kam jedoch nicht auf mich zu. Ungesunde Blässe überzog seine eingefallenen Wangen. Er wirkte hilflos. Selbst gestern, als er verwundet vor der Hintertür des Cafés lag, hatte er mehr Lebendigkeit und Entschiedenheit ausgestrahlt als jetzt. Er blickte an mir vorbei auf die geöffnete Wohnzimmertür.

»Guten Tag, Hamlet. Sehr freundlich, dass Sie mir einen Besuch abstatten. Die Tür … könnten Sie bitte die Tür schließen.« Erschöpft ließ er sich wieder in seinen Sessel fallen und starrte abwesend vor sich hin.

Nachdem ich die Tür geschlossen hatte, zog ich mir einen Stuhl heran. Ich setzte mich Dabney gegenüber und wartete ab. Er schien mit seinen Gedanken weit weg zu sein. Alle Selbstgefälligkeit war aus seinen Gesichtszügen verschwunden.

Sein Blick wurde unruhig. So als hätte er irgendwelche Schreckensbilder vor Augen. Als er aufsah, schien es, als würde er mich erst jetzt zum ersten Mal wahrnehmen. Er beugte sich zu mir und flüsterte kaum hörbar. »Ist sie auch richtig zu?«

»Bitte?«

Er bewegte langsam die Lippen. »Fins-bu-ry. Er steht hinter der Tür.«

»Sie ist zu. Meinen Sie, er lauscht?«

»Vertraue niemandem mehr. Niemandem, hören Sie! Aus dem Weg haben wollen die mich. Wird ihnen aber nicht gelingen.« Er sprach schnell und hastig.

»Finsbury? Haben Sie Finsbury im Verdacht?«

»Sieht alles, hört alles. Hat mich gestern Abend hier wegfahren sehen. Und das Telefonat …«

Mir ging kurz der Gedanke durch den Kopf, dass Finsbury vielleicht auch mich hatte weggehen sehen und für den Überfall auf mich verantwortlich sein könnte. Ich konnte mir allerdings kaum vorstellen, dass der altehrwürdige Butler mit Füßen nach mir treten würde. Es sei denn, er hatte Handlanger.

»Verräter, alles Verräter …« Dabney starrte mich an, und sein Blick hatte etwas Irres, Verängstigtes. Ein guter Zeitpunkt, um den Hebel anzusetzen.

»Dabney, ich weiß Bescheid.« Ich zählte im Geiste langsam bis zehn. *Verkauf deine Ahnungen als Tatsache. Sag sie ihnen direkt auf den Kopf zu. Und dann zappeln lassen: durchbohrender Blick und im Stillen bis zehn zählen. Wirst sehen, wie das die meisten ins Flattern bringt.* Auch so eine von Sid Bakers Methoden, die sich fast immer bewährt hatte.

»Oh, Gott!« Dabney stöhnte auf wie unter Schmerzen. »Sie wissen nicht … Ich hatte doch keine Ahnung, dass er …«

In diesem Moment öffnete sich die Tür, und Finsbury kam mit einem voll beladenen Silbertablett herein. »Der Tee, Sir.«

Dabneys Gesichtsfarbe wechselte von blass in durchscheinend weiß.

Ohne eine Anweisung abzuwarten, stellte Finsbury mit quälender Langsamkeit zwei Tassen mit Untertassen auf einen kleinen Beistelltisch. Verwaschenes Rosenmuster, dünner Goldrand, der an einigen Stellen nur noch zu erahnen war. Es folgten Teekanne, Milchkännchen und Zuckerdose. Aus blank poliertem Silber natürlich. Ein kleiner Teller mit hauchdünn geschnittenen Zitronenscheiben rundete das Angebot um den Tee ab. Auf jede Untertasse legte Finsbury einen Teelöffel. Ganz akkurat, wie abgemessen.

Ich wünschte, er würde sich endlich wieder zurückziehen. Warum musste er auch ausgerechnet jetzt kommen, wo ich Dabney in einem schwachen Moment erwischt hatte. Finsbury ließ noch einmal den Blick über sein kleines Arrangement wandern und zog sich dann im Zeitlupentempo zurück. Die Tür zog er kaum hörbar hinter sich zu. Dabney starrte ihm hinterher.

»Er hat sie zugemacht.« Ich deutete mit dem Kopf in Richtung der geschlossenen Tür.

Dabney schüttelte den Kopf, so als wollte er sagen, dass die Finsburys dieser Welt auch durch Wände und geschlossene Türen hören und sehen konnten.

Ich nahm einen neuen Anlauf, um unser Gespräch da wieder aufzunehmen, wo es unterbrochen wurde. »Dabney, ich weiß, dass Sie in die Sache verwickelt sind. Ich weiß aber auch, dass die Drahtzieher woanders zu suchen sind.« Ich beugte mich vor und sah ihn an. Sorgfältig wählte ich meine nächsten Worte. »Sie stecken da bis über beide Ohren drin. Ihre Befürchtungen sind nicht unbegründet. Einen Toten hat es schon gegeben. Dann der Anschlag gestern auf Sie … Viel hat da nicht mehr gefehlt …« Ich lehnte mich zurück, um Dabneys Reaktion abzuwarten. Zusammengesackt und aschfahl im Gesicht wirkte er klein in dem wuchtigen Sessel. Er hielt sich mit beiden Händen so krampfhaft an den Armlehnen fest, als hätte er Angst abzuheben. Seine Augen traten groß hervor, wie bei einem Insekt. Er kämpfte mit sich, und ich hatte den Eindruck, dass er mir gleich die ganze Geschichte erzählen würde.

»In Ordnung, Hamlet. Ich vertraue Ihnen.« Er lachte resigniert auf. »Kann mir bei Ihnen wenigstens sicher sein, dass Sie mir nicht nach dem Leben trachten.«

Das klang vernünftig. Mein kleiner Bluff hatte funktioniert, und mein Fall stand kurz vor der Auflösung. Ich beugte mich vor. Eine erwartungsvolle Spannung straffte meinen Körper.

»Freunde ... Feinde ... Wie sich das alles ändert. Manchmal sogar ins Gegenteil. Geld und Macht – das sind die Schlüssel. Dachte ich.« Verbittert starrte Dabney vor sich hin. »Man ist allein.«

Ich hoffte inständig, dass jetzt die Phase des Philosophierens vorbei war und er zur Sache kommen würde.

»Aber zurück zum Thema, Hamlet.« Dabneys Stimme klang überraschend klar und fest.

Es konnte losgehen. Und es wäre auch sicher losgegangen, wenn uns ein Geräusch an der Tür nicht hätte aufmerken lassen. Lautlos sprang ich auf, ging zur Tür und öffnete sie mit einer schnellen Bewegung. Davor stand Finsbury mit dem obligatorischen Silbertablett in der einen weiß behandschuhten Hand, während er die andere nach dem Türgriff ausgestreckt hatte. Seine Augenbrauen hoben sich ganz kurz. Das war auch schon alles. Dieser Mann hatte sich absolut unter Kontrolle. Beim Pokerspielen würde er sicher einen unberechenbaren Gegner abgeben. Mit einer leichten Verbeugung ging er an mir vorbei, so als hätte ich eigens für ihn als Akt der Höflichkeit die Tür geöffnet. Am Beistelltisch neben Dabneys Sessel angekommen, nahm er einen Teller mit Gebäck vom Tablett, den er auf den dafür freigelassenen Platz zwischen Teekanne und Zuckerdose stellte. Dann zog er sich, wie schon zuvor, im Schneckentempo zurück.

Das alles wirkte eigentlich ganz natürlich. Ich hatte zwar

keine Erfahrung mit Hausangestellten, aber einen alten Diener stellte ich mir genauso vor. Ruhig, langsam und mit blasiertem Desinteresse über den Dingen der Herrschaft stehend. Es machte mich allerdings stutzig, dass er beide Male im unpassendsten Moment hereingekommen war und dass er diesmal mindestens zehn Sekunden lang zögerte, bis er die Tür von außen zuzog. Vielleicht war er doch nicht so treu ergeben, wie es ein Diener meiner Vorstellung nach unbedingt sein sollte.

Dabneys Scharren mit den Füßen beendete meine Mutmaßungen. Hektisch erhob er sich und winkte mich, während er auf die Fenster zuging, zu sich heran. Er ergriff mit seinen kalten, feuchten Fingern meine Hand. Ich löste meine Hand und wischte Dabneys Angstschweiß an meiner Hose ab.

»Hören Sie, Hamlet, Sie müssen mir helfen! Hier können wir nicht sprechen. Heute Abend … Kommen Sie heute Abend zu Império dos Nobres.« Seine Worte waren so leise geflüstert, dass ich Mühe hatte, ihn zu verstehen.

»Império dos Nobres. In Ordnung. Zweiundzwanzig Uhr?« Auch ich sprach so leise, dass ein eventueller Lauscher hinter der Tür mich nicht verstehen konnte.

»Das ist zu früh. Kommen Sie um Mitternacht. Und jetzt gehen Sie!«

Ich ging auf die Tür zu und öffnete sie flink. Von Finsbury keine Spur.

Die Rua Consul Dabney lag wie frisch gewaschen in der Sonne des frühen Vormittags. Ich beschloss, Garrett aufzusuchen und ihm Bericht zu erstatten. Heute Abend würde Dabney sein Geheimnis lüften. Da wäre es nicht schlecht, wenn Garrett dabei wäre, um gleich die entsprechenden rechtlichen Schritte einzuleiten, die mir nicht gestattet waren. Ja, so müsste es wohl laufen. Es sah ganz so aus, als könnte ich mich schon bald mit einem gelösten Fall auf die Rückreise begeben. Gelöster Fall. Was genau hätte ich denn dann gelöst? Aller Wahrscheinlichkeit nach würde Dabney mir berichten, wer sein Auftraggeber war und wo Prototyp und Pläne zu finden waren. Hier würde Garrett ins Spiel kommen. Kraft seines Amtes könnte er bei Mr. X die entwendeten Sachen sicherstellen, Mr. X festsetzen und alles wäre in schönster Ordnung.

Ich war am Ende der Rua Consul Dabney angekommen. Aber meine Gedanken waren noch lange nicht am Ende ihres Weges. Die Sache mit dem toten Wachmann ließ sich in der Geschichte nicht unterbringen. Wenn er Dabney beim Einbruch in seine eigene Firma erwischt hätte, hätte Dabney die Nerven verlieren können, den Wachmann angreifen und töten können. So weit so gut. Aber die Frage, wie die Leiche anschließend in die Walfabrik gekommen war, blieb weiterhin unbeantwortet.

Nachdem ich die Rua Vasco da Gama überquert hatte, ging ich auf die Kaimauer zu. Ich ließ mich auf dem noch kühlen Stein nieder, zündete mir eine Murat an und schaute auf das Meer hinaus. Die Oberfläche war spiegelglatt. Aber wer wusste schon, was sich darunter für Dramen abspielten. Jagen und gejagt werden, fressen und gefressen werden.

Ich versuchte mir vorzustellen, wie Dabney gleichzeitig seine Beute in Sicherheit brachte und den ermordeten Wachmann durch den halben Ort transportierte, um ihn dann am Strand entlangzuschleifen, die Treppen der Walfabrik hochzuzerren und in die Rinne zu werfen. Unmöglich! Die Sache mit dem Wachmann passte hier nicht hinein. Es sei denn, sie waren Komplizen. Komplizen, die die Beute gemeinsam in der Walfabrik verstecken wollten. Und dann dieser General. Eine undurchsichtige Figur. Der alte Pedro würde sicher viel Licht in diese Angelegenheit bringen können. Aber natürlich nur, wenn er vom Walfang wieder zurückkam. Senhora Medeiros kam mir in den Sinn. Ihre bedrückte Unruhe. Ein ungutes Gefühl beschlich mich. Ich ging ein paar Schritte und drückte meine halb gerauchte Zigarette aus, um mir gleich wieder eine neue anzuzünden. Der Rauch schlängelte sich in den blauen Himmel. Ich schickte ein paar selbst geformte Ringe hinterher, einen nach dem anderen, und beobachtete, wie sie sich auflösten. Mein Fall stand keinesfalls kurz vor der Lösung. Wenn nicht alle Teile eines Puzzles problemlos ineinandergreifen, dann ist das Puzzle eben noch nicht fertig. Es gab noch zu viele offene Fragen. Heute Nacht um zwölf würde mir Dabney ja wohl Rede und Antwort stehen. Und dennoch … diese Aussicht beruhigte mich nicht so, wie sie es eigentlich hätte tun sollen. Ich drückte meine Zigarette aus, warf sie ins Wasser und machte mich auf den Weg zu Garrett.

Tiefe

Ein leises Quietschen hatte ihn geweckt. Mit einem Ruck setzte er sich in seinem Bett auf. Angestrengt lauschte er in die Dunkelheit. Durch die schweren Fensterläden drang nur schwach das Tageslicht ins Schlafzimmer. Wie lange hatte er geschlafen? Die Luft im Raum war stickig, er hatte das Gefühl, nicht atmen zu können. Da war es wieder. Das haarfeine Geräusch wie von einem schlecht geölten Fensterladen oder einer Holztür.

Gedanklich jagte er von Zimmer zu Zimmer. Er hatte selbst alle Läden geschlossen, die Tür verriegelt. Ganz ausgeschlossen, dass jemand in sein Haus eindringen konnte. Schweiß lief über sein Gesicht. Verkrampft saß er im Bett und sortierte die Geräusche, die aus der Dunkelheit kamen. Doch außer dem dumpfen Ticken der Standuhr auf dem Flur hörte er nichts. Diese Uhr, die einmal in einem anderen Haus die Zeit verkündet hatte. Er wünschte, er hätte sie dort gelassen. Doch die Versuchung war zu groß gewesen. Er hatte das wertvolle Stück an sich genommen, nachdem der General die Insel überstürzt verlassen musste. Seit seiner Rückkehr vor fast einem Jahr war auch die Angst zurückgekommen. Früher oder später würde er sich die Uhr wieder holen. Und nicht nur das. Er würde Genugtuung fordern für den Verrat, der ihn außer Landes gezwungen hatte. Verräter sterben einen hässlichen Tod.

Beim ersten Schlag der Uhr zuckte er zusammen. Seine Hände krallten sich in die Bettlaken. Seine Atemzüge waren flach, abgehackt. Drei kurze und drei lange Schläge. Draußen schien die Nachmittagssonne, und er saß im Dunkeln. Gefangen. Wie in einem Sarg.

Warum hatte er sich auf diese Geschichte eingelassen? Es hatte alles so einfach ausgesehen. Und jetzt ... Wie hieß es immer: Umsonst ist nichts auf der Welt. Noch nicht einmal der Tod. Der Tod. Er riss die Augen auf und rang um Luft. Er musste hier raus.

Das Meer. Es hatte ihm immer gut getan. In jeder Lebenssituation. Er sah das Grün vor sich und das Blau. Sonnenstrahlen, die unter Wasser schillernde Schneisen bildeten. Winzig kleine Luftbläschen, die der Oberfläche entgegentanzten. Er tauchte in Gedanken tief in diese Welt unter Wasser ein, die für ihn wie ein fremder Planet war, faszinierend und immer wieder neu zu entdecken. Ja, das Meer würde ihm helfen. Er würde hinausfahren. Am besten jetzt gleich. Er würde diese jämmerliche Angst darin ertränken. Er würde ruhig und fest werden. So wie früher. Und dann würde die Welt anders aussehen. Er schob die zerwühlten Laken beiseite und stand auf.

Das Grün und das Blau schlugen über ihm zusammen. Er sammelte all seine Kräfte und drängte gegen den Widerstand an die Oberfläche.

Der Mann im Boot sprach mit ihm. Er sah nur die Bewegung der Lippen, die Worte hörte er nicht. Der Mann sah aus wie immer. Selbst als er den Knüppel zum nächsten Schlag hob, war kein Hass in seinen Augen zu sehen. Er blickte ernst und konzentriert. Unmöglich. Es musste sich hier um ein Missverständnis handeln. Ein grober Scherz. Er wollte ihm eine Lektion erteilen. Das war es. Er würde ihm jetzt sicher gleich ins Boot helfen, und der Spuk wäre vorbei. Seine Hände reckten sich hilfesuchend dem Bootsrand entgegen. Bevor er danach greifen konnte, traf ihn erneut ein Schlag auf den Kopf. Nicht so hart, dass er das Bewusstsein verlor, aber fest genug, dass er für einen

Moment untertauchte und Wasser schluckte. Er verlor die Orientierung und hatte Mühe, seinen Kopf wieder über Wasser zu bringen.

Nein, das war kein Scherz, das war blutiger Ernst. Er griff nach dem Knüppel, um seinen Gegner daran ins Wasser zu ziehen, wo er klar im Vorteil wäre. Er versuchte, unterzutauchen und sich von dem Boot zu entfernen. Er tauchte unter dem Boot durch, um es von der anderen Seite zu packen und zum Kentern zu bringen. Hoffnungslos. Die Versuche, zu entkommen und sein Leben zu retten, kosteten ihn Kraft. Zu viel Kraft.

Er kam erneut an die Oberfläche und schaute seinem Feind ins Gesicht. Milchige Schleier trübten seinen Blick. Seine Augen brannten vom Salzwasser. Seine Gegenwehr war verschwunden. Er wusste, dass er sterben würde. »Fahr zur Hölle …« Die Worte kamen heiser aus seiner vom Meerwasser wunden Kehle.

Der letzte Schlag berührte ihn kaum noch. Er wurde bewusstlos und begann zu sinken. Ohne Widerstand. Dem natürlichen Rhythmus folgend atmete er ein. Als das Wasser in seine Lungen schoss, kam der Todeskampf. Die Bewusstlosigkeit wich einem panischen Lebenswillen. Seine Hände griffen unkontrolliert ins Leere. Seine Beine zuckten wie Angelköder am Haken. Er warf den Kopf hin und her und schnappte mit weit aufgerissenem Mund nach rechts und links. So als könne er den Sauerstoff aus dem Wasser filtern. Seine Lungen krampften sich zusammen, um sich gleich darauf zu dehnen. Er fühlte sie hart wie Stein in seinem Innern. Fühlte, wie sie die anderen Organe zerquetschten. Ein Schrei trennte seinen Körper von seinem Bewusstsein. Dann war es vorbei. Zwischen den kleinen Luftbläschen stiegen größere Blasen empor. Sein letzter Atem.

Er sah ihnen nach. Sah, wie sie über seinem sinkenden Körper tanzten. Meeresperlen. Seine Hülle wurde von der Tiefe verschluckt, er blieb. Alles war leicht und klar. Das Meer nahm ihn auf. Diesmal für immer.

Kapitel 18

Ich hielt die Zitronenscheibe mit dem Löffel auf dem Boden der Tasse fest und drückte ein wenig darauf herum. Nur mit Zitrone, so mochte ich meinen Chá Gorreana am liebsten. Die Farbe wurde durch die Säure ganz hell und klar, der Geschmack fein-herb.

Das Café Internacional war um die Mittagszeit nur schwach besucht. Ich hatte mich an den Tisch hinter der Säule gesetzt, um möglichst weit von den drei, vier anderen Gästen entfernt zu sein. Ich musste in Ruhe nachdenken. Josephine Baker schaute aufmerksam aus ihrem Bilderrahmen auf mich herab. Ihre linke Augenbraue war höher gezogen als die rechte und gab ihrem Blick etwas Überlegenes. Das war mir neulich gar nicht aufgefallen. Auch ihr Lächeln wirkte im Tageslicht anders, fast schon spöttisch. Belächelte sie mich, weil ich bei meiner Untersuchung auf dem Holzweg war? Oder nur, weil ich nach einer Teetasse statt nach einem Scotch-Glas griff?

Heute Morgen hatte ich Garrett aufgesucht. Das Gespräch war verlaufen, wie erwartet. Seit ich allerdings über Josephines Augenbraue philosophierte, empfand ich irgendetwas an diesem Gespräch im Nachhinein als störend. Wenn ich nur gewusst hätte, was es war. Ich ging es in Gedanken noch einmal durch. Nachdem ich Garrett von meinem Besuch bei Dabney berichtet hatte und dass ich mich heute Nacht mit ihm treffen wollte, wurde er ganz still. Er biss in kurzen Abständen immer wieder die Backenzähne zusammen, so dass die hervorspringende Kiefermuskulatur sein Gesicht alle Sekunde anders aussehen ließ. Auch das Unterlid seines linken Auges zuckte pausenlos. Allem Anschein nach machte es ihm zu schaffen, dass ausgerechnet Dabney, mit dem er schon so lange freundschaftlich verkehrte und dessen Angreifer er gestern noch die halbe Nacht gesucht hatte, so offensichtlich in die Sache verwickelt war. Er klang ziemlich lahm, als er mich fragte: »Warum sind Sie so sicher, dass er kommt?«

»Er wird kommen. Schon allein deshalb, weil er sich Luft machen muss, sein Gewissen erleichtern. Außerdem hat er Angst. Er ist mit den Nerven am Ende.«

Garrett schüttelte langsam den Kopf, ohne mich dabei anzuschauen. Seine Augen bewegten sich schnell hin und her, so als würde er die Oberfläche seines Schreibtischs nach etwas absuchen. Dann lächelte er mich plötzlich an. Sein Mund mit den gebleckten Zähnen hatte etwas Raubtierhaftes.

»Wirklich, gute Arbeit, Hamlet. Aber … Ich hätte nie gedacht, dass Dabney so viel kriminelle Energie hat. Tja, so kann man sich selbst in alten Mitstreitern täuschen. Wir werden sehen, was er heute Abend zu berichten hat. Ich werde mit meinem Sergeant um Mitternacht bereitstehen.« Mit diesen Worten hatte er sich erhoben. Das Thema war für ihn beendet.

»Haben Sie noch einen Wunsch? Etwas zu essen? Oder noch einen Tee?« Max stand neben meinem Tisch und holte mich aus meinen Gedanken.

»Danke Max, ich bin noch satt von Antonias üppigem Frühstück.«

Er nickte kaum merklich und wollte sich schon wieder zurückziehen.

»Moment noch, Max. Sagen Sie … gestern Abend, als Dabney überfallen wurde, hatten Sie da einen siebten Sinn?«

Er sah mich fragend an.

»Wir kamen gleichzeitig bei ihm an …«

Max fuhr sich mit einer Hand durch das dichte, graue Haar und schluckte. Zum ersten Mal sah ich ihn verunsichert.

»Also, Mr. Nick …«

»Ja?«

Er hob den Kopf und fixierte einen Punkt hinter mir. Noch bevor ich mich umdrehen konnte, hörte ich ihre Stimme. Dunkel, rauchig, distanziert.

»Schon gut, Max, ich mache das.« Mit hochgezogenen Augenbrauen und kaltem Blick musterte mich Lily Pereira, die lautlos durch die Hintertür ins Café getreten war. Max zog sich hinter seine Bar zurück. Ich sah ihm an, wie unangenehm ihm die ganze Szene war. Die Pereira machte langsam zwei, drei klackende Schritte auf meinen Tisch zu und blieb dann mit einigem Abstand vor mir stehen.

»Wenn Sie Fragen haben, kommen Sie zu mir, und belästigen Sie nicht meine Angestellten!«

Die Partie war eröffnet. »Dürfen Ihre Angestellten denn nicht für sich selbst sprechen?«

Sie ging nicht auf meine Provokation ein. »Was wollen Sie?«

Wenn sie in diesem Ton weitersprach, würde ich mir bald meine Hände an der Teekanne wärmen müssen.

»Das Gleiche wie gestern Abend. Ich will wissen, ob all Ihre Geschäftspartner so gefährlich leben wie Dabney. Und ich will wissen, warum.«

»In meinem Café werden die Gäste vorzüglich behandelt. Was draußen passiert, ist nicht meine Sache und interessiert mich auch nicht.« Sie machte Anstalten zu gehen.

So würde ich keinen Millimeter weiterkommen. Ich musste anders an die Sache rangehen. Das Wohlergehen ihrer Kunden war ihr allem Anschein nach egal. Aber so, wie sie gerade eben für Max in die Bresche gesprungen war, schien ihr zumindest ihr Personal mehr am Herzen zu liegen.

»Senhora Pereira, wenn die Polizei hier demnächst alles auf den Kopf stellt, wird sie sicher genug Gründe finden, nicht nur Sie, sondern auch Ihre Angestellten erst einmal festzusetzen und genauestens zu überprüfen.«

Diesmal stimmte die Richtung. Sie blickte mich zwar immer noch kalt und überheblich an, aber sie wollte nicht mehr gehen. Ich beschloss, noch eins draufzusetzen.

»Der Fall, den ich bearbeite, wird nicht nur die hiesige, sondern auch die amerikanische Polizei auf den Plan rufen.« Demonstrativ blickte ich in Max' Richtung, der leise hinter der Bar hantierte.

Die Überheblichkeit in ihrem Blick wurde durch ein Stirnrunzeln vertrieben.

»Ich mag Menschen nicht, die ihre Nase in anderer Leute Geschäfte stecken. Sagen Sie mir, was Sie wollen, aber verschonen Sie mich mit Ihren Andeutungen und Drohungen.«

Ich zog einen Stuhl vom Tisch zurück, um sie so zum Hinsetzen aufzufordern. Sie ignorierte meine Geste.

»Dass Sie mit Dabney und einer Reihe anderer Leute Geschäfte tätigen, weiß ich. Inwieweit Sie in den Anschlag auf Dabney gestern Nacht verwickelt sind, werde ich heute Abend erfahren.«

Die Pereira fasste sich mit einer unsicheren Geste ins Haar, was ich zufrieden registrierte. Als sie meinen Blick bemerkte, ließ sie wütend die Hand sinken.

Ich beschloss, noch ein wenig mehr auf den Busch zu klopfen. »Gestern Abend, kurz bevor ich den verletzten Dabney fand, kam ein Mann aus Ihrem Haus …« Ich blickte vielsagend in ihre kühlen Augen. Regungslos hielt sie meinem Blick stand.

»Sie stehen auch mit dem General in geschäftlicher Verbindung?«

Ich lächelte sie an und beobachtete sie. Ihre Hände ballten sich unbewusst zusammen. Betont beiläufig schaute sie in Richtung der anderen Gäste im vorderen Teil des Cafés. Es schien jedoch niemand Interesse an unserem Gespräch zu haben.

»Mit diesem Menschen mache ich keine Geschäfte.« Die fein gestrichelten Augenbrauen über den grau-grünen Augen hoben sich arrogant. Ihre Stimme klang noch frostiger als zuvor. Doch ihr Busen in dem figurbetonten dunkelgrünen Kleid hob und senkte sich auffallend schnell.

»Dann ist Ihre Beziehung wohl privater Natur?«

Die Pereira wurde blass unter der Puderschicht auf ihrem Gesicht, die rot geschminkten Lippen zogen sich zusammen. Doch ihre Schultern strafften sich, und sie reckte mir ihr Kinn entgegen.

»Ich wüsste nicht, was Sie das angeht.«

»Ich sage Ihnen mal, wie sich die Sache meiner Meinung nach verhält: Dieser ›General‹, wie ihn hier alle nennen, leitet eine Art Geheimorganisation. Ziel: die unmoralischen Fremden von der Insel vertreiben. Seine Mitstreiter rekrutiert er aus der einfachen Inselbevölkerung. Wo nötig, hilft er mit kleinen Finanzspritzen weiter. Er weiß, wie man sich Freunde macht. Dazu braucht man natürlich Geld. Was läge also näher, als eine neue, Gewinn versprechende Erfindung zu stehlen und an den Meistbietenden weiterzuverkaufen. Dass er sie ausgerechnet den Amerikanern stehlen konnte, ist ein glücklicher Umstand und ein doppelter Schlag gegen den ›Feind‹.«

Ich legte eine Pause ein und warf ihr einen auffordernden Blick zu. Doch da kam keine Reaktion. Die Pereira sah mich nur ausdruckslos an. Mit dieser Frau Poker zu spielen musste eine echte Herausforderung sein.

Ich setzte also auch mein Pokergesicht auf und fuhr fort: »Natürlich hat er Helfer gehabt. Und er hat sie noch immer. Er braucht zum Beispiel einen Mittelsmann, der das Ding zum Verkauf anbietet. Wobei der Mittelsmann nicht unbedingt ein Mann sein muss …« Ich lehnte mich zurück, ohne sie aus den Augen zu lassen.

Sie griff nach der Lehne des Stuhls, den ich ihr angeboten hatte, und schob ihn fast schon bedächtig an seinen Platz zurück. »Ich sagte es bereits: Mit diesem Menschen mache ich keine Geschäfte.« Mit einem knappen Nicken zog sie sich zurück und verschwand durch die Hintertür.

Diese Frau war hart wie Granit. Aber ich hatte auch deutlich gemerkt, wo ihre Schwachstelle war. Die Erwähnung des Generals hatte sie ganz eindeutig verunsichert. Wenn auch nur kurz. Ich war mir sicher, dass die Sache in etwa so gelaufen war. Dabney würde heute Abend bestimmt Ähnliches berichten.

Neben mir räusperte sich plötzlich Max. Ich hatte gar nicht bemerkt, dass er an meinen Tisch getreten war.

»Mr. Nick … ich glaube, es gibt da ein Missverständnis, was ich gerne aufklären würde.«

Ich wartete geduldig ab, bis er weitersprach.

»Ich bin früher verschiedentlich mit dem Gesetz … in Konflikt geraten. Aus Gründen, die jetzt hier nichts zur Sache tun. Das Leben, das ich hier führe, ist mir sehr viel wert.« Er räusperte sich erneut, bevor er mit belegter Stimme weitersprach. »Ich möchte es nicht wieder verlieren … Gestern Abend bat mich Senhora Pereira, nachzusehen, ob ein … ein unangemeldeter Gast das Haus auch wirklich wieder verlassen hat und nicht zurückgekommen ist. Aus diesem Grund hielt ich mich draußen in der Nähe des Cafés auf, als Mr. Dabney überfallen wurde.«

Das war eine lange Rede für den sonst so schweigsamen und zurückhaltenden Max. Seine Schultern fielen leicht nach vorne. Er wirkte plötzlich müde und auch irgendwie älter. Ich hatte keinerlei Zweifel an seiner Aussage.

»Max, ich danke Ihnen. Sie haben mir sehr geholfen.«

Erstaunt und ein wenig ungläubig blickte er mich an. Dann atmete er erleichtert auf.

»Und ich glaube, Sie können mir noch viel mehr helfen.«

»Jederzeit gerne, Mr. Nick.«

»Als Sie gestern Abend draußen waren, ist Ihnen da irgendetwas aufgefallen? Haben Sie jemanden in der Nähe des Cafés gesehen?«

Max blickte im Geiste zurück und schüttelte den Kopf.

»Aber den General, denn er war es doch, oder?! Den haben Sie doch gesehen?«

»Ja. Außer den üblichen Gästen, die sich ins Café begeben haben, habe ich nur Senhor … Senhor Pereira gesehen.« Er sprach das Wort nur zögernd aus.

»Senhor Pereira?« Ich richtete mich in meinem Stuhl auf.

Max schwieg und blickte auf seine polierten schwarzen Schuhe. Ein Mann wie er, der vieles sah und vieles hörte, konnte auf so einem Posten eigentlich nur bestehen, wenn er absolut verschwiegen und vertrauenswürdig war. Dennoch kämpfte er jetzt mit sich. Als er mich ansah, wusste ich, dass ich gewonnen hatte.

»Ja, Senhor Pereira. Den General … Er und meine Chefin sind miteinander verheiratet.«

Jetzt war es raus, und es war eine Bombennachricht. Die

Pereira und der General ein Paar! Noch dazu eines mit Trauschein! Ich war fassungslos. In meinem Kopf begannen sich die Rädchen zu drehen. Zwei Machtmenschen, die das Tun und Treiben auf dieser Insel sicher zu einem gehörigen Teil mitbestimmten. Nur – allem Anschein nach standen sie auf verschiedenen Seiten. Wer wusste schon, was die beiden einmal zusammengeführt hatte. Und was hielt diese Ehe jetzt noch zusammen? Warum waren sie nicht längst geschieden? Die gesellschaftliche Ächtung, die auf der Insel mit einer Scheidung garantiert einherging, dürfte beide wohl kaum beeindrucken. Die Reaktion der Pereira auf die Erwähnung dieses Mannes zeigte eines ganz deutlich – sie hatte Angst vor ihm. Wenn aus Liebe Hass wird, treibt das wohl manchmal seltsame Blüten.

Kapitel 19

Heute Abend … Kommen Sie heute Abend zu Império dos Nobres«, klang Dabneys heisere Stimme in meinem Ohr nach. Warum wollte er sich mit mir in einer Kirche treffen? Mir kam ein Gedanke: Was, wenn er dort den Prototyp versteckt hatte? Die Idee gefiel mir. Ich rief nach Max, um zu zahlen.

»Ach, Max, können Sie mir sagen, wie ich zu Império dos Nobres komme?«

Max nahm den Silberteller, auf den ich mein Münzgeld gelegt hatte, und hielt kurz inne. »Selbstverständlich. Es ist ganz einfach. Wenn Sie aus dem Café kommen, gehen Sie links die Avenida entlang fast bis zum Ende. An dem Gemüseladen an der Ecke biegen Sie links ein in die Rua Advogado. Direkt nach einem kleinen Park sehen Sie dann schon die Kirche.«

»Eine große Kirche?«

Max lächelte. »Nein. Groß ist sie nicht. Eigentlich ist es eher eine Kapelle.«

Meine Idee mit dem Versteck schwand dahin. Egal. Ich würde mir den Ort auf jeden Fall ansehen.

Das Gemüsegeschäft an der Ecke, das ich nach gut zehn Minuten gemächlichen Gehens erreichte, war nur zu erahnen. Ein schwerer Eisen-Rollladen war heruntergelassen. Ich wäre fast vorbeigelaufen. Nur ein wenig zertretenes Grünzeug auf dem Pflaster und ein paar faule Äpfel, die im Rinnstein davor lagen, verrieten mir, dass ich abbiegen musste. Ähnlich wie in der Hafengegend prägten auch hier enge Gassen das Bild. Wäsche hing zum Trocknen auf Leinen, die zwischen grobe Holzstangen gespannt waren. Barfüßige Kinder jagten schreiend und lachend hinter einem Ball her, der unkontrolliert über das holprige Kopfsteinpflaster sprang. Ein einsames Huhn pickte leise gackernd vor sich hin. Fast schon eine dörfliche Idylle.

Vor einer offenen Haustür saß ein alter Mann auf einem Holzschemel. Aus seinem verwitterten braunen Gesicht schauten mich helle Augen interessiert an. Als ich an ihm vorbeiging, murmelte er etwas Unverständliches und winkte mich zu sich heran. Er kramte in seiner Jackentasche und bedeutete mir mit der Hand, noch näher zu kommen. Ich war neugierig, was er wohl von mir wollte. Als ich schließlich neben ihm stand, haute es mich fast aus den Schuhen. Der Alte stank penetrant nach Alkohol, Fisch und allerlei Körperausdünstungen. Als wäre das nicht schon genug gewesen, hielt er mir mit einem widerlichen Grinsen, das eine Reihe fauliger Zähne entblößte, ein abgegriffenes Bild von einem jungen Mädchen hin. Das Kind war höchstens dreizehn, vierzehn Jahre alt und nackt. Ich machte eine heftige, wegwerfende Handbewegung in seine Richtung und ging angeekelt weiter. So viel zur »dörflichen Idylle«.

An dem von Max beschriebenen kleinen Park machte die Straße eine Biegung, hinter der gleich die Kirche zum Vorschein kam. Eine kurze Treppe führte zu einer Holztür, die nicht größer als eine normale Haustür war. Auf der untersten Stufe saß im Schatten eine Frau, die mit ihren dicken Fingern einen Rosenkranz durcharbeitete. Sie nahm keine Notiz von mir, als ich an ihr vorbeiging.

Ich trat durch die quietschende Tür und stellte fest, dass auch das Innere der Kapelle nicht viel größer war als ein Wohnraum. Es war düster, nur zwei winzige Fenster oberhalb der Tür und eine Kerze, die auf dem Altar brannte, spendeten schwaches Licht. Die dumpf-feuchte Luft und die Dunkelheit, an die sich meine Augen langsam gewöhnten, verstärkten den Eindruck von Stille und Abgeschiedenheit. Als Versteck für Diebesgut kein schlechter Ort. Ich sah mich um. Viele Möglichkeiten bot der Raum allerdings nicht. Er war gerade geschnitten, ohne Nischen und Winkel. An den Wänden hingen gewebte Teppiche, an denen Hunderte handgeschriebener Zettel und Bildchen befestigt waren. Ein paar einfache Holzstühle standen vor dem Altar. Links daneben eine fast mannshohe Madonnenfigur, auf der rechten Seite eine Bodenvase mit frischen Blumen. Die Altardecke reichte bis auf den Boden herab. Na, das wäre doch ein ideales Versteck! Ich ging in die Knie und hob die Decke an. Darunter standen jedoch nur einige alte Vasen mit verstaubten Plastikblumen und allerlei Heiligenkitsch. Ich ging um die Madonna herum, um mir die Rückseite anzusehen. Aber auch hier nichts. Nun gut, ich würde mich bis heute Abend gedulden müssen.

Froh, der stickigen Heiligkeit entkommen zu können, machte ich mich auf den Weg in meine Residencial. Ich musste meine Gedanken sortieren, wobei mir die Remington wie immer eine große Hilfe sein würde.

Als ich in meine Rua einbog, kam mir vom anderen Ende der alte Pedro entgegen. Sein plötzlicher Wechsel auf die gegenüberliegende Straßenseite verriet mir, dass er mich gesehen hatte und nicht gerade glücklich darüber war. Er ging schneller und versuchte, bevor er mit mir auf gleicher Höhe war, in der nächsten Seitenstraße zu verschwinden. Ich beschleunigte meinen Schritt, wobei ich auf seine Seite hinüber und direkt auf ihn zuging. Es war rührend und komisch zugleich, wie er sich bemühte, mir doch noch zu entkommen. Aber sein Holzbein ließ weder größere Schritte noch schnelleres Gehen zu.

»Bom dia, Pedro.« Wir standen uns nun direkt gegenüber, und ich nickte ihm freundlich zu.

Pedro schaute an mir vorbei in die Seitenstraße, die er zu seiner Rettung vor unserer Begegnung auserkoren hatte. Ein paar Schritte hätten ihm noch gefehlt. Er schien zu überlegen, ob er nicht doch noch irgendwie an mir vorbeikommen könnte. Schließlich ließ er resigniert die Schultern sinken. »Ah, Americano … hab dich gar nicht gesehen.«

Zum Glück sah er angestrengt auf den Boden und konnte so mein mühsam zurückgehaltenes Lachen nicht sehen.

»Na, dann ist es ja gut, dass ich Sie gleich entdeckt habe. Wir müssen uns nämlich noch mal unterhalten.«

Er brummte wenig begeistert vor sich hin. »Hab wenig Zeit. Ich muss nämlich noch in …«

»Es wird nicht lange dauern. Am besten gehen wir in die Kneipe unten am Hafen.«

»Nein! Nein, nicht dahin!« Pedro wich einen Schritt zurück. Er schaute sich vorsichtig um. Seine Hände fuhren in die Taschen seiner ausgebeulten Hose und wieder heraus.

»In Ordnung. Dann gehen wir in meine Residencial.« Ich bedeutete ihm mit einer Handbewegung, mir zu folgen.

Widerwillig humpelte er neben mir her.

Ich öffnete die Haustür und ließ ihm den Vortritt. Jetzt gab es für Pedro kein Entkommen mehr. Wütend funkelte er mich an. Man sah ihm an, dass er sich fühlte wie eine Maus in der Falle. So würde ich sicher kein Wort aus ihm rauskriegen. Aber ich hatte ja Antonia und ihre Wunderwaffe.

»Antonia!« Ich ging auf die Küche zu, in der es leise klapperte.

»Mr. Nick, bom dia.« Sie trocknete ihre Hände an der Schürze ab.

»Bom dia, Antonia. Ich habe einen Gast mitgebracht.«

Neugierig schaute sie um die Ecke. »Pedro! A final conseguiste encotra-lo.«

Pedro knurrte Unverständliches.

»Wissen Sie, er war nämlich vor ein paar Minuten hier und wollte zu Ihnen, Mr. Nick.«

Jetzt war ich wirklich überrascht. Diesen Eindruck hatte er ganz und gar nicht gemacht. Aber umso besser. Ich hatte mich also nicht getäuscht. Pedro hatte mir tatsächlich etwas zu sagen. »Antonia, könnten wir wohl Ihr Wohnzimmer benutzen, um uns in Ruhe zu unterhalten?«

Antonia schaute an Pedro herab. Ihr Blick blieb skeptisch an seiner alten Arbeitshose hängen. »Sie können in die Küche. Ich bin gerade fertig mit dem Abwaschen.«

Dieses Mal brauchte Pedro keine extra Aufforderung. Er humpelte in die Küche und ließ sich resigniert auf einen der Holzstühle fallen.

»Ach Antonia, bevor Sie gehen ... Ich glaube, Pedro braucht etwas zur Stärkung ...«

Sie lächelte wissend und stellte die bekannte Flasche, die nie leer zu werden schien, nebst zwei Wassergläsern auf den blank geschrubbten Tisch. Ich legte mein Päckchen Murat dazu. Es konnte losgehen.

Der alte Pedro sah mich schweigend an, als ich mich zu ihm setzte. Ich goss großzügig ein und schob ihm eines der Gläser hin. Fast schon genießerisch nahm er einen kleinen Schluck. Ich tat es ihm nach. Wir fixierten uns. Ich würde ihm den Anfang überlassen. Lange würde es sicher nicht mehr dauern, bis er zu reden begann. Energisch nahm Pedro einen zweiten Schluck, der schon größer ausfiel, und beugte sich vor.

»Weiß gar nich, was ich hier soll. Aber meine Frau hat mir keine Ruhe gelassen.«

Oh, diese wundervollen, klugen Inselfrauen! Ich küsste ihnen im Geist die Hände: Antonia für ihren Aguardente, Pedros Frau für ihre Hartnäckigkeit und Maria … Aus meinen Handküssen wurden andere Küsse, ganz andere … Doch zurück zu Mord und Totschlag. Mit einem tüchtigen Schluck Aguardente klärte ich meine Kehle.

Ich versuchte, mich an mein letztes Gespräch mit Pedro zu erinnern. Er hatte mir gerade von jemandem erzählen wollen, den er ganz offensichtlich mit dem Tod des Wachmanns in Verbindung brachte. Irgendwie musste ich Pedro an diesen Punkt unseres ersten Gesprächs zurückführen. Schlimmer noch, ich musste ihn überhaupt erst mal dazu bringen, den Mund aufzumachen.

»Sie waren mit draußen, auf See …«

Keine Reaktion.

»Fahren Sie noch oft mit raus?«

Pedro warf mir einen abweisenden Blick zu. Ich suchte weiter nach dem Zauberwort, das seinen Redefluss in Gang bringen würde. Mal sehen, womit ich ihn provozieren konnte.

»Ist das nicht zu gefährlich in Ihrem Alter?«

Er richtete sich in seinem Stuhl auf und funkelte mich feindselig an. Na, immerhin.

»Das ist doch eine Arbeit für junge Männer. Männer wie João zum Beispiel.«

»João!« Er sprach den Namen so verächtlich aus, dass ich einen Moment befürchtete, er würde auf Antonias frisch gewischten Küchenboden spucken. Stattdessen leerte er sein Glas mit einem Zug und stellte es hart auf den Tisch zurück.

»Jung und kräftig ist er ja …«

»Das is auch schon alles!«

Das war bereits ein ganzer Satz. Die Steigerung war enorm. Wenn ich noch ein wenig nachlegte, würde sich schon bald ein fruchtbares Gespräch ergeben, in dem ich nur ab und an unauffällig die Richtung korrigieren müsste.

»Aber viel Erfahrung hat er sicher noch nicht.«

»Keine Erfahrung! Keinen Respekt vor dem Alter! Dieser Grünschnabel … Glaubt, er kann mich rumkommandieren. Ich hab fast mein ganzes Leben auf See verbracht … Und dann kommt so ein Jüngelchen und glaubt, er kann mir was sagen!« Er griff nach seinem leeren Glas.

Ich schenkte nach und fragte weiter. »Ich dachte, Sie würden ihm alles beibringen, was man beim Walfang wissen muss.«

»Hab ich auch. Und plötzlich tut der, als wär er schon fertig. Hat noch nich verstanden, dass er nur Halbzeug ist. Kann heut noch nich 'n Speckhaken von 'nem Fischhaken unterscheiden.« Ein Schluck, und sein Glas war zur Hälfte geleert. Wenn er in dem Tempo weitermachte, würde ich Antonia bald um Nachschub bitten müssen. »Und dass Maria seine Frau wird, träumt der doch nur! Viel zu gut is sie für den. Und zu … zu …«

Während Pedro nach dem passenden Wort suchte, sortierte ich meine Gedanken. Maria? Nein, bestimmt nicht meine Maria! Hier auf der Insel hieß sicher jede zweite Frau so.

»… fein und schön. Würd ich dem Mädchen nicht wünschen.«

Jetzt wollte ich es wissen. »Welche Maria?«

»Na, Maria. Die Tochter von José. Sie wissen doch, der Tote, den ich gefunden hab.«

Nun leerte ich mein Glas in einem Zug.

Pedros Worte drangen durch den dichten Nebel, in dem

meine Gedanken drohten, die Richtung zu verlieren, wie von weitem zu mir durch.

»... hat ihn damit geködert ...«

Meine Maria mit diesem ungehobelten Burschen!

»... versteht noch nich, auf was er sich da einlässt. Wir hatten schon mal ...«

Seine Hände auf ihren zarten Rundungen!

»... viel zu dicht an ihm dran ...«

Sein Mund auf ihren weichen Lippen und wer weiß wo sonst noch! Automatisch griff ich nach der Flasche und goss mir ein.

»... der wurde dann drei Tage später an Land geschwemmt. War auch so ein Schützling vom General.«

Der General. Plötzlich war der Nebel verschwunden. Ich sah wieder klar, und vor allem hörte ich auch wieder normal.

»Der General?«

Pedro sah mich missbilligend an. »Na, von wem sprech ich denn hier die ganze Zeit, Americano!«

»Was will denn der General von so einem einfachen Jungen?«

»Werkzeug. Der Junge is für ihn nur Werkzeug. Wie der andere damals. Und wenn er's dann nich mehr braucht – weg damit.« Pedro machte mit der Linken eine wegwerfende Handbewegung und führte mit der Rechten das Glas an die Lippen. Ich rührte mein volles Glas jetzt lieber nicht mehr an. Es wurde richtig interessant, und ich wollte keine noch so kleine Nuance dieses Gesprächs verpassen.

»Was war mit dem anderen damals?«

»Hab ich doch grad gesagt! Erst hat er alles für den General gemacht, und dann ist er plötzlich tot im Hafenbecken rumgetrieben. Mit 'nem Messerstich im Bauch.«

»Und Sie glauben ... der General ...?«

Pedro beugte sich zu mir vor. »So war's damals – so ist's heute. Wer dem General zu nah kommt ...« Er zog mit einer schnellen Bewegung den Zeigefinger von Ohr zu Ohr über seinen Hals.

Jetzt hieß es vorsichtig formulieren. »Pedro, sind Sie denn nicht auch ein ... Mitglied von Irmãos de Horta?«

Pedro gab ein abfälliges Geräusch von sich. »Sind doch alle hier. So fällt man wenigstens nich auf. So lang man nur ein Fisch im Schwarm is, is alles in Ordnung. Aber wenn so ein Fisch den Klugen spielt und ständig um die Muräne rumpaddelt ... da kann's leicht sein, dass sie ... schnapp ... und aus ist's.«

Pedro war in Erzähllaune. Jetzt konnte ich gefahrlos weiterfragen. Was ich nicht brauchte, denn er fuhr bereits fort.

»Er war nich immer so. War der Erste von unserer Insel, der aufs Festland is. In die Hauptstadt, nach Lisboa. Hat da viele Schulen besucht. Als er nach paar Jahren zurückkam, war er sogar Ingenieur! Aber nich dass er dann den Vornehmen gespielt hat. Gar nich! Hat immer noch mit allen gesprochen. Mit mir auch. Ich weiß noch genau. Gut sah er da aus, der General. Ein richtiger junger Herr. Er hat mir die Hand auf die Schulter gelegt und gesagt: ›Du bringst unseren Leuten einen Wal, und ich bringe ihnen eine neue Technik.‹ So als wär das dasselbe. Ja ...« Versonnen griff Pedro nach seinem Glas. »... so war das. Für ihn war jeder wichtig. Egal, was einer gearbeitet hat.«

Der General ein Idealist! Kaum zu glauben.

»Was hat sich geändert? Warum ist er heute anders?«

»Die Fremden, die sind schuld. Der alte Dabney hat sie massenweise auf unsre Insel geholt. Is nich gut so was. Alles Besserwisser in diesen Kabelkolonien! Hatten Geld, haben sich große Häuser gebaut ... die Dabneys, das waren die Schlimmsten. Wollten mit uns nix zu tun haben. Wissen Sie, es tut nich gut, wenn einige so viel haben und andere so wenig.«

»Und der junge Dabney, war der damals auch schon hier?«

Pedro grinste. »Ja, der war auch hier.« Er begann glucksend zu lachen. »Und wissen Sie, wie wir ihn damals genannt haben? Peixe folhos!« Jetzt lachte er laut über seinen eigenen Witz, den ich leider nicht verstand. Er hörte gar nicht mehr auf zu lachen. Es wirkte ansteckend. Auch meine Mundwinkel gingen automatisch in die Breite.

»Klären Sie mich auf. Was ist ein ... ›peschfolsch‹?« Ich sprach aus, was ich hörte. Allein der Klang brachte schon die Lachmuskeln in Schwung.

Pedro wischte sich mit dem Handrücken die Tränen aus dem Augenwinkel und nahm einen kräftigen Schluck.

»Rüschen-Fisch! ... Wissen Sie, es gibt einen Fisch, der is bunt und hat gewellte Flossen. Wenn er schwimmt, sieht das aus, als würd er ... tanzen oder so. Der junge Dabney konnt auch nix anderes – morgens is er wie ein Seehund im Meer gepaddelt, und abends hat er uns auf der Hafenpromenade all seine feinen Rüschenhemden vorgeführt. ›Flanieren‹ sagt ihr da wohl zu. Ein richtiger Geck war das.«

»Dabney und der General waren wohl zwei feine junge Herren, hm? Vielleicht waren sie sogar Freunde ...?«

Pedro dachte nach. »Am Anfang, da hat man sie manchmal zusammen geseh'n. So lang, bis das Weib sie dann vollkommen verrückt gemacht hat.«

Ich schaute ihn fragend an.

»Die is heute noch wie damals. Aber was kann man von einer aus Conceição schon erwarten. Hat allen den Kopf verdreht. Aber rangelassen hat sie nur die von ganz oben. Wenn er das damals gewusst hätt, hätt er sie bestimmt nich geheiratet.«

»Sie sprechen von Lily Pereira?«

»Von wem denn sonst, Americano!«

»Die hatte wohl mehrere ... Bekanntschaften? Sie wollte sich wohl nicht festlegen?«

»Die und sich nich festlegen! Die wusste ganz genau, was sie wollte. Raus aus Conceição und eine feine Dame werden. Einen Herrn mit Geld wollte die heiraten. Keinen einfachen Fischer oder Landarbeiter. Waren alle nich gut genug für sie ... Sechzehn war sie, als sie den General in ihr Netz gelockt hat.«

So wirkte sie auch heute noch: wie eine Frau, die die Netze der Macht in ihren Händen hielt und bei Bedarf zielsicher auswarf. Es ließ mich nicht unbeeindruckt, dass sie dieses Spiel allem Anschein nach schon mit sechzehn beherrscht hatte.

»Ging 'n paar Jahre gut. Dann hat sie sich mit dem jungen Dabney eingelassen.«

»Hat der General nichts davon gemerkt?«

»Nein. Der war jung und gutgläubig. Und er hat sie angebetet. Hat lang gedauert, bis er dahintergekommen is ... So 'ne Frau kann man nich allein lassen. Am Tag hat er bei der Telegrafengesellschaft gearbeitet, und abends war er bei den *Irmãos*. Das hat die natürlich ausgenutzt.« Pedro schüttelte den Kopf. »'ne Frau für 'n Walfänger wär die nich gewesen. Da is man so oft tagelang auf See ... Mit meiner Tereza bin ich da besser bedient!« Darauf trank er noch einen, sichtlich froh, dass dieser Kelch an ihm vorübergegangen war.

»Gibt es die *Irmãos* schon so lange?«

»Das sind mindestens schon vierzig Jahre. War 'ne gute Sache damals. Als António nich wieder mit zurückgekommen is vom Walfang, hat der General bei allen gesammelt. Da konnt seine Witwe die Kinder mit durchkriegen. Wir hatten alle nich viel, aber wir haben zusammengehalten. Wenn einer Hilfe gebraucht hat, der General war für jeden da. Hat alles Mögliche organisiert. Und Império dos Nobres hat er für uns bauen lassen. Für die Frauen, damit sie die heilige Muttergottes bitten konnten für ihre Männer auf See … Ja, der hat 'n großes Herz gehabt.«

Der General ein Wohltäter, ein Mann des Volkes. Und allem Anschein nach eine äußerst widersprüchliche Persönlichkeit.

»Und seine Frau, was für ein Herz hatte die?«

»Pah! Die hat gar keins! Hat Angst gehabt, dass ihr was weggenommen wird. Wollt immer 'n Haus haben, oben am Hang, bei den reichen Ausländern. Aber für den General war das nich wichtig. Er … also …« Pedro schüttelte den Kopf und suchte mit den Händen nach einer Ausdrucksmöglichkeit. »… also, verrückt is das. Der General war so ein feiner Herr. Trotzdem war er einer von uns. Und Lily, die war nich wirklich fein, von Haus aus fein, mein ich … und die hat immer getan, als wär sie keine von uns.« Er leerte ob dieser späten Erkenntnis sein Glas und goss sich den Rest aus der Flasche ein.

»Und wie kam Dabney ins Spiel?«

»So genau weiß das keiner. Von den Heimlichkeiten der feinen Ausländer ham wir nich so viel mitgekriegt. Irgendwann gab's mal 'n Mordskrach. Da hat das Weib die halbe Einrichtung aus'm Fenster geschmissen. Rumgeschrien hat sie, dass sie zu Dabney geht, wenn der General sie nich aus dieser Bruchbude rausholt … Fischköpfe und Hungerleider hat sie uns genannt und dass sie mit uns nix mehr zu tun ham will!« Man sah Pedro noch heute die Wut an, die Lily damals wohl in allen ausgelöst haben musste.

»Aber so ganz unbeliebt ist die Pereira ja heute nicht hier auf der Insel. Wie kommt das?«

»Das is so ’ne Sache …« Pedro kratzte ausgiebig sein unrasiertes Kinn. »… später, als der General dann die Insel bei Nacht und Nebel verlassen hat, da hat sie das Café übernommen. Macht seitdem da ihre ›Geschäfte‹. Aber nich nur. Sie holt die Mädchen aus Conceição zu sich. Die arbeiten für sie. Is nich gut, wenn so junge Mädchen in so ’nem Lokal arbeiten … nachts … mit den ganzen Ausländern und so … Die sagen aber immer alle, die Pereira is ihre Rettung. Na, ich weiß nich …«

Ich war genauso unschlüssig wie Pedro, was ich davon halten sollte. Mein Gespräch mit Garrett vor zwei Tagen fiel mir ein. Und der Alte in Conceição, der mir auf meinem Weg in die Kapelle das Kind auf dem Bild angeboten hatte. Diese Mädchen waren im Café Internacional sicher besser aufgehoben. Auch wenn Lilys Vorteil bei der ganzen Sache offensichtlich war.

»Warum sind die beiden eigentlich immer noch verheiratet? Machen die vielleicht doch irgendwelche Geschäfte miteinander?«

»Pah!« Pedro zog geräuschvoll die Nase hoch, verzichtete aber zum Glück aufs Ausspucken. »Er hätt sich nie scheiden lassen. Was dem mal gehört hat, gibt der nich mehr her. Eher töte er’s. Die Lily, die war halt sein Eigentum.«

»Warum hat der General denn die Insel überhaupt wieder verlassen? Er hatte doch viel zu sagen und war bei allen so gut angesehen.«

»Da is viel gemunkelt worden. Die einen sagen, dass Lily ihn bei Dabney angeschwärzt hat. Betriebsgeheimnisse soll er verraten haben, von der Transatlantischen. Und andere sagen, die Polizei hätt ihn nachts abgeholt. Er wär dann geflohen.

Aufs Festland, nach Lisboa. Oder nach Amerika. Das weiß keiner so genau ... Na ja, bös war'n wir nich drum, als er dann weg war.«

»Warum das? Er hat doch so viel Gutes für die Insel getan.«

»Ja, hat er. Aber er wurd immer ... immer merkwürdiger. Das fing damit an, dass einer, wenn er zu spät zur Versammlung der Irmãos kam, die ganze Zeit über steh'n bleiben musste. Dann die Sache mit dem Ring. Jeder bekam so einen Ring. Hier, seh'n Sie, das sind die Anfangsbuchstaben von meinem Namen.« Pedro hielt mir seine Hand hin, zog sie jedoch gleich wieder zurück, so dass ich das gute Stück – ein mittelblauer Stein mit Gravur – gar nicht richtig anschauen konnte. »Als Fischer kann man so was nich anzieh'n. Is viel zu gefährlich bei der Arbeit. Aber er hat drauf bestanden. Wollte, dass wir uns alle ›wiedererkennen‹. Ja, so hat er gesagt. Dabei ham wir uns doch sowieso alle gekannt. Ich mein, jeder wusste, wer bei den Irmãos war!« Pedro schüttelte unwillig den Kopf. »Als dann die Sache mit dem Jungen passiert war, war'n wir alle froh, dass er endlich weg war.«

»Was war da genau?«

»Na, was ich vorhin schon gesagt hab', Americano! ... Der General hat 'nen Jungen zu seinem persönlichen ... Schützling gemacht. So wie jetzt João. Wie hieß der doch gleich damals ... hat 'nen ganz merkwürdigen Namen gehabt ... Teófilo, genau! Teófilo.«

Ich versuchte mich zu erinnern, was Pedro vorhin erzählt hatte, als ich gerade versucht hatte, meiner intimen Gedanken an Maria Herr zu werden. Irgendwer war tot im Hafenbecken getrieben. Das musste wohl Teófilo gewesen sein.

»Und Sie meinen, der General hatte ihn ...« Ich machte die

gleiche Handbewegung wie Pedro zuvor – mit einem Finger vom rechten Ohr über meinen Hals zum linken Ohr.

Pedro nickte. »Ich hab's geahnt ... ich hab's geahnt. Schon als ich den Toten in der Walfabrik hab liegen sehen. Wär er doch weggeblieben. Jetzt geht das alles wieder los ...«

Er griff nach seinem leeren Glas, dann inspizierte er die Flasche, die ebenfalls leer war. Für ihn war mit dieser ernüchternden Feststellung alles gesagt. Für mich eigentlich auch. Mit allem, was ich erfahren hatte, spürte ich die wachsende Bedrohung, die von diesem Fanatiker ausging.

Pedro erhob sich und ging langsam, aber erstaunlich sicheren Schrittes aus der Küche. Ich hörte das Tap-tok seines Holzbeines auf dem Flur, das mit dem Zuschlagen der Haustür verstummte.

Verdacht

Sie wusste nicht, wie lange sie schon so dasaß. In ihrem Innern tobte ein Sturm. Doch äußerlich war sie wie gelähmt. Gedankenfetzen jagten durch ihren Kopf und verflüchtigten sich wieder. Obwohl ihr Atem schnell ging, hatte sie das Gefühl, keine Luft zu bekommen.

Die Hände des Generals, auf dem Tisch gefaltet, knochige Spinnenfinger, an denen der Siegelring böse glänzte. Die Hände ihres Vaters, bleich wie der Tod selbst, gefaltet über seinem Herzen. Und kein Ring. Die schreckliche Erkenntnis hatte sie aus dem Schlaf hochfahren lassen. Der Traum war eine grausame Offenbarung gewesen.

Sie musste etwas tun. Irgendetwas. Sie musste die Wahrheit aus dem Gefängnis ihrer Gedanken herausholen und für alle sichtbar machen. Das war ihre Aufgabe. Der letzte Dienst, den sie ihrem Vater noch erweisen konnte.

Wie eine Schlafwandlerin ging sie durch die Gassen Hortas. Erst als sie in dem kleinen Innenhof vor der hohen Treppe stand, kehrte ihr Geist in die Wirklichkeit zurück. Alles war still. Nur die dunkelgrünen Wedel der drei Areca-Palmen schlugen in unregelmäßigem Rhythmus sacht aneinander. Das leise Klacken und Rascheln der Blattfasern klang wie Stimmen. Eine Warnung, die jeden ihrer Schritte nach oben begleitete, Stufe um Stufe.

Maria betätigte den Türklopfer. Ein schnelles, nervöses Klopfen, synchron mit dem Schlag ihres Herzens. Was würde sie ihm sagen? Erst jetzt fiel ihr auf, dass sie vollkommen unvorbereitet hier stand.

Während sie noch nach einer Lösung suchte, öffnete der General bereits die Tür. Er schien überrascht, fast schon überwältigt von ihrem Anblick. Schließlich ging er einen Schritt auf sie zu.

»Maria.« Er streckte ihr beide Hände entgegen und nahm sie in Empfang wie das verlorene Schaf, das den Weg in die Herde zurückgefunden hatte.

Sofort regte sich Unmut in ihr. Doch sie riss sich zusammen. Kurz legte sie ihre Hände in die seinen, zog sie jedoch gleich wieder zurück. Zu groß war die Abneigung. Sie senkte den Blick, um ihn nicht anschauen zu müssen. Ihre Augen würden sie verraten. Auch diese Geste deutete er hoffentlich falsch.

Sie war zurückgekommen. Zurück zu ihm. Klein, hilflos und reumütig stand sie vor ihm. Wie hatte er jemals an ihr zweifeln können. Und vor allem, wie hatte er an sich selbst zweifeln können. Letzten Endes behielt er stets recht. Aus dem einfachen Grund, weil er immer recht hatte. Das spürten auch die anderen. Er und nur er wusste wirklich zu unterscheiden zwischen falsch und richtig, zwischen gut und böse. Er kannte die Menschen seiner Insel und war besser in der Lage, für sie zu entscheiden, als diese armen, irregeleiteten Kreaturen selbst!

»Komm herein. Schön, dass du wieder da bist.« Er griff erneut nach ihren Händen. Dieses Mal hielt er sie fest umklammert, bis er sie in den düsteren Raum geführt hatte. Er zog einen der hohen Stühle zurück.

»Setz dich, mein Kind.«

Während sie sich hinsetzte, strich er über ihr Haar. Auf ihrem Nacken ließ er seine Hand liegen. Ihre Haut wirkte elektrisierend auf ihn. Zukunftsvisionen bestürmten seinen Geist. Erregung seinen Körper. Maria würde an seiner Seite stehen und ihn bei seinen Plänen unterstützen. Das Format dazu hatte sie.

Allein die Einsicht hatte ihr bisher gefehlt. Dass sie zu ihm gekommen war, konnte nur eines bedeuten: Sie war zur Vernunft gekommen.

Maria fühlte, wie Übelkeit in ihr hochstieg. Es kostete sie all ihre Kraft, einfach nur ruhig sitzen zu bleiben unter der Berührung seiner welken, heißen Finger. Sie spürte das glatte Metall des Ringes auf ihrer Haut.

Nach einer Ewigkeit zog er die Hand zurück und setzte sich ihr gegenüber.

»Nun, mein Kind. Was möchtest du mir sagen?« Sein Lächeln und sein Blick drückten eine Vertrautheit und Nähe aus, die ihm nicht zustanden. Sie musste es hinter sich bringen, bevor sie doch noch die Fassung verlor.

»Ich … Ich wollte dir danken. Für deine … Sorge und Mühe um mich. Ich weiß es zu schätzen … Aber gib mir noch Zeit, mich mit meinem neuen Leben anzufreunden.« Auf ihrer Stirn bildeten sich winzige Schweißperlen.

Er griff erneut nach ihren Händen. »Du kannst dir nicht vorstellen, welche Freude du mir mit diesen Worten machst!«

Sie entzog sich ihm, indem sie die Arme vor der Brust verschränkte. »Bitte …«, sie fuhr mit der Zunge über ihre trockenen Lippen, »… könnte ich … würdest du mir bitte ein Glas Wasser holen?«

»Selbstverständlich, meine Liebe!« Als er aufstand und zur Tür ging, konnte sie kaum glauben, dass ein so einfacher Trick funktionieren sollte.

Ihre Beine gaben kurz nach, als sie sich erhob. Sie ließ sich von ihrem Blick zu dem schweren Sekretär am anderen Ende des Raumes ziehen. Die Schubladen waren uninteressant. Sie ahnte, wo sie suchen musste. Hinter der Klappe, bei den Gläsern und Flaschen war der Ring. Dessen war sie sich sicher. Der

Schlüssel war abgezogen. Die Klappe verschlossen. Mit fliegenden Händen öffnete und durchsuchte sie Schublade um Schublade. In der vorletzten fand sie den Schlüssel. Der Ring ihres Vaters lag in einer unscheinbaren kleinen Pappschachtel, eingebettet in dicke Wattelagen. Tränen liefen über ihr Gesicht, als sie mit den Fingern über die Initialen strich.

Sie hörte seine Schritte im Flur. Schnell steckte sie den Ring in ihre Rocktasche und schloss geräuschlos die Klappe. Als seine dunkle Silhouette im Türrahmen erschien, stand sie am Fenster neben dem Sekretär. Ihr Herz raste. Ihre Wangen glühten wie im Fieber. Um das Zittern ihrer Hände zu verbergen, faltete sie sie vor der Brust. Es sah aus, als würde sie beten.

Kapitel 20

Die Treppenstufen, die nach oben in mein Zimmer führten, schienen mir höher als sonst, während meine Beine mir kürzer und schwerer vorkamen. Aguardente! Wie machten die das hier nur? Wenn ich die gleiche Menge Scotch trank, merkte ich nicht das Geringste. Aber dieses Zeug hatte es wirklich in sich. Ich würde ein paar Kisten dieser Geheimwaffe mit nach New York nehmen.

Ich streifte meine Schuhe ab und ließ mich aufs Bett fallen. Eine kurze Denk- und Ruhepause vor meinen nächtlichen Aktivitäten würde mir gut tun. Die weiß getünchte Zimmerdecke blendete meine brennenden Augen. Je länger ich hinschaute, desto mehr kam sie mir wie eine Leinwand vor. Bilder entstanden und verselbständigten sich.

Der General und der Rüschenfisch. Einst zwei privilegierte junge Männer, deren Wege sich schnell getrennt hatten. Aber hatten sie sich auf einem späteren Weg wiedergetroffen? Hatten sie gemeinsam diesen Diebstahl begangen? Aus unterschiedlichen Beweggründen natürlich. Von dem Verkauf, der mit Sicherheit über die Pereira laufen sollte, hätten beide etwas gehabt. Dabney würde einen Teil seines einstigen Wohlstandes wiedererlangen können, und der Anteil des Generals würde den Irmãos de Horta zugute kommen. Und keiner käme auf die Idee, dass ausgerechnet diese beiden zusammenarbeiteten. Dabney hatte die Schlüssel für den Tresor. Der General hatte in seinem Schützling João einen kräftigen, willigen Helfer. Einen, der fürs Grobe zuständig war. Für die Beseitigung eines Wachmannes zum Beispiel, der im unpassenden Moment aufgetaucht war. Ein Mord, der nicht geplant war. Er war zwar ein alter Widerling, der Rüschenfisch, aber Blut und Tod passten nicht in seine buntschillernde Welt. Durch mein Auftauchen und meine Nachforschungen begann er jetzt, die Nerven zu verlieren. Und einer, der die Nerven verlor, stellte immer eine Gefahr dar. Der Anschlag auf ihn war entweder eine Warnung oder ein misslungener Mordversuch gewesen. Kein Wunder, dass er sich mit mir treffen wollte. Bei mir brauchte er wenigstens nicht zu befürchten, dass ich ihm ans Leder wollte. Er würde alles tun, um seinen Kopf aus der Schlinge zu ziehen. Ich war mir sicher, dass ich heute Abend entweder den Prototyp ausgehändigt bekäme oder zumindest erfahren würde, wo er versteckt war, womit mein Teil der Aufgabe erfüllt wäre. Garrett und sein Sergeant würden anschließend den offiziellen Teil erledigen.

Die Decke über mir schien näher zu rücken. Die Bilder wurden undeutlich und drohten, auf mich herabzustürzen. Meine Lider wurden schwer unter dieser Last. Um nicht erdrückt zu werden, schloss ich die Augen. Bevor ich in einem wirren Strudel versank, hob sich Marias Gesicht hilfesuchend dem meinen entgegen.

Als der traumlose Schlaf mich endlich wieder freigab, mussten Stunden vergangen sein. Es war dunkel. Ich fühlte bleierne Schwere in den Knochen. Mein linker Arm hing so unglücklich über die Bettkante, dass die Hand eingeschlafen war. Als ich mich aufsetzte, hämmerte in meinem Kopf ein altbekannter Gong nachhallend an die Schädeldecke. Meine Zunge klebte pelzig am Gaumen. Der erste Griff nach dem Lichtschalter der Nachttischlampe ging ins Leere. Mit dem zweiten hatte ich Glück, auch weil die schwache Glühbirne das Zimmer in ein gnädiges Licht tauchte. Während ich meine eingeschlafene

Hand wach rieb, schaute ich auf die Uhr. Es war noch früher Abend, nicht ganz 21.00 Uhr.

Mit einer kalten Dusche vertrieb ich die letzten Reste von Aguardente aus Körper und Geist. Erstaunlicherweise erinnerte ich mich noch an alles, was vor dem Einschlafen durch mein umnebeltes Hirn gegangen war. Um es nicht doch noch zu verlieren, tippte ich es schnell in meine Remington. Der General, der Rüschenfisch, der tote Wachmann, die Pereira, João und Maria … Maria, mit deren hilfesuchendem Blick vor Augen ich eingeschlafen war. Vielleicht benötigte sie tatsächlich meine Hilfe. Dieser João würde ihr bestimmt nicht auf die Weise beistehen, wie sie es wollte und brauchte. Im Gegenteil, wahrscheinlich war er sogar der Grund für all ihren Kummer, angefangen bei dem Mord an ihrem Vater. Womöglich war sie in Gefahr. Ich drückte die Zigarette in den Aschenbecher, setzte den Hut auf und zog, während ich im Dunkeln schnell die Treppe hinablief, mein Jackett über. Das Haus war still. Von Antonia und ihrer Familie keine Spur.

Mittlerweile war es fast halb elf. Den Weg zu Marias Haus kannte ich so gut, dass ich gar nicht bewusst wahrnahm, durch welche Straßen und Gassen ich ging. Niemand begegnete mir auf meinem Weg. Eine ungewöhnliche Stille begleitete mich. Außer meinen Schritten auf dem Kopfsteinpflaster war nichts zu hören. Und trotzdem hatte ich nicht das Gefühl, allein hier draußen zu sein. Auf der anderen Straßenseite wurde ein Fensterladen geräuschvoll geschlossen. Als ich in die Rua do Pasteleiro einbog, roch ich Zigarettenrauch. In der Dunkelheit nahm ich den Mann erst wahr, als ich schon fast vor ihm stand. Er saß auf einem Stuhl vor seinem Haus und rauchte. Er sah nicht auf, als ich vorbeiging. Von weiter entfernt drang ein gellender Schrei zu mir herüber. Automatisch beschleunigte ich meinen Schritt. Gleich würde ich bei Marias Haus ankommen. Weitere Schreie zerrissen die nächtliche Stille. Dann wütendes Fauchen. Katzen! Erleichtert atmete ich aus.

In Marias Haus war kein Licht zu sehen. Nachdem ich den Messingring mehrmals gegen die Tür geschlagen hatte, trat ich einen Schritt zurück und blickte zu ihrem Fenster hinauf. Doch alles blieb still und dunkel. Aus den Augenwinkeln heraus bemerkte ich, dass im Nachbarhaus ein Licht gelöscht wurde. Vielleicht wollte sie um diese Uhrzeit nicht mehr öffnen. Oder sie war im Café Internacional. Ich klopfte ein letztes Mal erfolglos an ihre Tür, bevor ich mich auf den Weg in das Café machte.

Als ich die Schwingtür öffnete, stellte ich beruhigt fest, dass wenigstens hier die Welt in ihrer gewohnten Ordnung war. Mir schlug die vertraute Welle von Gesprächsfetzen, Musik, Rauch und Gläserklirren entgegen. Max entdeckte mich sofort und nickte herüber. Da ich ohnehin nicht vorhatte, mich länger aufzuhalten, verzichtete ich darauf, mir einen Platz zu suchen. Stattdessen arbeitete ich mich an die Bar vor. Kein leichtes Unterfangen.

»Guten Abend, Mr. Nick. Scotch …?« Max sprach laut, um den Geräuschpegel zu übertönen.

»Guten Abend, Max.« Ich dachte an meine nachmittägliche Aguardente-Sitzung mit Pedro und mein bevorstehendes Treffen mit Dabney. »Danke, aber … besser nicht …«

Noch bevor ich ihn nach Maria fragen konnte, winkte ihn ein Gast vom anderen Ende der Bar heran. Weitere Gäste mit ihren Wünschen, Gläser, die gefüllt und über den Tresen gereicht wurden, hielten Max eine ganze Weile beschäftigt. Als er zurückkam, um eine Grammophonplatte aufzulegen, versuchte ich, mich so nah wie möglich an ihn heranzuarbeiten. Ein spärlich bekleidetes Mädchen kam mir mit einem vollen Tablett entgegen. Den Zusammenstoß konnte ich nur dadurch mildern, dass ich sie um die Taille fasste, was sie mit einem müden Augenaufschlag quittierte.

Während die ersten Töne von *I Wished on the Moon* erklangen, öffnete Max die Schwingtür und brachte ein Tablett mit schmutzigem Geschirr in die Küche. Auf dem Plattenteller schmachteten Billie Holiday und das Saxophon um die Wette. Als die Tür langsam zurückschwang, sah ich den Koch. Ein schlanker, hochgewachsener Mann. Unter der Kochmütze schauten kurz geschnittene graue Haare hervor. Die Augenbrauen, die so schmal waren, dass sie wie gemalt wirkten, betonten die Feinheit seiner Gesichtszüge. Obwohl er die vierzig schon überschritten hatte, wirkte er knabenhaft. Er stand locker an die Wand gelehnt, die Augen geschlossen, ein Bein über dem anderen und rauchte. Die Musik mischte sich mit den übrigen Geräuschen und verband sie zu einem eigenen Rhythmus. Mit dem weiteren Hin- und Herschwingen der Tür sah ich, dass Max vor ihn getreten war. Der Koch öffnete die Augen. Die Blicke der beiden Männer trafen sich und hielten sich fest. Billies Stimme und das Gemisch von Rauch, Alkohol und Parfum in der Luft gaben dieser kurzen Szene eine bekannte und doch fremde Sinnlichkeit. Die Tür schwang nur noch wenig nach. Bevor sie sich endgültig schloss, sah ich, wie Max lächelnd nach der Hand des Kochs griff. Das Universum der beiden Männer schien in dieser Küche zu liegen. Über Max' Geheimnis brauchte ich also nicht weiter nachzudenken.

Wenig später trat er mit einem Tablett voller Sandwiches heraus, das er an eines der Mädchen weitergab. Dann kam er auf mich zu, ganz wie immer der formvollendete Barmann.

»Verzeihen Sie, Mr. Nick …« Er stand nun dicht neben mir und sprach so leise weiter, dass nur ich ihn hören konnte. »… wann haben Sie Maria zum letzten Mal gesehen?«

Während ich meinen Scotch on the rocks leerte, den ich mir nun doch genehmigt hatte, erfuhr ich von Max, dass Maria heute nicht zur Arbeit erschienen war. Die sonst so kühle bis frostige Lily Pereira hatte sehr nervös reagiert und Max gebeten, nach dem Mädchen zu schauen. Bisher ohne Erfolg. Maria war wie vom Erdboden verschluckt.

Ich war eine gute Stunde vor der verabredeten Zeit bei Império dos Nobres. Meine Sorge um Maria hatte mich durch Conceição getrieben. Ich steuerte auf die Kapelle zu, als wäre hier die Lösung zu finden. Oder wenn nicht die Lösung, dann wenigstens irgendeine Art von Zuspruch. Verdammt, dafür waren Gotteshäuser doch schließlich da! Die wenigen Stufen überwand ich mit drei langen Schritten. Oben angekommen riss ich die Holztür auf, stürmte hinein und blieb schwer atmend in der Mitte stehen. Mein Blick ging hastig über die Stuhlreihen zum Altar mit der brennenden Kerze und zurück. Ich zwang mich zur Ruhe und ließ mich auf einen der Stühle sinken. Mein Atem normalisierte sich. Mein Gehirn begann wieder zu funktionieren. Eins nach dem anderen. Wenn die Sache mit Dabney erledigt war, würde ich noch einmal bei ihr vorbeigehen. Und ich würde mit Garrett darüber sprechen.

Draußen sog ich tief die frische Nachtluft ein und ließ mich im Schatten auf der obersten Stufe nieder. Die Kapelle und einige Bäume und Sträucher am linken Rand der Treppe schluckten das Licht der Laternen, die die Straße gelblich beleuchteten. Ich zündete mir eine Murat an. Eine Kirchturmuhr schlug ein Mal. Auch hier war alles merkwürdig ruhig, wenn auch nicht ganz so ausgestorben wie in der Gegend um meine Residencial. Ein Mann und eine Frau kamen eng umschlungen die Straße entlang. Auf der anderen Seite, direkt gegenüber der Kapelle, blieben sie stehen. Da ich im Dunkeln saß, konnten sie mich nicht sehen. Die Kleidung des Mannes verriet, dass er Matrose war. Die Frau schien noch sehr jung zu sein. Er umfasste mit beiden Händen ihren Po und flüsterte ihr etwas ins Ohr. Sie lachte kurz auf und fuhr ungestüm durch sein Haar, so dass seine Mütze auf den Boden fiel. Sein Kuss war grob und gierig, wie der Kuss eines Sträflings, der seit Jahren keine Frau mehr gehabt hatte. Eine Hand griff ihren Rock, schob ihn ganz nach oben und verschwand dann zwischen ihren Schenkeln. Ich dachte an Maria und schämte mich dafür. Der Mann drückte das Mädchen in einen Hauseingang und wäre sicher gleich zur Sache gekommen, wenn nicht ein Trupp Matrosen laut singend und grölend vom anderen Ende der Straße aufgetaucht wäre.

Nachdem sich alle wieder verzogen hatten, um ihre Lieder und ihre Lust anderswo auszuleben, lag nur noch die Mütze verlassen im Licht der Laterne.

Ich drückte meine Zigarette aus und verfluchte Dabney. Mit den Gedanken an Maria kehrte meine Unruhe zurück. Ich wünschte, er würde endlich kommen, damit ich mich auf die Suche nach ihr machen konnte. Ich stand auf, zündete mir eine neue Zigarette an und setzte mich wieder. Es schlug zwölf. Von Dabney keine Spur. Und von Garrett und seinem Sergeant auch nicht. Ich erhob mich und ging ein Stück die Rua Advogado entlang bis zur nächsten Seitenstraße.

Als ich zurück zur Kapelle kam, nahm ich auf den dunklen Treppenstufen eine Bewegung wahr. Ein Kribbeln in meinem Nacken signalisierte Gefahr.

»Hamlet! Hier!«

Der Mann rief leise nach mir. Zwar hatte ich seine Stimme nicht erkannt, aber es konnten eigentlich nur Dabney oder Garrett sein. Vorsichtshalber blieb ich am Fuß der Treppe stehen.

»Hat sich unser Freund schon … bemerkbar gemacht?« Garrett kam langsam zu mir herunter.

»'n Abend Garrett. Nein. Bis jetzt noch kein Zeichen von ihm.«

»Wie lange sind Sie denn schon hier?«

»Eine gute halbe Stunde etwa. Wo ist Ihr Sergeant?«

»Den habe ich eine Ecke weiter vorne postiert. Zigarette?« Er hielt mir sein Päckchen hin.

Ich griff dankend zu, gab erst ihm, dann mir selbst Feuer.

»Wir gehen wohl besser in den Schatten zurück. Er muss Sie ja nicht gleich sehen, wenn er kommt.«

Garrett brummte zustimmend. Wir setzten uns auf die oberste Stufe, rauchten und schwiegen.

Meine Gedanken schweiften ab. Ich dachte an Maria. Obwohl ich noch nicht mal eine Woche auf Fayal war, gingen mir unzählige Begegnungen und Momente mit ihr durch den Kopf. *Nick, mein Junge, merk dir vor allem eins: Verguck dich nie in eine Frau, die in deinem Fall steckt. NIE!* Das hatte mir Sid immer wieder eingebläut. Leichter gesagt als getan.

Garrett saß halb schräg neben mir. Die Glut seiner Zigarette glomm in regelmäßigen Abständen auf. Sein Profil wirkte in der Dunkelheit wie eine nur grob behauene, noch lange nicht fertiggestellte Statue. Er war ungewöhnlich verschlossen. Sein Schweigen war nicht das Schweigen eines Polizisten, der observiert und nicht dabei entdeckt werden wollte. Nein, da war etwas anderes in seiner Körperhaltung, seiner ganzen Art. Eine ungeheure Anspannung und Kraft, fast schon Brutalität. Jetzt wäre ein günstiger Moment gewesen, um mit ihm über Marias Verschwinden zu sprechen. Doch irgendetwas hielt mich zurück.

Wir rauchten und schwiegen bis eins. Mit dem Glockenschlag erhob sich Garrett und trat seine Zigarette aus.

»Er kommt nicht mehr. Sehen wir morgen weiter.«

Mein Erwachen am nächsten Morgen war genauso ungewöhnlich, wie diese viel zu kurze und in jeder Hinsicht unbefriedigende Nacht.

Ich hatte mich, nachdem Garrett gegangen war, noch eine Zigarette lang in der Nähe von Império dos Nobres herumgetrieben. Dabney war natürlich nicht mehr aufgetaucht, wahrscheinlich hatte ihn der Mut verlassen. Ich hatte eine Mordswut auf ihn. Statt mir die halbe Nacht mit Warten auf diesen fetten Feigling um die Ohren zu schlagen, hätte ich besser nach Maria gesucht.

Gegen halb zwei hatte ich noch einmal kurz bei Max vorbeigeschaut. Meinem fragenden Blick war er mit bedauerndem Kopfschütteln begegnet, so dass ich gleich an der Tür kehrtgemacht hatte. Obwohl ich ahnte, dass es zwecklos wäre, war ich noch einmal bei Maria vorbeigegangen, bevor ich schließlich in meine Residencial ging. Mein Versuch einzuschlafen war lange vergeblich. Diese Nacht war nur Warten: auf Dabney, auf Maria, auf den Schlaf. Erst in den frühen Morgenstunden dämmerte ich ein.

Es war noch nicht ganz hell, als ich durch außergewöhnliche Geschäftigkeit vor dem Fenster geweckt wurde. Ich beschloss, mich davon nicht stören zu lassen, drehte mich zur anderen

Seite und zog die Bettdecke über den Kopf. Schließlich hatte ich genügend Nachholbedarf, was meine Nachtruhe anging.

Lautes Türenschlagen im Haus und Antonias aufgeregte Stimme hinderten mich daran, wieder einzuschlafen. Ich wurde neugierig, stand auf und öffnete das Fenster. Die bunten Fischerboote lagen wie immer in dem kleinen Hafen. Auch der Monte da Guia war noch an seinem Platz. Die aufgehende Sonne beleuchtete das Kreuz, das wie ein stummer Beobachter auf dem Hügel stand. Die Kaimauer war schwarz von Menschen. Ganz Horta schien sich hier versammelt zu haben. Ein Boot durchquerte in langsamer Fahrt den Hafen. Ich erkannte Garrett, der bewegungslos an Deck stand. Sein Sergeant stand gebückt und machte sich an irgendetwas zu schaffen. Die Leute beobachteten das Treiben auf dem Wasser und redeten alle wild gestikulierend durcheinander.

Unter meinem Fenster tauchte Antonias Kopf auf.

»Antonia!«

Sie hörte mich nicht. Ich versuchte noch einmal, gegen das Stimmengewirr unter mir anzukommen.

»Antonia, hier oben!«

Eine Frau, die neben ihr stand, schaute zu meinem Fenster hoch und machte Antonia auf mich aufmerksam.

»Was ist passiert?«

»Ach Mr. Nick! Es ist schrecklich! So ein Ende … furchtbar! …« Antonia bekreuzigte sich und wandte sich wieder dem Schauspiel auf dem Wasser zu.

Mein Herz und meine Gedanken rasten um die Wette. Ich betete inständig, dass dies nicht der Ort war, an dem Maria wieder auftauchte.

Ein Raunen ging durch die Menge, als das Polizeiboot anlegte. Alle Köpfe reckten sich ihm entgegen, viele vergebens.

Hier oben war ich klar im Vorteil. Ich sah mehr als die, die sich unten zusammendrängten. Der junge Sergeant sprang behende aus dem Boot und vertäute es mit flinken Handgriffen. An Deck lag eine Gestalt, über die ein Stück Schiffsplane ausgebreitet war.

Garrett rief den Leuten an Land etwas zu, woraufhin sich die Menge nur widerwillig teilte. Keiner wollte zurückweichen und etwas verpassen. Dennoch bildete sich langsam eine schmale Gasse vor dem Boot. Nachdem Garrett sich kurz mit seinem Sergeant beraten hatte, hoben die beiden Männer die vor ihnen liegende Gestalt an beiden Enden zusammen mit der Decke hoch und trugen sie an Land. Die Menschenmenge sah schweigend zu. Ich selbst wagte kaum zu atmen.

Als sie das graue Bündel ablegten, rutschte ein bleicher, nackter Arm aus der Plane heraus. Die Umstehenden sprangen ein Stück zurück. Mit dem Tod wollte niemand in Berührung kommen.

Ich schloss langsam mein Fenster und sank auf die Bettkante.

Kapitel 21

Ich hob das Gesicht aus den Händen und befahl mir aufzustehen. Doch es dauerte noch eine ganze Weile, bis der Befehl den Weg aus meinem Kopf in meine Beine gefunden hatte. War ich zu sorglos mit meinem Wissen umgegangen? Hätte ich dieses gewaltsame Ende verhindern können? Mir kam in den Sinn, wie freigiebig Pedro aus der Schatztruhe seiner Erinnerungen geplaudert hatte. Es war doch alles so offensichtlich. Ich hatte den General unterschätzt. Ich hatte Pedro nicht richtig ernst genommen. Verdammt! Ich hätte schneller reagieren sollen! *Nick, mein Junge, egal wie gut du bist, es hat keinen Zweck, gegen Wände zu rennen. Du kannst nichts ausrichten, wenn die Zeit noch nicht reif ist. Geduld ist eine unserer wichtigsten Eigenschaften!* Ja, Sid, das war eine deiner »goldenen Spielregeln«, wie du es immer so schön genannt hast. Und jetzt war diese Geduld vielleicht der Grund dafür, dass ein Mensch hatte sterben müssen. Noch dazu einer, der gerade jetzt wohl der wichtigste war.

Ich stand endlich auf und sah aus dem Fenster. Unten wimmelte es noch vor Menschen. Garrett konnte ich nicht mehr ausmachen. Wahrscheinlich war er schon auf dem Weg in die Polizeistation. Ich musste so schnell wie möglich mit ihm sprechen.

»Mr. Nick! Ist das nicht schrecklich! So ein Ende!«

Antonia stand am Fuß der Treppe und sah mich ganz entsetzt an.

»Ja Antonia, das ist es. Wissen Sie denn … weiß man denn schon Näheres?«

»Nein. Noch nicht. Sie bringen den … den Leichnam gerade in die Polizeistation.«

Ich rückte meinen Hut zurecht und öffnete die Haustür.

»Gehen Sie da jetzt auch hin?« Antonia kam ein paar Schritte hinter mir her.

Ich nickte und zog die Tür hinter mir zu, die sich gleich darauf wieder öffnete.

»Mr. Nick, wollen Sie nicht das Moped meines Mannes nehmen? Es steht neben dem Schuppen.«

»Danke, Antonia, aber ich gehe lieber zu Fuß.«

Das Moped würde mich viel zu schnell zu Garrett bringen. Ich brauchte jetzt das Laufen, das Nachdenken und die frische Luft.

Das Ereignis dieses Morgens hielt die Leute noch immer in Gruppen beisammen. Sie sprachen leise, fast schon vorsichtig, so als gelte es, ein Geheimnis zu bewahren. In einer kleinen Runde von Männern entdeckte ich den alten Pedro. »Die Veteranen des Meeres« ging es mir durch den Kopf, als ich sie so stehen sah. Alte Gesichter, gezeichnet von Wind, Wetter und einem harten, entbehrungsreichen Leben. Die Männer rauchten und sprachen kaum miteinander. Eine verschworene Einheit. Sie schienen zu denken und zu empfinden wie ein Mann. Plötzlich hob Pedro den Kopf, sah mich an und holte mich mit einem wissenden Nicken für einen Moment in diese Einheit hinein. Ich hielt kurz inne, grüßte wortlos zurück und setzte meinen Weg fort.

Mit jedem Schritt, den ich an der Kaimauer entlang machte, begegneten mir weniger Menschen. Bald war ich ganz für mich allein. Ich war unfähig, neue Gedanken zu entwickeln, und hoffte, dass eine starke Brise meinen Denkapparat wieder in Schwung bringen würde. Doch das Meer war so glatt, dass es wie erstarrt wirkte, und die Luft schien still zu stehen. Der Tod hatte diese Insel angehaucht und dem Leben den Atem genommen.

Vor der Polizeistation stand Garretts Wagen. Als ich nach dem Messingring griff, öffnete sich die Tür. Der junge Sergeant kam eilig heraus und hätte mich fast über den Haufen gerannt.

»Desculpe!«, rief er mir über die Schulter zu, während er seine Mütze aufsetzte und sich geschäftig davonmachte.

Ich trat ein, ohne anzuklopfen. Garrett schloss hastig eine blaue Aktenmappe und ließ sie in einer Schublade seines Schreibtischs verschwinden. Trotz seiner Eile konnte ich den Schriftzug der Transatlantischen Telegrafengesellschaft deutlich erkennen.

»Ah, Hamlet … Bitte …« Während er sich mir zuwandte, drehte er den Schlüssel herum und steckte ihn in die Jackentasche. Er deutete auf den Stuhl vor seinem Tisch.

»Tja, nun wissen wir, warum er gestern nicht kommen konnte.« Der Sarkasmus in seiner Stimme war unüberhörbar.

Mit diesem Satz verschwand der letzte Zweifel über die Identität des Toten, der Funken Hoffnung, dass es vielleicht doch jemand anderer gewesen sein könnte. Aber im Grunde hatte ich es ja gewusst. Sonderlich überrascht war ich also nicht. Auch Garrett zeigte keinerlei Überraschung oder Mitgefühl. Ein Polizist konnte sich natürlich nicht über jeden Toten die Haare raufen und in Trauer versinken. Aber immerhin war Dabney ein alter Freund gewesen.

»Ja. Jetzt wissen wir es.«

»Wir haben ihn nach unten gebracht, in den Keller. Da kann er José Gesellschaft leisten. Oder umgekehrt.« Garrett blickte mich an. Sein Versuch zu grinsen ging daneben. Die Augen lächelten nicht mit, sie waren kalt wie Eis.

»Können Sie denn schon sagen, was passiert ist?«

»Ja, ziemlich klar das Ganze. Ein Unfall.«

»Ein Unfall?!« Ich sah Garrett ungläubig an. Das konnte er doch nicht wirklich annehmen. Ausgerechnet jetzt, wo Dabney auspacken wollte! Noch bevor ich weitere Fragen stellen konnte, fuhr er fort.

»Ja, deutet alles drauf hin. Ich habe Nuñes noch mal zum Hafen geschickt, um mit den Leuten zu sprechen. Vielleicht hat ja einer was gesehen. Halte ich allerdings für unwahrscheinlich. Aber man kann ja nie wissen … Morgen kommt sowieso der Gerichtsmediziner aus São Miguel. Der wird uns Näheres sagen können.« Garrett rieb die Hände aneinander, als wollte er sie trocken reiben. »Da gibt es eh nicht viel festzustellen. Ertrunken … klarer Fall.« Er sprach laut und mit betont fester Stimme. Trotzdem drang das kleine verräterische Geräusch an mein Ohr, was mir einen von Sids Ratschlägen in Erinnerung rief: *Junge, schau immer auf ihre Hände und Füße.* Ich lehnte mich etwas zurück, um einen Blick auf Garretts Füße werfen zu können. Tatsächlich – der eine Fuß wippte nervös auf und ab, so, als würde er gar nicht zum Rest des stämmigen, unbeweglichen Körpers gehören. Garrett erschien mir plötzlich in einem ganz anderen Licht. Nein, eigentlich nicht plötzlich. Ich hatte schon mehrfach den Eindruck gehabt, dass er nicht ganz koscher war, dass er irgendetwas verbarg. Während er sich eine Zigarette anzündete, führte er seinen Monolog fort. Dabei drehte und wendete er ununterbrochen sein Feuerzeug in der linken Hand. Das wirklich Wichtige unter seinem Wortschwall würde sicher bald zutage treten, dessen war ich mir sicher.

»Hab ihn vor ein paar Jahren schon mal aus dem Wasser ziehen müssen.« Schnell senkte er den Blick. »Wenn man nicht schwimmen kann, soll man das Meer besser nur von Land aus betrachten. Wahrscheinlich ist er auf den Felsen ausgerutscht und konnte sich nicht mehr halten. Oder er ist aus dem Boot …«

Ich hörte schon nicht mehr hin, was Garrett sonst noch zum Besten gab. Mein Herz klopfte bis zum Hals, so sehr schockierte mich das, was ich soeben begriffen hatte. Jetzt hieß es, einen kühlen Kopf bewahren.

Ich verabschiedete mich mit ein paar unverfänglichen Sätzen und machte mich geschwind auf den Rückweg. Mir war noch nicht klar, wie die Dinge zusammenhingen. Dabney, der General, Garrett … Die Fakten purzelten durch mein Gehirn wie ungelegte Puzzleteile. Aber in einem war ich mir absolut sicher: Dabney war ermordet worden, und der Täter war nicht der General.

»Antonia!« Ich stürmte durch den Hausflur und stieß an der Küchentür mit meiner Zimmerwirtin zusammen.

»Mr. Nick! Was ist …?«

»Antonia«, ich nahm beschwörend ihre Hände in die meinen, »Sie haben mir doch erzählt, dass Ihr Mann im Telegrafenamt arbeitet.«

Antonia nickte eifrig.

»Und dass ich dort telefonieren kann, wenn es notwendig ist.«

»Ja, ja, sicher!« Antonia blickte mich erwartungsvoll an.

»Jetzt ist es so weit. Es eilt, und es ist von größter Wichtigkeit!«

»Er ist vor einer Stunde weg.« Kurz entschlossen hängte sie

ihre Schürze über einen Stuhl, drehte das Gas am Herd aus und nahm mich bei der Hand. »Kommen Sie! Ich bringe Sie hin.«

Antonias Mann wirkte freundlich und zurückhaltend. Sein Englisch war nicht so gut wie das seiner Frau, doch er verstand sofort, worauf es mir ankam. Nachdem er mich in einen länglichen Raum mit zwei Telefonkabinen geführt hatte, schob er seine bessere Hälfte mit sanftem Druck hinaus und schloss die Tür. Ich war allein.

Die Verbindung mit New York kam schneller zustande, als ich es erwartet hatte. Mit dem ersten Klingelzeichen nahm ich den Hörer ab. Eine angenehme Frauenstimme bestätigte mir, dass ich mit New York 739 verbunden war. Durch das Rauschen des Atlantiks drang Morellis verschlafene Stimme an mein Ohr. Ich freute mich richtig, ihn zu hören.

»Na, Morelli, war wohl eine lange Nacht gestern?«

»Nick! Hey, Mensch, Nick!«, krächzte es durch die Leitung. »Wo bist du? Immer noch auf der Insel? Is alles klar bei dir?«

»Ja Joe, immer noch auf der Insel. Und damit hier alles klargeht, brauche ich dringend ein paar Informationen.«

»Okay, Nick, schieß los!« Morellis Stimme klang plötzlich hellwach. »Moment noch …« Ich hörte, wie er im Hintergrund herumsuchte. Ein Stuhl wurde beiseitegeschoben, Papier raschelte. Ich sah seinen angekauten Bleistift und den Schreibblock mit den Eselsohren vor mir, dazu sein ernstes Gesicht und musste grinsen.

»So, jetzt. Was soll ich für dich rauskriegen, Nick?«

»Ich möchte, dass du alles über einen Sergeant Garrett für mich herausfindest. Der Mann ist Azoreaner, um die fünfzig und hat so ungefähr zwischen 1890 und 1915 in Amerika gelebt …«

»Weißt du, wo er gelebt hat?«

»Nein, leider nicht. Doch, Moment mal – die Familie ist damals nach Massachusetts ausgewandert. Also muss er zumindest eine Zeit lang da gelebt haben.«

»Hmm …« Ich hörte, wie Morelli im Hintergrund schrieb und blätterte. »Ein Sergeant, Nick? War er das in Amerika auch schon?«

Ich überlegte kurz, was mir Garrett bei unserem ersten Treffen über sich erzählt hatte. *Ich durfte eine gute Schule besuchen, und ich durfte meinen Wunschberuf erlernen …*

»Ja, war er. Nach dem, was er mir erzählt hat, hat er bei uns die Polizeischule besucht und wohl auch als Polizist gearbeitet.«

»Hmm … Und du denkst, dass er Dreck am Stecken hat.« Das war keine Frage, sondern eine Feststellung.

»Richtig, Morelli. Und das nicht zu knapp!«

»Geht klar, Nick. Ruf mich in … sagen wir … sechs Stunden wieder an. Bis dahin hab ich was für dich. Und Nick … sei vorsichtig. Nix is gefährlicher als ein korrupter Bulle!«

Es war nicht nötig, Morelli noch mehr Anweisungen zu geben. Er wusste, worauf es mir ankam.

Sechs Stunden bis zur Wahrheit. Zumindest hoffte ich das. Das waren auch sechs Stunden Zeit, um Maria zu suchen. Ich kündigte mich bei Antonias Mann für später an und machte mich auf den Weg.

Als ich das Café Internacional durch die Schwingtür betrat, kam Max auf mich zu, kaum dass er mich erblickt hatte.

»Guten Tag, Mr. Nick.« Auf seiner Stirn zeigten sich tiefe Falten.

»Guten Tag, Max ... Gibt es Neuigkeiten? Ist Maria ...?«

Ich hatte wohl in meiner Aufregung ziemlich laut gesprochen. Einige der wenigen Gäste blickten auf. Eine Tasse landete klirrend auf dem Unterteller. Ich stand im Zentrum der Aufmerksamkeit. Ein ungutes Gefühl beschlich mich. Max räusperte sich. Es klang warnend.

»Wenn Sie kurz Zeit hätten ... Senhora Pereira würde Sie gerne sprechen.«

Ich folgte ihm zur Hintertür.

»Gehen Sie einfach die Treppe nach oben. Sie erwartet Sie bereits.«

Ich betrat erneut die Welt der Lily Pereira. Dieses Mal sogar ganz offiziell, mit persönlicher Einladung. Welche Ehre! Das diffuse Licht der Milchglaslampen an den Wänden, der dunkelrote Teppich auf den Stufen – alles wie gehabt. Hier spielte es keine Rolle, ob es Tag oder Nacht war. Die Zeit schien still zu stehen. Obwohl ich mich dieses Mal nicht heimlich nach oben schleichen musste, fühlte ich mich um keinen Deut besser. Einmal knarrte eine Stufe kaum hörbar unter meinem Tritt.

»Guten Tag, Mr. Hamlet.« Sie erwartete mich bereits am Ende der steilen Treppe. Ihre Stimme klang wie immer distanziert, doch ihr Blick war bei weitem nicht so überheblich und abweisend wie sonst. »Bitte!« Sie wies mir mit einer Handbewegung den Weg ins Allerheiligste, in ihr Büro.

Ich nickte ihr zu. »Sie wollten mich sprechen, Senhora Pereira. Gibt es ...«

Ich trat über die Türschwelle, und da saß sie.

»Maria!!«

Erleichtert lächelte sie mich an, als ich den Raum betrat.

Doch ihre tiefen Augenringe und die durchscheinende Blässe der Haut sagten etwas anderes. Als sie sich aus dem Sessel erhob, wirkte sie noch zarter als sonst, erschreckend zerbrechlich.

Mit wenigen Schritten war ich bei ihr. Ich nahm sie in den Arm und konnte nur immer wieder sagen »Gott sei Dank, Gott sei Dank …«. Wenn das so weiterging, würde ich diese Insel am Ende als gottesfürchtiger Aguardente-Anhänger verlassen. Ich musste laut lachen ob meiner skurrilen Gedanken. Maria blickte mich fragend an.

»Es ist alles in Ordnung. Ich bin nur … ich bin so erleichtert.« Ich drückte sie erneut fest an mich und wollte sie am liebsten nie mehr loslassen. Es störte mich noch nicht mal, dass die Pereira die ganze Zeit dabeistand.

Die Liebe, mein Junge, die gehört in den Himmel. Oder zumindest in ein Himmelbett. Aber da, wo wir unsern Job tun, hat sie nichts verloren. Das war Sids Philosophie über dieses Thema gewesen. Vielleicht hatte er ja recht gehabt. Wenn das Blut nur noch zwischen Herz und Lenden rauscht, leidet das Gehirn an gefährlicher Unterversorgung.

Langsam löste ich mich von Maria. Es war an der Zeit, dass ich mich nun der anderen Seite widmete. Der Seite, die für ihre dunklen Augenränder und ihre blasse Haut verantwortlich war. Sie musste etwas Schreckliches erlebt haben.

»Maria, was ist passiert?« Ich zog sie neben mich auf die Couch und nahm behutsam ihre Hände.

Maria griff zögernd in ihre linke Rocktasche. Sie schluckte, als sie das kleine Kästchen aufklappte. Vor mir lag der berühmte Siegelring der Irmãos de Horta.

»Ich weiß, wer meinen Vater getötet hat.«

»Madre de deus! Maria, was hast du getan!« Mit schreckensgeweiteten Augen sank die Pereira auf einen Sessel.

Maria erzählte zuerst leise und stockend von ihrem Verdacht. Davon, dass sie, ohne lange zu überlegen, den General aufgesucht hatte. Wie sie ihn mit dem Glas-Wasser-Trick dazu gebracht hatte, den Raum zu verlassen. Und wie sie schließlich den Ring ihres Vaters im Sekretär gefunden hatte. Den Beweis dafür, dass der General der Mörder war, denn ihr Vater hatte den Ring nie ausgezogen.

Maria wurde im Laufe ihrer Erzählung immer aufgeregter. Ihr Atem ging schnell. Mit zitternden Händen wischte sie sich die Tränen aus dem geröteten Gesicht. Die Erinnerung an die Geschehnisse ließ sie fast zusammenbrechen. Meine Gefühle für Maria machten es mir unmöglich, die nötige professionelle Distanz herzustellen. Obwohl ich ihre detektivische Leistung bewunderte, konnte ich den Schrecken, den ich im Nachhinein empfand, nicht verbergen.

»Um Gottes willen, Maria! Warum bist du denn nicht zu mir gekommen? Wenn der General wirklich deinen Vater getötet hat, dann warst du in höchster Gefahr! … Ich hätte dir …«

Sie unterbrach mich kopfschüttelnd. »Nick, das weiß ich. Aber … ich konnte nicht anders. Außerdem ist mir das alles erst hinterher richtig bewusst geworden. Es war in diesem Moment wie ein Zwang. Ich musste zu ihm gehen.« Ihre Stimme klang weich. Eine Welle von Zärtlichkeit durchströmte mich. Ich dachte an unsere Begegnungen zurück, vor allem an die letzte.

»Nach unserem … Gespräch neulich abends habe ich dich gesucht.« Vorsichtig strich ich eine Haarsträhne zurück, die sich aus Marias Knoten gelöst hatte, und berührte dabei sanft ihre Wange.

»Danke.« Sie sah verlegen auf ihre Hände. Als sich unsere Blicke erneut trafen, schaute sie nicht mehr weg. Die Erinnerung an unsere abendliche Begegnung im Treppenhaus hatte wenigstens für einen kurzen Augenblick Trauer und Schmerz vertrieben.

Das Geklapper im Hintergrund holte uns in die Gegenwart zurück. Die Pereira machte sich an einer Vitrine zu schaffen. Sie stellte ein Tablett mit drei Gläsern und einer Flasche Scotch auf den niederen Tisch. Scotch und Aguardente! Auf Fayal hatte anscheinend jeder sein eigenes Heilmittel, um aufgewühlte Gemüter zu beruhigen.

»Was gedenken Sie jetzt zu tun? Haben Sie überhaupt irgendwelche Pläne, Mr. Hamlet?« Die Pereira schaute mich herausfordernd an und füllte dann drei Gläser mit Scotch, die sie auf dem Tablett herumreichte.

»Maria … bist du ganz sicher, dass du mir alles erzählt hast? Vielleicht ist die Schlussfolgerung, dass der General deinen Vater getötet hat, etwas übereilt.« Ich dachte an meine letzte Begegnung mit Garrett. »Das ist eine schwere Anschuldigung …«

Maria blickte mich ungläubig an. Sie stellte ihr Glas hart auf den Tisch zurück. »Natürlich bin ich mir sicher!« In ihrer Stimme klang Wut mit.

»Versteh mich bitte nicht falsch. Es spricht alles dafür, das ist schon richtig. Aber ich verfolge gerade eine heiße Spur und … es könnte auch ganz anders gelaufen sein.« Ich wollte ihre Hände nehmen, doch sie entzog sich mir.

»Mr. Hamlet, wer sonst, wenn nicht der Mörder, sollte José

den Ring abgenommen haben?«, schaltete sich die Pereira auf ihre bekannt frostige Art in das Gespräch ein.

»Das ist schon richtig, Senhora Pereira. Nur ... der Mörder könnte mit dem General in Verbindung stehen und ihm den Ring gegeben, verkauft oder was auch immer haben.«

Sie sah mich nachdenklich an. »Dann würde er zumindest den Mörder kennen und decken. Was nicht viel besser wäre. Aber ... Sie kennen den General nicht, Mr. Hamlet. Er war zu diesem Mord fähig ... zu jedem Mord ...« Sie nahm einen kräftigen Schluck.

Ein unangenehmes Schweigen machte sich breit. Mein Blick wanderte zwischen den beiden Frauen hin und her. Maria war ein Stück von mir abgerückt, das Kinn kämpferisch vorgeschoben. So wie damals, als ich sie zusammen mit Garrett verhört hatte. Neben ihrer weichen Weiblichkeit besaß sie auch einen starken Willen und eine gehörige Portion Härte. Und das musste wohl auch so sein. Denn nur so hatte sie die Kraft, die Trauer und Angst zu bezwingen und sich nicht unterkriegen zu lassen. Die Pereira saß sehr aufrecht und schaute mit undurchdringlicher Miene in ihr Glas. Diese beiden hatten vieles gemeinsam. Intelligenz, Mut, Stolz, Schönheit ... Kurzum, sie waren aus dem gleichen Holz geschnitzt. Sie hatten, jede auf ihre Art, das, was ich bei Frauen so schätzte. Und sie hatten es verdient, dass ich sie ernst nahm.

Kapitel 22

Als ich die Stufen nach unten ging, nahm ich mir vor, einen Plan zu schmieden – ganz so, wie ich es Maria beim Weggehen versprochen hatte.

Mein Plan begann damit, dass ich mich an meinen Tisch zu Josephine setzte und auf Max wartete.

Er kam und wischte mit äußerster Sorgfalt über die ohnehin blitzsaubere Marmorplatte des Tisches. »Ist alles zu Ihrer Zufriedenheit, Mr. Nick?«

»Absolut! Vielen Dank, Max.«

Aus seinem Blick sprach Erleichterung, und sein warmes Lächeln war fast schon ein Freundschaftsangebot.

»Was darf ich Ihnen bringen?«

Ich dachte sehnsüchtig an Antonias herzhaftes Frühstück und bestellte Kaffee und Rühreier. Bis zu meinem nächsten Telefongespräch mit Morelli waren es noch gut vier Stunden. Genug Zeit, um wieder etwas zur Ruhe zu kommen und meine Gedanken zu ordnen. Ich hoffte sehr, dass mir ein herzhaftes Essen dabei helfen würde.

Max setzte das voll beladene Tablett auf dem Nachbartisch ab. Ich staunte nicht schlecht, was er der Reihe nach alles auf meinen Tisch stellte: Neben Kaffee und Milch in den üblichen Silberkännchen gab es einen Korb mit noch lauwarmen Brotfladen und drei verschiedene, dampfende Omeletts. Der Duft stieg in meine Nase, und das Wasser lief mir im Mund zusammen, als ich von Teller zu Teller blickte. Ich musste ausgesehen haben wie ein staunendes Kind vor dem Weihnachtsbaum, denn als ich den Blick hob, sah ich, dass Max höchst zufrieden von einem Ohr zum andern grinste. Er nahm sich sofort zurück und versuchte, daraus das Höfliche-Barmann-Lächeln zu machen, was ihm jedoch dieses Mal nicht so recht gelingen wollte.

»Das sieht ja fantastisch aus! Und wie das riecht! Da hat sich Ihr Koch aber wieder verkünstelt.«

Stellvertretend für den Künstler der Töpfe und Pfannen nahm Max mein Lob an. Er war sichtlich geschmeichelt und würde meine Komplimente bestimmt weitergeben.

»Was ist das alles?«

»Dieses«, er zeigte auf ein rötlich wirkendes Omelett, »ist mit Tomaten und Ziegenkäse zubereitet. Und das hier mit frischen Meeresfrüchten – eine seiner Spezialitäten! Dieses hier sollten Sie zuletzt essen. Es ist ein wenig scharf durch die Chourico. Ich hoffe, Sie mögen das …«

»Hmm«, ich breitete die Serviette über meinen Schoß, »da habe ich überhaupt keine Zweifel, vielen Dank.«

Max zog sich zufrieden zurück, und ich langte tüchtig zu. Für die nächste halbe Stunde vergaß ich alles, was nicht unmittelbar mit Essen und Trinken zu tun hatte, und gab mich ganz dem Genuss hin.

Nachdem ich alles bis auf den letzten Krümel aufgegessen hatte, bestellte ich noch einmal Kaffee nach und lehnte mich zufrieden zurück. Mit dem Pläneschmieden war ich noch nicht weit gekommen. Während mein Blut in Marias Gegenwart hauptsächlich zwischen Herz und Lenden pulsiert hatte, konzentrierte es sich nun auf den Magen. Der Kopf ging wieder leer aus. In beiden Fällen keine gute Verteilung, um auf Verbrecherjagd zu gehen!

Wenigstens konnte ich, was Maria anging, beruhigt sein. Sie hatte mir versprochen, bei Lily zu bleiben und auf keinen Fall mehr etwas ohne mich zu unternehmen. Sie wirkte resigniert, als ich ihre Hände nahm und ihr dieses Versprechen abnahm. Müde, aber auch ein wenig erleichtert hatte sie sich schließlich von mir verabschiedet. Die Pereira hingegen hatte mich skeptisch, ja fast schon misstrauisch angesehen, als sie die Tür hinter mir schloss. Sie schien mir nicht über den Weg zu trauen.

Als sich die Flügeltüren des Cafés schwungvoll öffneten, kam eine Frau herein, die hier sicher noch nie zu Gast gewesen war. Sie blieb abrupt stehen und sah sich suchend um. Ihr Blick glitt von der hohen Areca-Palme über den auf Hochglanz polierten Tresen, die Auswahl an Flaschen vor der Spiegelwand bis hinauf zur hohen Decke mit den edlen Milchglaslampen. Mit einer Hand strich sie sich über das Haar, mit der anderen zog sie ihr Kleid glättend über die runden Hüften. Ich musste schmunzeln. So befangen hatte ich meine energische Antonia noch nie gesehen. Noch bevor Max sie ansprechen konnte, hatte sie mich entdeckt. Zielstrebig und mit einem erleichterten Aufatmen kam sie auf mich zu.

»Da bin ich aber froh, dass ich Sie gleich gefunden habe, Mr. Nick!«

»Antonia, was verschafft mir die Ehre? Möchten Sie sich setzen?«

Sie schaute sich weiter um, ohne mir zu antworten. Durch meine Gegenwart gewann sie ihre Sicherheit zurück. Die Verlegenheit machte der Neugierde Platz.

»Das ist ja hier … wie in einer anderen Welt … Also, ich kenne das Café ja nicht, nur vom Hörensagen … Hier verkehrt also die Unterwelt …!« Ihr Gesichtsausdruck war eine Mischung von erwartungsvollem Voyeurismus und wohligem Gruseln. Es machte ihr sichtlich Spaß, hier zu sein und ihrer Fantasie freien Lauf zu lassen.

»So, so, die Unterwelt. Sie meinen also, hier verkehren nur Gangster, Spione und so was, hm …?« Mit hochgezogenen Augenbrauen schaute ich sie an.

Ihr eifriges Nicken verwandelte sich in ein hektisches Kopfschütteln, während ihr das Blut in die Wangen schoss.

»Oh, Mr. Nick, nein! Natürlich nicht Sie! Ich wollte nur sagen …«

Ich lachte laut heraus.

»Ach, Sie …« Antonia hob die Hand und schlug leicht gegen meine Schulter. Mit gespieltem Schmerz rieb ich mir die Stelle.

»Nun ist aber gut! Sie machen mich ja ganz verlegen, Mr. Nick! … Ich bin ja auch nicht zu meinem Vergnügen hier. Ihr Mitarbeiter aus New York hat angerufen. Er hat ›äußerst wichtige Informationen‹ für Sie. So hat er gesagt. Da bin ich gleich los und habe Sie gesucht.«

Morelli! Das war schneller gegangen als erwartet. Wenn er nicht auf meinen Rückruf warten wollte, konnte das nur bedeuten, dass er eine Bombennachricht für mich hatte. Ich erhob mich.

»Antonia, Sie sind ein Schatz! Wie kann ich Ihnen nur danken? Wissen Sie was, bleiben Sie doch noch eine Weile hier und trinken Sie einen Tee oder einen Kaffee. Die Sandwiches sind auch sehr zu empfehlen. Max!« Ich winkte ihn an meinen Tisch.

»Ja, Mr. Nick?«

»Ich komme später, um zu zahlen. Die Dame bleibt noch ein wenig. Sie ist mein Gast.« Ich zwinkerte Max zu.

Die verblüffte Antonia brachte kein Wort heraus. Im Weggehen hörte ich, wie Max sich ihr mit ausgesuchter Höflichkeit zuwandte. Von diesem Ausflug in die ›Unterwelt‹ würde sie sicher noch ihren Enkelkindern erzählen.

Durch das Rauschen des Atlantiks drangen ferne Stimmen an mein Ohr, ein Singsang unverständlicher Wortfetzen, das Geräusch einer Wählscheibe. Noch hatte mir niemand bestätigt, dass ich mit New York 739 verbunden war. Plötzlich ein Knacken – dann Stille. Die Verbindung war ganz offensichtlich unterbrochen. Ausgerechnet jetzt! Meine Hände wurden feucht.

»Hallo?« Ich lauschte angestrengt. »Hallo!« Mein Rufen wurde lauter. »Hallo!! Verdammt noch mal!«

»Hey Nick, schrei doch nich so – mein Trommelfell!«

Morelli. Gott sei Dank!

»Joe! Endlich! Das ging ja fix. Erzähl schon, was hast du rausgefunden?«

»Wenn du stehst, Nick, dann setz dich lieber. Du wirst es nich glauben! Das sind vielleicht Machenschaften! Ich sag ja immer – nix is hässlicher und gefährlicher als ein korrupter Bulle ...«

Ich stöhnte auf. »Morelli, bitte! Spann mich doch nicht so auf die Folter!«

»Okay – pass auf. Mein erster Versuch war gleich ein Treffer. Der gute alte Cane verdient noch immer seine Brötchen als Großstadt-Sheriff. Und er is noch genauso leutselig wie früher. Keine zwanzig Minuten hat er gebraucht, um mir den kompletten Werdegang von deinem Garrett zu beschaffen ...«

Ich hörte, wie Morelli in irgendwelchen Papieren blätterte, und war zuversichtlich, dass er mir jetzt endlich sagen würde, was Sache war.

»Polizeischule in Massachusetts. Abschluss 1900. Gute Zeugnisse. 'n ehrgeiziger Typ war das. Wollt immer hoch hinaus, hat aber nich so geklappt. Der hat insgesamt neun Mal das Department gewechselt. Die halbe Ostküste hat er abgeklappert.«

»Ist er freiwillig gegangen oder ist er gegangen worden?«

»Ha, ha, ha …« Morellis Lachen drang so gewaltig durch die Muschel, dass es wahrscheinlich sogar die Unterseekabel in Schwingungen versetzte. »Hast wie immer den richtigen Riecher, Nick! Er ›musste‹ jedes Mal ›freiwillig‹ das Feld räumen. Arbeitsverweigerung, ungebührliches Verhalten gegenüber Vorgesetzten, kleine Unregelmäßigkeiten … Die Liste is lang. Hat aber nie gereicht, um ihn zu suspendieren.«

Sah ganz so aus, als hätte Garrett regelmäßig seinem Unmut Luft gemacht, weil er es trotz eines guten Abschlusses nicht schaffte, die Karriereleiter zu stürmen.

»Und jetzt kommt's, Nick! Zuletzt war er beim New Yorker Police Department. Cane hat sich sogar noch an ihn erinnert. War 'ne Mordsgeschichte damals. Dein Garrett hat den Spitznamen ›der Knüppel‹ gehabt. Wer dem in die Hände fiel, der hatte nix zu lachen. Ein ganz brutaler Bulle war das. Der hat Gefangene nachts in ihren Zellen besucht und seinen Knüppel auf ihnen ›tanzen‹ lassen, um an ›diverse Informationen‹ ranzukommen. Kannst dir ja vorstellen, was das bedeutet.«

Ich atmete laut hörbar aus. »Den Knüppel tanzen lassen« war eine harmlose Umschreibung für brutalste Misshandlungen von Gefangenen. Das reichte von Schlägen auf Kopf und Körper, vor allem auf empfindliche Körperteile, bis hin zur Vergewaltigung. Solche Fälle wurden immer mal wieder bekannt, obwohl man sich von offizieller Seite sehr bemühte, so etwas nicht an die Öffentlichkeit dringen zu lassen. Solche Methoden konnte ich mir bei Garrett durchaus vorstellen.

»Garrett war fast schon 'n Spezialist auf dem Gebiet. Hat's geschafft, maximalen Schmerz mit minimalen Spuren zu erzeugen. Aber irgendwann sind die ihm dann doch mal draufgekommen. Hat sich zu sicher gefühlt und mit seinen ›erfolgreichen Methoden‹ geprahlt. 1915 is er dann unehrenhaft entlassen worden.«

Das passte. 1915 war Garrett zurück nach Fayal gekommen. Von wegen Liebe und Heirat … Ihm war gar nichts anderes übrig geblieben, als sich aus dem Staub zu machen!

»Jetzt wird mir einiges klar. Morelli, du bist einfach unschlagbar. Über deine Bezahlung sprechen wir, wenn ich zurück bin. Und sag Cane, dass ich ihn mal besuche, wenn ich …«

»Moment noch, Nick. Nich so eilig. Das war erst die Verzierung. Die Torte kommt ja noch!« Wieder lachte Morelli in den Hörer, dass sich die Drähte bogen. Jetzt war ich aber wirklich gespannt, was er noch auf Lager hatte.

»Garrett hat ’nen Partner gehabt bei seinen Schweinereien. Ein gewisser Loy. Der is jetzt Sicherheitsbeauftragter bei der Transatlantischen Telegrafengesellschaft. Das sind doch die, die dir den Auftrag gegeben haben, oder!? … Nick? … Hey Nick, bist du noch da?«

Es wäre sicher besser gewesen, mir bei Max einen Chá Gorreana zu bestellen und in aller Ruhe und mit klarem Verstand über das nachzudenken, was ich soeben von Morelli erfahren hatte. Stattdessen stürmte ich mit langen Schritten durch die Straßen Hortas, der Polizeistation entgegen.

Dieser eiskalte Schweinehund! Mir spielte er den freundlichen Ordnungshüter vor, dabei war er ein Dieb und Mörder. Es gab für mich keinen Zweifel mehr daran, dass er Dabney getötet hatte und auch Marias Vater. Ich war mir auch sicher, dass ich den Prototyp da finden würde, wo man ihn normalerweise nicht suchen würde: in der Polizeistation. Meine

Schritte klangen militärisch auf dem Kopfsteinpflaster. Er hatte mich die ganze Zeit an der Nase herumgeführt, mit mir gespielt. Aber ich würde ihm schon zeigen, wer hier letzten Endes am längeren Hebel saß! Es fehlte nicht viel, und meine Wut würde mir einen Laufschritt aufzwingen.

Eine der Gassen, die ich willkürlich ausgewählt hatte, führte auf das Meer zu. Ich folgte ihr, überquerte die große Avenida und blieb schwer atmend stehen. Der Anblick des um die Mittagszeit ruhigen Wassers beruhigte auch mich. Ich klopfte meine Taschen ab und holte ein noch nicht angebrochenes Päckchen Zigaretten heraus. Mit jedem tiefen Zug normalisierte sich mein Pulsschlag ein wenig. Was gut war. Denn Garrett war gefährlich, und er würde nicht zögern, auch mich zu beseitigen, wenn er sich von mir in die Enge getrieben sah. Ich setzte mich auf die Kaimauer und zündete mir eine zweite Murat an, die ich in langsamen Zügen genoss. Eine sanfte, frische Brise wehte vom Meer herein. Auf den großen Steinen, die auf der Wasserseite der Mauer feucht glänzten, sonnten sich schwarze Krabben. Ich schloss für einen Moment die Augen. Ganz in der Nähe schlug eine Kirchturmuhr zwölf. Seine Heiligkeit rief zum Mittagessen. Mit einem Ruck sprang ich auf. Mittagessen. Gedeckte Tische. Weiße Tücher. Der Altar.

Ich warf die Zigarettenkippe in hohem Bogen über die Kaimauer, setzte meinen Hut gerade und marschierte los.

Kapitel 23

Statt den direkten Weg zur Polizeistation zu nehmen, wählte ich den Umweg durch den Park. Ich postierte mich zwischen zwei üppigen Hortensienbüschen, die mir einen geschützten Blick auf das Haus ermöglichten. An den Blättern glänzten Wassertropfen in der Sonne. In der Mitte des Weges unterbrach eine verbeulte Gießkanne die symmetrischen Linien, die ein grobzinkiger Rechen hinterlassen hatte. Weiter hinten verstaute ein alter Gärtner seine Gerätschaften in einem Schuppen. Ich drückte mich noch etwas mehr in die Büsche, damit er mich nicht sehen konnte. Meine Füße sanken in die weiche, frisch aufgelockerte Erde ein.

Es gab zwei Möglichkeiten: Entweder ging Garrett über Mittag nach Hause zum Essen, oder er blieb die ganze Zeit auf seinem Posten. Ich hoffte auf Ersteres, denn dann konnte ich mir unbemerkt Zutritt verschaffen und in Ruhe nach dem Prototyp suchen. Ich tastete nach dem schmalen Ledermäppchen, in dem ich meinen Dietrich und diverse andere Kleinwerkzeuge aufbewahrte. Alles an Ort und Stelle. Sollte Garrett jedoch die ganze Zeit über in der Wache bleiben, dann würde es schwierig werden. Da sein Wagen noch vor dem Haus stand, ging ich davon aus, dass auch er noch da war. Ich stellte mich fürs Erste aufs Warten ein.

Loy, dieser aalglatte Typ. Im Nachhinein, mit Morellis Informationen im Hinterkopf, erschien er mir noch unangenehmer, als ich ihn bei meinem Besuch bei der Trans-Tele empfunden hatte. Es kränkte mich, dass er mich ganz offensichtlich nur deshalb mit diesem Fall beauftragt hatte, weil er in mir keine Gefahr sah. Bestimmt hatte er sich genauestens über mich erkundigt. Er hatte mit Sicherheit gewusst, dass ich nicht mehr für Pinkerton arbeitete, und auch, warum. Und dass ich, seit ich mich selbstständig gemacht hatte, nur harmlose Kleinaufträge bekam, war für ihn wohl die Garantie, dass ich so einen hochkarätigen Fall nicht lösen würde! Ich diente ihm Smithon gegenüber nur als Alibi. Er ging anscheinend davon aus, dass er und Garrett unter meinen Augen den Prototyp zu Geld machen konnten, ohne dabei von mir behelligt zu werden. Der würde sich noch wundern! Smithon hatte bestimmt keine Ahnung vom Doppelleben seines Sicherheitschefs und von den »Aktivitäten« seines hochgelobten Generaldirektors auf Fayal. Und Dabney, der war ein billiger Handlanger gewesen, den die Aussicht auf das schnelle, große Geld gelockt hatte. Falls Garrett überhaupt je vorgehabt hatte, ihm seinen Anteil auszuzahlen …

Eine Bewegung gegenüber ließ mich in Deckung gehen. Die Tür der Polizeistation öffnete sich, und heraus kam Nuñes, gefolgt von Garrett. Ich konnte kaum glauben, was ich nun sah: Er zog die Tür lässig hinter sich zu, ohne abzusperren. Das war ja wohl wirklich die »Insel der Glückseligen« hier. In New York würde kein Mensch auf die Idee kommen, sein Büro zu verlassen, ohne abzuschließen.

Ich wartete, bis die beiden Männer außer Sichtweite waren, und schlenderte dann durch das zweiflügelige schmiedeeiserne Gartentor hinaus auf die Straße. Es war kein Mensch in Sicht. Das klappte ja wie am Schnürchen. Schnell ging ich hinüber. Doch ich hatte mich zu früh gefreut. Aus dem angrenzenden Haus trat eine alte Frau mit einem Besen. Langsam und sehr gründlich begann sie, die Straße zu fegen. Verdammt! Wurde denn in diesem Haushalt nicht gekocht oder zu Mittag gegessen?

Da ich keine Zeit verschwenden durfte, musste ich mir einen neuen Zugang zur Polizeiwache suchen. Ich korrigierte unauffällig meinen Schritt und begab mich zur anderen Hausseite. Doch zu meiner Enttäuschung stellte ich fest, dass es hier nur ein vergittertes Fenster gab. Ich würde also wohl oder übel warten müssen, bis die Straße gefegt war. Hoffentlich dauerte das nicht allzu lange, denn früher oder später würden Garrett oder Nuñes zurückkommen.

Als die regelmäßigen Kehrgeräusche endlich schwächer wurden, spähte ich um die Ecke. Es war niemand mehr zu sehen. Schnell ging ich die drei Stufen hoch, öffnete leise die Tür und betrat die verwaiste Polizeistation.

Die Schublade von Garretts Schreibtisch war, wie erwartet, verschlossen, was jedoch für mich kein Problem darstellte. Nachdem ich sie geöffnet hatte, stellte ich zu meiner Enttäuschung fest, dass nichts von Bedeutung darin war. Garrett war wohl vorsichtig geworden. Hoffentlich hatte ich im Keller mehr Glück. Ich drehte das Licht an und ging die ausgetretene Treppe hinunter.

Die Tür öffnete sich durch das leichte Gefälle wie von selbst, kaum dass ich den klobigen Eisenriegel beiseitegeschoben hatte. Obwohl noch immer kühler Fischgeruch vorherrschte, lag nun auch der unverkennbare Verwesungsgeruch deutlich in der Luft. In solchen Momenten wünschte ich mir wirklich, mit einem weniger empfindlichen Riechorgan ausgestattet zu sein. Ich drückte mein Taschentuch auf Mund und Nase und schaute mich um.

Als ich sah, wo und wie Dabney aufgebahrt war, packten mich Wut und Abscheu. Ich hatte ihn nicht sonderlich gemocht. Doch ich war entsetzt, dass man ihm noch nicht einmal im Tod ein wenig Respekt erwiesen hatte. Man hatte ihn, nur notdürftig bedeckt, auf die tropfenden Eiskisten gelegt, wie einen vergammelten Fisch, den man bei nächster Gelegenheit entsorgen wollte.

Ich wandte mich ab und widmete mich dem eigentlichen Grund meines Hierseins. Der Behelfstisch, auf dem Marias Vater aufgebahrt war, sah unverändert aus. Verglichen mit Dabney wirkte dieser Tote wie ein König unter den langen Laken, die, wie bei einem Altar, bis auf den Boden reichten. Ein Altar, der mir jetzt hoffentlich gleich sein Geheimnis offenbaren würde.

Ich ging vor den weißen Tüchern in die Knie und rieb mit feuchten Händen über meine Schenkel. Der harte Schlag meines Herzens beschleunigte sich. Meine Erinnerung streifte die verbotenen Hütchenspiele der Jugend. Mit einem hörbaren Ausatmen hob ich die weißen Tücher an und … Bingo! Ich hatte das volle Hütchen aufgedeckt. Unter dem Tisch stand eine Holzkiste, ähnlich den Kisten, in denen die Eisblöcke ringsum an den Wänden vor sich hinschmolzen. Aber in dieser hier war garantiert kein Eis. Der Boden rundum war trocken, und auch dass sie mit einem Deckel verschlossen war, verriet mir, dass der Inhalt ganz anderer Natur sein musste. Schnell zog ich die Kiste hervor. Dabei bewegte sich der Deckel, der nur aufgelegt war. Garrett hatte sein Versteck wohl für so sicher gehalten, dass er sich noch nicht einmal die Mühe gemacht hatte, die Kiste richtig zu verschließen. Ich schob den Deckel ganz beiseite und erblickte ein handliches Gerät, das an eine Schreibmaschine erinnerte: den Prototyp. Daneben, hochkant gestellt, eine blaue Mappe mit dem Schriftzug der Transatlantischen Telegrafengesellschaft. Ich würde jede Wette eingehen, dass es die Mappe aus Garretts Schreibtisch war.

Viel Zeit hatte ich nicht, um mich über meinen Fund zu

freuen. Während ich noch überlegte, ob ich das Gerät mit oder ohne Holzkiste transportieren sollte, hörte ich vorsichtige Schritte auf der Kellertreppe. Verdammt. Garrett. Warum war er schon zurück? Hatte doch jemand mein Eindringen bemerkt und ihn verständigt? Wie auch immer – ich saß in der Falle.

Der Keller bestand nur aus diesem einzigen Raum, es gab kein Fenster, nur einen schmalen vergitterten Lüftungsschacht nach draußen. So leise wie möglich stellte ich die Kiste mit dem Prototyp zurück und ließ die Laken herunter. Die Schritte waren am Ende der Treppe angekommen und hielten inne. Ich lauschte. Er lauschte. Mir blieb nur der Platz unter dem Tisch oder hinter der Tür. Ich wählte Letzteres, um bei einem Angriff zumindest körperlich nicht im Nachteil zu sein. Falls es überhaupt zu einem Kampf kam. Garrett war bewaffnet, ich nicht. Langsam wünschte ich wirklich, ich hätte auf Morelli gehört und mir von ihm eine Waffe besorgen lassen. Ich blickte von Dabney zu Marias Vater und wischte mir den Schweiß von der Stirn. Aller guten Dinge sind drei. Zwei lagen schon auf Eis. Doch ich war noch am Leben, und ich würde alles tun, damit das so blieb. Es war absolut kein Geräusch mehr zu hören. Das Blut sackte in meine Beine ab. Wann kam er endlich?

Die Tür krachte mit voller Wucht nach hinten. Eine Erhebung im Lehmboden stoppte sie, bevor sie mich treffen konnte. Sekunden später schob sich das schweißnasse Gesicht von Sergeant Nuñes um die Tür. Bleich und mit erhobener Waffe stand er mir gegenüber. Wir atmeten beide erleichtert aus. Verglichen mit den schrecklichen Erwartungen unserer Phantasie konnte man die Realität fast schon als angenehme Überraschung bezeichnen.

»Mister Hamlet!« Seine Körperhaltung entspannte sich

langsam, doch er hatte noch immer die Waffe auf mich gerichtet.

»Sergeant Nuñes!« Ich verließ mein Versteck hinter der Tür und ging auf ihn zu. »Gut, dass Sie das sind ... Sie werden nicht glauben, was ich ...«

»Bleiben Sie stehen!« Die Hand mit der Waffe streckte sich, seine Körperhaltung verriet Anspannung. War er etwa mit von der Partie? Seine Hand zitterte, der Hemdkragen war durchnässt. Nein, dieser Junge wusste ganz sicher nichts vom doppelten Spiel seines Vorgesetzten. Er war geradlinig, loyal und gehorsam. Jetzt würde er mir sicher gleich wieder eine Kostprobe seiner polizeilichen Autorität geben.

»Die Hände nach oben! ... Höher! ... Umdrehen und Hände an die Wand! Und jetzt die Beine auseinander!« Vorsichtig kam er näher und begann, mich nach Waffen abzutasten.

»Sparen Sie sich die Mühe, Nuñes. Ich trage keine Waffe.«

Er ging nicht auf meinen Kommentar ein und führte seine Untersuchung sehr sorgfältig zu Ende.

»Sie haben keinerlei Befugnis, während der Abwesenheit von Sergeant Garrett die Polizeistation zu betreten! Gemäß unseren Dienstvorschriften werde ich Sie nun ...«

»Nun halt mal die Luft an, Junge!«

Verdutzt schaute er mich an. Während er noch überlegte, wie er mit einer solchen Respektlosigkeit umgehen sollte, sprach ich schnell weiter, bevor er Teil zwei seiner Belehrungen starten konnte.

»Ich mache es kurz, Nuñes: Ich habe den Prototyp gefunden. Da unter dem Tisch.« Mit einer Kopfbewegung deutete ich auf den »Altar«.

»Was reden Sie da!«

»Bitte, sehen Sie selbst nach.« Ich hob die Tücher an und zog die Kiste hervor.

Nuñes blieb in gebührendem Abstand davor stehen. Mit dem Lauf seiner Waffe schob er den Deckel beiseite. Ich glaube, ein Springteufel hätte ihn weniger überrascht, als der Anblick des Prototyps. Mit vorgerecktem Hals und aufgerissenen Augen schaute er in die Kiste.

»Aber … das ist doch nicht … möglich …«

»Doch, Nuñes, das ist möglich. Ihr sauberer Garrett hat das alles hier arrangiert.« Ich machte eine ausladende Handbewegung, die außer dem Diebesgut auch die beiden Toten umfasste.

»Ich muss … Sergeant Garrett kann doch nicht … Ich werde ihn holen. Dann können Sie ihm … Er wird das richtigstellen.« Nuñes war eindeutig überfordert mit der Situation. Langsam bewegte er sich rückwärts in Richtung Tür.

»Moment noch, Sergeant Nuñes!« Wenn ich jetzt nicht schnell handelte, würde er mich hier einsperren und Garrett holen – den ›Knüppel‹. Das musste ich um jeden Preis verhindern.

»Bleiben Sie stehen!«

»Okay … okay. Ich bleibe hier stehen.« Ich hob beschwichtigend die Hände und trat einen Schritt zurück. »Aber ich möchte, dass Sie mir zuhören.«

Nach einer endlos scheinenden Denkpause und wiederholtem Schweißabwischen gab Nuñes mir grünes Licht.

»Ich bin gespannt, was Sie mir hier auftischen wollen. Aber … in Ordnung. Sprechen Sie.«

»Ich will Ihnen gar nichts auftischen. Ich will, dass Sie sich Ihr eigenes Bild machen. Sergeant Nuñes, ich weiß, dass Sie ein guter Polizist sind. Mutig, gewissenhaft und loyal gegenüber Ihrem Vorgesetzten. Aber manchmal reicht das nicht aus. Deshalb möchte ich Sie bitten, einmal über diese beiden Fragen nachzudenken: Erstens – Wer konnte auf die Idee kommen, den Prototyp ausgerechnet hier zu verstecken, und wer hatte die Möglichkeit dazu? Und zweitens – Wie kommt ein Polizist zu dem Spitznamen ›der Knüppel‹?« Ich beobachtete Nuñes und war gespannt, ob er meinen Köder schlucken würde.

»Der Knüppel?«

Nuñes hatte angebissen. Nun galt es, ihn ohne Umschweife mit der Wahrheit zu konfrontieren.

»Als Garrett noch beim New Yorker Police Department war, zeichnete er sich vor allem durch brutale Misshandlungen von Gefangenen aus. Deshalb hatte er den Spitznamen ›der Knüppel‹. Er wurde unehrenhaft aus dem Polizeidienst entlassen.«

Nuñes wollte protestieren, doch ich ließ ihn erst gar nicht zu Wort kommen.

»So viel zu meiner zweiten Frage. Das können Sie übrigens ganz leicht nachprüfen, wenn Sie sich mit New York in Verbindung setzen. Und zu meiner ersten Frage möchte ich Ihnen einen Vorschlag machen …«

Die Tür fiel mit einem dumpfen Schlag zu. Nuñes schob den Riegel vor. Das Licht ging aus. Ich war allein. Nur langsam gewöhnten sich meine Augen an die Dunkelheit. Durch den Lüftungsschacht drang schwacher Lichtschein in den Keller, der es mir nach einer Weile zumindest ermöglichte, die Umrisse zu erkennen. Ich versuchte, trotz des penetranten Leichen- und Fischgeruchs, ruhig zu atmen und nicht an das zu denken, was da auf mich zukommen würde. Ich hatte alles getan, was in meiner Macht stand. Jetzt war nur noch Warten angesagt. Warten in absoluter Hilflosigkeit. Dass Nuñes mit Garrett im Schlepptau zurückkommen würde, war schlimm genug. Aber dieses Warten machte mich fast verrückt. Warum eigentlich? Ich war das doch gewohnt in meinem Job. Aber hier hatte ich keinerlei Handlungsspielraum mehr. Das machte den Unterschied. Ich war ausgeliefert. Und das Ende war ungewiss. So wie damals, als Mikey gestorben war. Gedanken und Gefühle, die ich gerade jetzt nicht gebrauchen konnte, drängten nach vorne.

Mikey ... Kinderlachen. Dumpfe Wortfetzen wie durch einen Filter. Erst ganz leise, dann lauter, bis scheinbar der ganze Raum davon widerhallte. Hinterhof. Dünne Beine in kurzen Hosen. Eine auf Hochglanz polierte Waffe. Wie einen Schatz wog Mikey sie in seinen Händen. *Gib her. Ich will sie auch mal halten. – Okay, aber nur kurz.* Ich spürte das kühle Metall in meinen Händen, das Gewicht. *Jetzt gib sie wieder her. – Los, wir verstecken uns hinter den Mülltonnen.* Kichernd gaben wir uns abwechselnd die Waffe. Zielübungen. Luftgespenster. *Peng, peng! Ich hab ihn erwischt. Und du bist tot ... – Da, noch einer! Schieß, er darf uns nicht entkommen. – Peng! Peng!* Ein ohrenbetäubender Knall. Mikey fiel zu Boden. Die Waffe rutscht über die Pflastersteine. *Hey, Mikey. Steh auf. Wenn das dein Vater gehört hat. Los, mach schon!* Er lag reglos da. Ich hob die Waffe auf. *Mikey, mach keinen Quatsch. Wir müssen sie zurückbringen. Mikey? ... Mikey!* Die Welt stand still. Nur der rote Kreis um den Kopf meines Freundes wuchs unaufhörlich. Ich stand wie erstarrt da, mit der Waffe in der Hand.

In die muffige Dunkelheit des Leichenkellers mischte sich der Geruch meines Angstschweißes. Ich war eingesperrt. Ausgeliefert. So wie damals. Das Geschrei, die Schläge, der dunkle

Keller, in den mich Mikeys Vater gezerrt hatte – ich hatte alles stumm und wehrlos über mich ergehen lassen. Bis mich die Polizei aus meinem Verlies befreit hatte, war eine Ewigkeit vergangen. Die Verhöre, die dann folgten, dauerten eine weitere Ewigkeit. Ich hatte die Waffe in der Hand gehalten, als der Schuss sich löste. Mikey war sofort tot. Eine Zeugin hatte alles beobachtet. Wir waren beide Opfer eines unschuldigen Spiels geworden. Nur – er war tot und ich lebte. Ich hatte wochenlang kein Wort mehr gesprochen. Jeden Abend legte ich mich ins Bett und betete: »Bitte, lieber Gott, lass mich auch sterben! Lass mich sterben, lass mich sterben …« Diesen Satz murmelte ich Abend für Abend vor mich hin, bis ich mit tränennassem Gesicht einschlief. Erst als mich meine Mutter, die an dieser Situation zu zerbrechen drohte, für die Sommermonate zur Familie ihres Bruders schickte, normalisierte sich mein Leben etwas. Der Ortswechsel und das psychologische Geschick meines Onkels bewirkten kleine Wunder. Ich begann wieder zu sprechen und bat nun in meinen abendlichen Gebeten den lieben Gott und Mickey um Vergebung. Doch das Gefühl der Schuld wurde ich nicht mehr los.

Viele Jahre später, nach Sids Tod, hatte ich endgültig die Hoffnung aufgegeben, mich jemals davon befreien zu können. Als er starb, hatte ich mit gezogener Waffe neben ihm gestanden. Erstarrt. Mikeys Bild vor Augen. Unfähig abzudrücken. Ich hatte nichts getan. Wieder war durch meine Schuld ein Freund gestorben. Dieses Gefühl von Schuld war endgültig zu einem Teil von mir geworden. Festgewachsen. Ein hässliches Geschwür an meiner Seele.

Das Geräusch von Schritten drang in mein Bewusstsein. Zwei Personen kamen langsam die Treppe herunter.

Allein

Aufbruch lag in der Luft. Und Anspannung.

»Willst du nicht doch warten?«

Maria schüttelte den Kopf. »Nein. Ich möchte nach Hause …«

Lily Pereira drehte nachdenklich ihr volles Whiskeyglas in den Händen, ohne zu antworten.

»Ich möchte frische Kleider anziehen … zur Ruhe kommen. Und das kann ich nun mal am besten, wenn ich in meinen eigenen vier Wänden bin, wenn ich meine Dinge um mich habe.«

»Du hast diesem Detektiv versprochen, hier auf ihn zu warten.«

Maria hob die Augenbrauen. »So ein Satz ausgerechnet von dir?«

Lily schwieg. Sie würde Maria nicht zum Bleiben überreden können. Dessen war sie sich sicher. Wahrscheinlich hätte sie an Marias Stelle genauso gehandelt. Früher zumindest. Heute war sie vorsichtiger.

Maria erhob sich. »Wenn Nick kommt, sag ihm, dass er mich zu Hause findet.« Bevor sie zur Tür hinausging, drehte sie sich noch einmal um. »Danke, Lily.«

Lily starrte in den leeren Türrahmen. ›… dass er mich zu Hause findet.‹ Zu Hause. Die Worte klangen in ihr nach, und ihre Augen füllten sich mit Tränen. Als die erste Träne über ihre Wange lief, leerte sie ihr Glas mit einem Zug. Aber unwillkommene Gefühle ließen sich nicht mit einem Whiskey wegspülen. Sie goss sich ein weiteres Glas ein.

Unten im Hausflur angekommen, hielt Maria inne. Hier hatte sie mit Nick die Intimität der Dunkelheit ausgekostet. Momente, in denen sie den Tod vergessen und das Leben gespürt hatte. Sie lehnte sich an die kühlen Kacheln der Wand und schloss die Augen. Die Erinnerung streichelte ihren Körper.

Draußen wurde ein Handwagen holpernd über das Kopfsteinpflaster gezogen. Maria hob widerwillig die Augenlider. Die Gegenwart hatte sie wieder. Als das Geräusch kaum noch zu hören war, atmete sie aus, strich ihr Kleid glatt und öffnete die Tür. Ein kurzer Blick nach rechts und links, die Luft war rein. Das Herz klopfte ihr bis zum Hals.

Sie musste sich zwingen, normal zu gehen und die Menschen, denen sie begegnete, wie sonst auch zu grüßen. Das alltägliche Treiben und die wärmenden Sonnenstrahlen gaben ihr ein Gefühl von Normalität, von Sicherheit. Auf dem Weg wurde ihr Herzschlag ruhiger, ihr Schritt leichter. Dennoch – als sie den Schlüssel ins Schloss steckte, empfand sie eine jähe Beklemmung. Schnell ging sie hinein und verschloss die Tür von innen. Im Haus herrschte absolute Stille. Es war düster. Sie konnte sich gar nicht erinnern, alle Vorhänge zugezogen zu haben. Die Luft war stickig. Wie in einer Grabkammer, ging es Maria durch den Kopf. Die feinen Härchen auf ihren Armen stellten sich elektrisiert auf, als sie langsam die angelehnte Küchentür öffnete.

Kapitel 24

Plötzliche Helligkeit erfüllte den Keller. Ich kniff die Augen zusammen und wandte den Kopf ab. Noch bevor ich mich an das Licht gewöhnen konnte, war die Tür offen, und Garrett hatte sich vor mir aufgebaut. Hinter ihm stand Sergeant Nuñes mit unbeweglicher Miene.

»Sieh an, sieh an – unser ›Kollege‹ aus New York.« Seine Stimme triefte förmlich vor Sarkasmus, während sein Blick beiläufig zum ›Altar‹ ging.

Ich versuchte, Blickkontakt mit Nuñes aufzunehmen. Doch er schaute an mir vorbei ins Leere. Verdammt! Was hatte er Garrett erzählt? Dieser stand breitbeinig neben der aufgebahrten Leiche von Marias Vater, eine Hand locker auf seinen Knüppel gelegt. Nuñes war im Türrahmen stehen geblieben. Keine Chance, an den beiden vorbeizukommen. Meine Hände verkrampften sich.

»Was haben Sie hier während meiner Abwesenheit zu suchen?«

»Ihr übereifriger Sergeant ist wohl etwas übers Ziel hinausgeschossen, Garrett. Es war nicht notwendig, mich hier einzusperren. Ich wollte mir lediglich noch einmal Dabneys Leichnam ansehen. Ich hatte Ihr Einverständnis vorausgesetzt. Und da die Tür offen war …« Meine Stimme klang schwach und fremd in meinen Ohren und wurde fast vom Geräusch meines Herzschlages verschluckt.

Garrett blickte mich skeptisch an.

Mit fahrigen Händen tastete ich nach meinen Zigaretten. Garretts Körper spannte sich unter der Uniformjacke. Ich steckte mir eine Murat zwischen die Lippen und hielt auch ihm das Päckchen hin.

Er fischte sich eine Zigarette heraus und zündete sie an. Ich tat es ihm nach. Friedenspfeife. Garrett wurde sichtlich entspannter. Seine Skepsis wich Überheblichkeit.

»Nuñes!«

»Detective Sergeant!« Nuñes schlug die Hacken zusammen und stand stramm.

»Bringen Sie ihn nach oben!«

»Jawohl!«

»Ich denke, wir können auf die Handschellen verzichten.«

Sein breites Grinsen zeigte mir, dass er sich in absoluter Sicherheit wähnte und mich wieder als Verbündeten und nicht als Gefahr ansah. Dennoch war ich auf der Hut, als ich an ihm vorbei auf Sergeant Nuñes zuging.

»Holen Sie schon mal den Scotch raus, Nuñes. Ich komme gleich nach.«

»Mr. Hamlet.« Nuñes bedeutete mir mit einer Handbewegung vorauszugehen.

Ich war mehr als erleichtert, den Keller unbeschadet verlassen zu können. Oben würde ich mir den Knaben allerdings noch mal vornehmen müssen. Nuñes musste mir einfach dabei helfen, Garrett zu entlarven. Jetzt war *die* Gelegenheit, ihn mit seinem Diebesgut zu überraschen.

»Mr. Hamlet, schnell! Jetzt ist die Gelegenheit!« Verblüfft hörte ich meine eigenen Gedanken aus Nuñes' Mund. Ohne lange zu fackeln, zog er seine Waffe, entsicherte sie und ging wieder Richtung Keller. Na, das lief ja besser als erhofft.

Schnell folgte ich ihm. »Nuñes … pssst!«

Er war schon auf den ersten Stufen, als ich ihn am Ärmel zu fassen bekam.

»Sehen Sie zu, dass Sie ein Geständnis aus ihm rauskriegen. Ich halte mich so lange zurück.«

»Alles klar.«

Bevor wir die Kellertür erreicht hatten, hörten wir das Rascheln von Papier. Nuñes hielt seine Waffe im Anschlag. Ich dachte an Morelli. Wenn ich hier lebend wieder rauskam, würde ich das beste Schießeisen ordern, was er besorgen konnte. Da überraschte mich Nuñes zum zweiten Mal. Er griff in die Tasche seiner Uniform, zog eine Smith & Wesson hervor und drückte sie mir mit festem Blick in die Hand. Ich schaute mit gemischten Empfindungen auf das kalte Eisen. Das Gefühl von Sicherheit stellte sich nicht ein.

Lautlos betraten wir den Keller. Garrett war nicht zu sehen. Wir hörten ihn hinter den weißen Laken herumhantieren. Nuñes nickte mir zu. Schweißperlen standen auf seiner Stirn. Ich merkte, dass die Situation ihm alles abforderte. Mit einem Satz sprang er um den Altar.

»Das Spiel ist aus, Garrett!«

Ich ging am Kopfende des Leichentischs in Deckung, während Garrett sich erhob.

»Nuñes, sind Sie übergeschnappt! Waffe runter! Und stillgestanden! ... Ja sind Sie denn taub! Waffe runter hab ich gesagt!«

Offenbar machte der Sergeant keine Anstalten, Garretts Befehlen zu gehorchen.

Garrett blaffte weiter. »Wo ist Hamlet?«

Ich wagte kaum zu atmen. Das kalte Metall der Waffe machte meine Hände steif und eisig. Unbrauchbar. Von unten griff die Kälte des Bodens nach mir.

»Wo?!«

»Er ist gegangen.«

»Gut!« Triumph schwang in Garretts Stimme mit.

Meine feuchten Hände umklammerten die Waffe.

»Hier, schauen Sie sich das mal an. Darauf hat es der saubere Detektiv in Wirklichkeit abgesehen.«

Vorsichtig reckte ich den Kopf nach vorne. Garrett deutete mit beiden Händen auf den Prototyp in der geöffneten Kiste. Mit schwante Schlimmes. Noch bevor ich reagieren konnte, blickte Nuñes reflexartig hinab. Diese Sekunde genügte Garrett, um seine Waffe zu ziehen. Verdammt!

»Waffe auf den Boden!«

Nuñes zögerte.

»Na wird's bald!«

Langsam legte er seinen Revolver nieder.

»Und jetzt mit dem Fuß zu mir schieben. ... Ja, so ist's gut.«

Nuñes stand hilflos vor Garrett. Ich betete, dass er die Nerven behielt. Wenn er durch irgendetwas meine Anwesenheit verriet, war es aus.

»Dummer Junge. Ihre Eltern werden bitter enttäuscht sein, dass Sie Ihre Ehrenstellung so schäbig verraten haben.«

»Was ...?« Nuñes Stimme klang fassungslos.

»Ja, so war es doch. Sie haben zusammen mit Dabney diesen Diebstahl begangen und den Prototyp hier versteckt. Dann haben Sie Dabney um die Ecke gebracht, um nicht teilen zu müssen. Zum Glück bin ich dahintergekommen. Ich habe Sie auf frischer Tat ertappt, als Sie Ihre Beute abtransportieren wollten. Sie haben natürlich alles abgestritten, sich gewehrt. Da musste ich Sie erschießen. Ich hatte praktisch keine andere Wahl ...« Mit einem leisen Klicken entsicherte Garrett seine Waffe.

Das Geräusch löste Alarm in meinem Körper aus. Ich sprang auf und war mit drei Schritten hinter ihm. Geschmeidig setzte ich meinen Revolver mit der Mündung an seinen Hinterkopf. Der »Knüppel« hob langsam die Hände. Nuñes reagierte blitzschnell und entwaffnete ihn.

»Ein drittklassiger Privatschnüffler und ein korrupter kleiner Sergeant. Glauben Sie allen Ernstes, dass Sie damit durchkommen?« Garrett stand hinter den Gitterstäben der Zelle, in die wir ihn gesperrt hatten. Er hatte eine lässige Haltung eingenommen, die Hände in den Hosentaschen.

Nuñes saß schwitzend am Schreibtisch und tippte mit fahrigen Händen den Bericht über Garretts Entlarvung. Er war froh gewesen, als ich ihm diese Aufgabe übertragen hatte. So konnte er Abstand von den Geschehnissen nehmen.

»Es gibt auf der Insel niemanden, der sich gegen einen Landsmann stellen würde. Noch dazu gegen eine Autorität wie mich. Hören Sie, Hamlet? – NIEMANDEN! Und beweisen können Sie mir gar nichts! Lassen Sie mich hier raus, wenn Sie nicht selbst hinter Gittern enden wollen. Sie haben keine Chance gegen mich. Nicht hier auf Fayal!«

Ich saß mit dem Rücken zur Zelle und ignorierte ihn. Ich würde ihn schmoren lassen, mich auf keine Diskussion einlassen. Garrett schien zu spüren, dass er an mich nicht herankam. Aber er spürte auch, dass Nuñes' Nerven bloßlagen.

»Den Bericht können Sie sich sparen, Nuñes. Den liest sowieso keiner. Wenn ich hier rauskomme, sorge ich dafür, dass Sie zur Verantwortung gezogen werden. Und ich komme hier raus – darauf können Sie Ihren Arsch verwetten. Dann gnade Ihnen Gott … Ihnen und Ihrer Familie. Sie haben doch so eine hübsche kleine Schwester. Wie alt ist sie doch gleich? Sechzehn, siebzehn? …« Garretts hämisches Lachen gab dem jungen Sergeant den Rest. Er sprang auf und trat mit seinen schweren Stiefeln an die Gitterstäbe.

»Aufhören! Hören Sie auf! Lassen Sie meine Familie aus dem Spiel! ...«

»Nuñes, beruhigen Sie sich!« Ich packte den zitternden Jungen am Arm. Nur widerwillig ließ er sich von den Gitterstäben wegziehen. Seine Tränen waren die pure Genugtuung für Garrett.

»Der kann dir nicht helfen, du dummer Junge. Der kann ja noch nicht mal sich selbst schützen. Lässt sich während der Observation von Dabneys Haus niederschlagen und sich die Rippen brechen.«

»Sie ...?!«

Garrett weidete sich an meiner Überraschung.

»Na, tut's denn noch weh?«, fragte er mit geheuchelter Fürsorge.

Ich ballte die Fäuste. Am liebsten hätte ich diese Überheblichkeit aus ihm herausgeprügelt.

»Siehst du, Junge, ich weiß, worauf's ankommt. Der Einzige, der dich UND deine Familie retten kann, bin ich. Nur ich habe die nötige Macht. Du brauchst mich nur hier rauszulassen. Dann bin ich bereit, dir deine Kompetenzüberschreitung zu verzeihen.«

Ich schaute zu Nuñes. Er wirkte jetzt etwas ruhiger. Aber nicht nur das. Er begann, über Garretts Worte nachzudenken. Und das war gar nicht gut. Auch Garrett war dieser Wandel nicht entgangen.

»Wie war das doch gleich mit deiner Schwester und dem amerikanischen Matrosen?«

Nuñes machte sich von mir los und trat einen Schritt zurück.

»Wer wird die Kleine beschützen, wenn du im Knast bist? Der da etwa?« Garrett machte eine abschätzige Kopfbewegung in meine Richtung. »Junge, ich war das nicht. Ich habe mit diesen Toten nichts zu tun. Lass mich hier raus, und ich kann dir vieles erklären.«

Nuñes' Blick ging zum Zellenschlüssel, der neben der Schreibmaschine lag. Wir kamen gleichzeitig am Schreibtisch an. Doch Nuñes erwischte den Schlüssel noch vor mir. Mit der anderen Hand zog er geschwind seine Waffe und richtete sie zitternd auf mich.

»Nuñes, machen Sie keinen Quatsch!«

»Bleiben Sie stehen, Hamlet! Bitte!« Es klang fast wie ein Flehen.

»Glauben Sie allen Ernstes, dass Garrett auch nur einen Finger für Sie krumm machen wird? Im Gegenteil, er wird …«

»Junge, hör nicht auf ihn. Ich bin auf deiner Seite. Er hat nichts gegen mich in der Hand. Los, wirf die Schlüssel her!«

Nuñes sah verzweifelt von einem zum anderen. Seine Qual stand ihm ins Gesicht geschrieben. Jetzt wurde es eng. Ich musste mir schleunigst etwas einfallen lassen.

»Nuñes, nicht! Erinnern Sie sich doch an das, was vorhin im Keller geschehen ist. Außerdem habe ich Beweise. Es gibt einen Zeugen. Das reicht aus, um ihn für immer aus dem Verkehr zu ziehen. Er wird weder Ihnen noch Ihrer Familie etwas tun. Glauben Sie mir!«

»Ach!«, kam es höhnisch aus der Zelle. »Wie sieht denn Ihr angeblicher Zeuge aus?«

Ich drehte mich langsam zu Garrett und ging dicht bis an die Gitterstäbe heran. Wir fixierten uns wie zwei Raubkatzen vor dem Sprung.

»Sie wollen wissen, wie mein Zeuge aussieht? Nun, er ist

groß, elegante Erscheinung und äußerst geschäftstüchtig. So geschäftstüchtig, dass er bei seinem schriftlichen Geständnis bei der New Yorker Polizei zwar eingeräumt hat, an der Planung des Diebstahls beteiligt gewesen zu sein. Die Morde allerdings würden ausschließlich auf Ihr Konto gehen, Garrett.«

Garrett sank in sich zusammen. Seine Gesichtsfarbe wurde fahl, die Augen traten hervor. Seine Stimme war nur noch ein Flüstern. »Loy …«

Mein Bluff hatte so gut funktioniert, dass Garrett schließlich gestand. Allerdings beunruhigte es mich, dass er immer wieder betonte, mit dem Mord an dem Wachmann nichts zu tun zu haben. Aus welchem Grund sollte er einen Mord zugeben und den anderen abstreiten? Was, wenn Maria recht hatte? Vielleicht gab es zwei völlig voneinander unabhängige Verbrechen. Nachdem ich mir sicher sein konnte, dass Nuñes die Lage im Griff hatte, machte ich mich schnell auf den Weg ins Café Internacional. Hoffentlich hatte Maria auf mich gewartet. Meine innere Stimme suggerierte mir etwas anderes.

Wahrheiten

Auf dem Küchentisch stand ein Krug mit weißen Hortensien. Ein Krug, den Maria dort nicht hingestellt hatte. Sie zog ihr schwarzes Tuch fester um die Schultern und ging auf den Tisch zu.

»Die schickt dir der General. Mit seinen wärmsten Wünschen.«

Maria fuhr herum.

»João!« Ihre Stimme klang wie ein erschreckter Aufschrei. »Wie kommst du hier herein? Was hast du hier zu suchen?«

Der junge Mann schloss die Tür hinter sich und kam langsam auf Maria zu.

Sie wich keinen Schritt zurück, war jedoch auf der Hut. »Nun? Ich höre …?« Mit Erstaunen vernahm sie den festen Klang ihrer Stimme. Die sture Entschlossenheit Lilys schwang darin mit und verfehlte nicht ihre Wirkung.

»Ich … ich …« João schluckte und nahm einen neuen Anlauf. »Ich und der General … also, ich meine der General und ich … wir wollen nur dein Bestes …«

»Ach … mein Bestes! Und was wäre denn eurer Meinung nach mein Bestes?« Maria verschränkte die Arme vor der Brust und reckte angriffslustig das Kinn nach vorne.

João räusperte sich und begann erneut zu sprechen. »Der General weiß um deine Trauer und deine Einsamkeit. Und er weiß, wie er beides beenden kann.« João runzelte die Stirn und blickte an die Decke. Es war offensichtlich, dass er diese Worte auswendig gelernt hatte. »Ja … also … du wirst bald nicht mehr einsam sein, denn er hat einen guten Mann für dich aus-

erkoren.« Mit diesen Worten machte er einen Schritt auf Maria zu und griff nach ihrer Hand.

»Lass das!« Sie fauchte ihm ihre Ablehnung entgegen und versetzte ihm einen Stoß. »Und jetzt sieh zu, dass du verschwindest. Sag dem General, dass er noch von mir hören wird. Aber anders, als er sich das vorstellt!«

João ließ Kopf und Arme hängen, besann sich jedoch und führte seine Rezitation zu Ende. »Und er weiß auch um das Geheimnis des Ringes. Geh zu ihm, und er wird dir sagen, was es mit dem Ring auf sich hat.«

Der Ring. Marias Gedanken überschlugen sich. Nein, nein! Das war ein Trick. Sie kannte das Geheimnis des Ringes und damit den Mörder ihres Vaters. Doch was machte sie so sicher? Nick zumindest hatte an ihren Ausführungen gezweifelt. Seine Worte kamen ihr wieder in den Sinn – »… der Mörder könnte mit dem General in Verbindung stehen und ihm den Ring gegeben haben …«

Und wenn sie ihm Unrecht tat? Unmöglich! … Wenn doch bloß Nick hier wäre, um ihr beizustehen! Aber er war nicht hier, und sie war, wie schon so oft in ihrem Leben, auf sich allein gestellt.

»Maria, komm mit. Ich bin doch bei dir.«

Ein gutherziger, dummer Junge. Nun ja, besser als vollkommen allein. Wenn der einzige Weg zur Wahrheit über den General führte, dann musste sie ihn wohl oder übel gehen.

Kurz entschlossen nickte sie João zu und bedeutete ihm hinauszugehen.

Als er sich zur Tür wandte, nahm sie schnell eine Hortensienblüte aus der Vase und ließ sie auf den Küchenboden fallen. Falls Nick nach ihr suchte, würde er dieses Zeichen hoffentlich zu deuten wissen.

Kapitel 25

Als ich die hohen Flügeltüren aufstieß, schien das Café menschenleer. Dann sah ich Max und Lily. Sie saßen an dem kleinen Tisch in der Ecke neben dem Tresen und blickten mich schweigend an.

»Wo ist Maria?« Mein Blick ging von einem zum anderen.

Die Pereira wich meiner Frage aus, indem sie ihre rot lackierten Nägel studierte. Max räusperte sich, bevor er anfing zu sprechen.

»Sie ist nach Hause gegangen, Mr. Nick.«

Ich war fassungslos. »Nach Hause? Verdammt! Sie hatte doch versprochen, auf mich zu warten! … Wann? Wann ist sie gegangen?!«

»Es tut mir leid. Ich … ich konnte sie nicht zurückhalten.« Lily sprach mit belegter Stimme.

Ich trat ganz nah heran und stützte mich mit beiden Händen auf den blank polierten Tisch. »Wann?!«

»Es ist noch nicht lange her … ein paar Minuten … zehn, fünfzehn vielleicht. Ich habe es Max gerade erst erzählt.«

»Mr. Nick, wir …«

Doch ich hörte ihn schon nicht mehr. Das Geräusch der auf- und zuklappenden Flügeltüren verschluckte seine Worte, während ich bereits über die Straße rannte.

Nick, mein Junge, einen Fehler darfst du nie machen: Unterschätze nie die Zeit. Im Zweifelsfall arbeitet dieses Biest immer gegen dich!

Verdammt, Sid! Musst du dich ausgerechnet jetzt zu Wort melden! Aber er hatte ja recht. Ich rannte, als ginge es um mein Leben.

Der Weg entlang der Kaimauer war der kürzeste. Zehn Minuten! Wenn sie langsam gegangen war, war sie ja vielleicht noch gar nicht zu Hause.

Als ich an der Rua Filipe Carvalho scharf um die Ecke in Marias Straße einbog, verlor ich plötzlich jegliche Bodenhaftung und fand mich auf dem harten Kopfsteinpflaster zwischen Kartoffeln und Gemüse wieder. Nuñes' Revolver, den ich noch immer einstecken hatte, landete mitten im Grünzeug. Auch das noch!

»Hey, Americano! Warum rennst du so? Sieh dir an, was du mit meinen *legumes* und *tomates* gemacht hast!« Vor mir stand die alte Frau mit dem Buckel, die neben Maria wohnte. Sie hatte die Hände in die Hüften gestemmt und sah vorwurfsvoll zu mir herab.

Schnell sammelte ich die Waffe wieder ein und richtete mich auf.

»Sieh dir an, wie das aussieht! Wie soll ich das jetzt noch verkaufen? Das kann ich unmöglich noch ...«

»Ja, tut mir leid. Hören Sie, ich suche Maria. Haben Sie sie gesehen?«

»Ich habe es dir schon einmal gesagt, Americano: Misch dich nicht in unsere Angelegenheiten! Und jetzt hebst du meine Sachen auf!« Sie deutete mit ihrem krummen Zeigefinger auf das ringsum verstreute Gemüse.

Kostbare Zeit verstrich. Ich packte die Alte hart bei den Schultern. Sie schrie auf.

»So sprechen Sie doch endlich! Es geht um Marias Leben!«

Ihre Antwort war feindseliges Schweigen.

»Ach zum Teufel!« Ich stieß sie von mir und lief so schnell ich konnte weiter. Die Alte zeterte lautstark hinter mir her.

»Maria!« Ich schlug an die Tür. »Maria, mach auf!« Nichts rührte sich. Mit einem kräftigen Fußtritt öffnete ich die altersschwache Tür. Farbe und Holz splitterten, das mittlere Brett fiel aus dem Rahmen.

Der Flur war dunkel. Die Luft stickig. Ich tastete nach der Waffe in meiner Jackentasche und lauschte in die Stille. Außer dem Rauschen meines eigenen Blutes war nichts zu hören. Als sich meine Augen an das Dämmerlicht gewöhnt hatten, ging ich lautlos vorwärts. Vor der angelehnten Küchentür machte ich halt. Vorsichtig öffnete ich die Tür. Ein schneller Rundumblick – nichts. Auch das Wohnzimmer nebenan war düster und menschenleer. Sie schien nicht oder besser gesagt noch nicht zu Hause angekommen zu sein. Um sicherzustellen, dass dem wirklich so war, schlich ich die schmale Stiege hinauf. Doch auch die beiden oberen Räume lagen still und verlassen da.

Marias Schlafzimmer wirkte trotz der geschlossenen Fensterläden freundlich und einladend. Der Raum duftete nach Seife und Blüten. Oberhalb des kleinen Fensters war eine Schnur gespannt, an der trockene Blumen und Sträuße aufgereiht waren, die ihren unaufdringlichen Duft verströmten. Das Bett schien frisch bezogen. Auf der säuberlich zurechtgelegten Decke zeichneten sich die scharfen Linien des glatt gebügelten Bettzeugs ab. Über der Lehne eines Stuhls hing ein duftiges, leichtes Nachthemd. Doch es gab kein Anzeichen, dass sie kürzlich hier gewesen war. Gerade als ich mich wieder auf den Weg nach unten machen wollte, hörte ich ein Geräusch.

Irgendjemand kam vorsichtig den Flur entlang. Maria war das sicher nicht. In seinem eigenen Haus bewegte man sich anders. Leise ging ich zur Tür und drückte mich flach an die Wand neben der Treppe. Ich konnte die Schritte zweier Personen unterscheiden. Die Schritte hielten an, bevor sie in Sichtweite kamen. Flüstern. Dann ein Räuspern und schließlich eine altbekannte Stimme.

»Mr. Nick …?«

Ich steckte den Revolver wieder ein.

Im Hausflur standen Max und Lily und blickten mich fragend an, als ich die Treppe herunterkam.

»Maria ist nicht hier. Senhora Pereira, hat sie irgendetwas gesagt? Wo könnte sie denn sonst noch sein?«

Die Pereira schüttelte bedauernd den Kopf. »Nein, sie sagte nur, dass sie nach Hause gehen wollte. Einen Augenblick – ich habe draußen die alte Anna gesehen, vielleicht weiß die etwas.«

»Vielleicht kommt sie ja bald, Mr. Nick. Wir könnten hier auf sie warten …«

Ich schüttelte den Kopf. Untätig hier herumsitzen, während Maria vielleicht in Gefahr schwebte? Unmöglich! Max schien meine Gedanken zu lesen.

»Nun, wenn es Ihnen recht ist, warte ich hier, und Sie könnten inzwischen weiter nach Maria suchen.«

»Danke, Max! Das werde ich tun … Wenn ich nur wüsste, wo ich mit meiner Suche anfangen soll …«

Durch die geöffnete Haustür sah ich die Pereira. Sie redete auf die alte Frau mit dem Buckel ein.

Wenn es doch nur irgendetwas gäbe, woran ich mich orientieren konnte. Ich versuchte, mich an das letzte Gespräch mit Maria zu erinnern. Was hatte sie doch gleich gesagt? Ich ging noch einmal in die Küche. Meine einzige Chance war, systematisch vorzugehen. Mit der Durchsuchung der Küche würde ich beginnen.

Ich drehte das Licht an und sah mich langsam um. Auf dem Tisch stand ein Krug mit Hortensien. In meinem Kopf begannen die Alarmglocken zu läuten. Als ich um den Tisch herumging, fiel mein Blick auf den Boden. Auf den Fliesen lag hingeworfen eine weiße Hortensienblüte. Schnell ging ich in die Hocke. Die Blüte war taufrisch, der Stängel noch feucht. Hortensien – hier auf der Insel waren sie überall zu sehen, wie ein Wahrzeichen – ein Wahrzeichen, das auch das Wappen der Irmãos de Horta schmückte! Das war der Hinweis, den ich brauchte. Maria hatte mir mit dieser Blüte gesagt, wo ich nach ihr suchen sollte.

»Kommen Sie, Max, schnell!«

Im Hausflur kam uns die Pereira aufgeregt entgegen.

»Sie war hier und ist mit João wieder weggegangen!«

»Ja, und ich weiß auch, wo sie hingegangen ist!«

Kapitel 26

Er saß am Tischende. Weiße lange Locken umrahmten das hagere Gesicht. Die Hände ragten bleich aus den weiten schwarzen Ärmeln seiner Robe. Vor ihm lagen die Insignien der Irmãos de Horta – eine weiße Hortensienblüte, eine abgegriffene Karte der Insel, ein Kreuz und … eine Harpune, klein wie ein Spielzeug.

Maria stand da wie gelähmt. Die Szene war gespenstisch, unwirklich. Er saß dort wie ein Toter, während gleichzeitig eine beklemmende Energie von ihm ausging. Sie versuchte zu sprechen, um den Bann zu lösen. Doch sie brachte keinen Laut hervor. Sie musste hier raus. Sofort. Aber ihre Beine gehorchten ihr nicht.

Der General hob mit einem Ruck den Kopf, so dass die Locken der sorgfältig frisierten Perücke zurückflogen. Er nahm das Kreuz und schlug mit jedem der vier Enden mahnend auf den Tisch. »Die Angeklagte, sie möge sich setzen.«

Maria machte einen Schritt zurück und griff nach dem Türknauf. Ihre Hand fasste ins Leere. Als sie sich umwandte, prallte sie gegen eine Gestalt in einer langen, schwarzen Kutte. Eine spitz zulaufende Kapuze verdeckte den Kopf. Zwei Augen starrten sie durch längliche Schlitze an. Vom anderen Tischende erklang abermals das vierfache Klopfen mit dem Kreuz. Der Maskierte packte sie und schob sie auf einen Stuhl. Maria wollte aufspringen, doch er drückte sie gewaltsam nieder und ließ seine Hände schwer auf ihren Schultern liegen.

»Verrat ist das schlimmste aller Verbrechen. Verrat kann nur durch Blut gesühnt werden. Freue dich, denn dein Blut wird

dich reinwaschen. So wie auch dein Vater durch den geheiligten Dolch in meiner Hand wieder rein wurde.«

Maria wurde schwindlig. Dunkle Punkte tanzten vor ihren Augen und verdichteten sich. Sie kämpfte gegen die nahende Ohnmacht.

Erneute Schläge mit dem Kreuz drangen in ihr Bewusstsein und vertrieben die Schatten.

»Bitte …« Ihre Zunge klebte pelzig am Gaumen. Sie nahm alle Kraft zusammen, um zu sprechen, um den Bann seiner Stimme zu brechen. »Ich verstehe nicht … Was wirfst du mir vor …?«

Der General starrte sie aus glühenden Augen an. Ihre Worte schienen ihn nicht zu erreichen. Er faltete die Hände um das Kreuz, schloss die Augen und murmelte einen unverständlichen Text.

Maria schrie ihn über den Tisch hinweg an. »Was habe ich dir getan? Was willst du?« Tränen liefen über ihr Gesicht. Sie wollte aufspringen. Doch der Mann hinter ihrem Stuhl hielt sie fest, wie in einem Schraubstock. Schluchzend sank sie in sich zusammen. Der Griff um ihre Schultern lockerte sich.

Der General hielt noch immer die Augen geschlossen. Unbeeindruckt von Marias Ausbruch hatte er seine Rezitation fortgeführt. Das Kreuz schlug erneut auf den Tisch. Zwischen den vier Schlägen erklangen die Worte »Verrat – Sühne – Blut - Tod«.

Mit dem letzten gesprochenen Wort zuckten die Hände des Kapuzenmannes, und sie nahm sein schweres Atmen wahr.

»Die Angeklagte, sie möge sich erheben.«

Maria stand langsam auf.

»Die Angeklagte, sie möge sich zu meiner Linken begeben.«

Maria blieb reglos. Der Mann hinter ihr nahm sie erneut bei den Schultern und dirigierte sie an das andere Tischende.

Der General schaute sie an wie aus weiter Ferne.

»Die Angeklagte, sie möge die Hände öffnen, um das Urteil der Gerechtigkeit entgegenzunehmen.«

Ein leichter Stoß von hinten verlieh dem Befehl Nachdruck.

Mit den Worten »Für die Tradition« legte der General die Harpune in ihre linke Hand. »Für die Heimat.« Die Landkarte wurde in ihre rechte Hand gelegt. Schließlich nahm er die Hortensienblüte und zupfte die Blätter heraus, um sie dann über ihr Haar zu streuen. »Für die ewige Unschuld.« Mit einer Kopfbewegung gab er dem Mann mit der Kapuze ein Zeichen. »Führe sie in das Vollstreckungszimmer.«

Der Kapuzenmann zögerte.

»Gehorche!«

Er tat, wie ihm geheißen.

Maria sackten die Beine weg. Kurzerhand hob er sie hoch und trug sie die Treppe hinunter durch ein labyrinthartiges Kellergewölbe. Am Ende eines schmalen Ganges betrat er mit der leblosen Gestalt in seinen Armen einen Raum – das Vollstreckungszimmer. Die Wände waren ringsum mit schwarzen Tüchern verhängt. In der Mitte stand ein steinerner, grob behauener Altar. Etwa ein Dutzend Kerzen beleuchteten das unheimliche Szenario.

Vorsichtig legte er sie auf den Altar und fuhr unbeholfen mit der Hand über ihren Kopf.

Ich war schon längst beim Haus der Irmãos de Horta angekommen und hatte ohne Erfolg versucht, mir Zutritt zu verschaffen, als Lily und Max außer Atem zu mir stießen.

»Das … das hat keinen Zweck.« Lily hielt sich schwer atmend die Seite. »Kommen Sie … ich weiß einen anderen Weg.«

Schnell ging sie voran, über die Straße auf die Stufen von Império dos Nobres zu. Dass ausgerechnet Lily Pereira sich jetzt zum Gebet zurückziehen wollte, konnte ich mir nicht vorstellen. Doch was hatte sie vor? Selbst Max schien keine Ahnung zu haben, denn er verfolgte gespannt jeden Schritt seiner Chefin.

Vor der Holztür erinnerten mich etliche Zigarettenkippen an das lange, vergebliche Warten auf Dabney. Schnell drängte ich die aufkommenden Gedanken an Garrett und die Toten im Keller der Polizeistation zurück.

Die Pereira klapperte mit ihren hochhackigen schwarzen Lackschuhen über den Steinboden in der Kapelle. Zielsicher ging sie auf einen der Wandteppiche zu, hob ihn an und verschwand fast ganz dahinter. Ein Geräusch wie das Mahlen zweier Mühlsteine aufeinander vertrieb kurz darauf die Stille aus der kleinen Kapelle. Max und ich staunten nicht schlecht, als sich der Altar, wie von Geisterhand bewegt, um neunzig Grad drehte und eine schmale Treppe in den Untergrund freigab. Ein Geheimgang! Und ich konnte mir auch schon vorstellen, wohin er führte.

»Dieser Gang verbindet die Kapelle mit dem Haus der Irmãos. Auf diesem Weg ist er auch damals entkommen, als er von der Insel fliehen musste.«

»Wissen Sie, wie genau der Gang verläuft?«

»Ja. Er ist nicht sehr lang und führt schnurgerade unter der Straße hindurch. Es geht leicht bergab, denn auf der anderen Seite endet er an einer Tür, die in einen kleinen Kellerraum führt. Früher waren dort Vorräte gelagert. Und im Haus selbst …«

Ich nahm Lilys Hände. »Danke, Senhora Pereira. Wenn ich erst mal drüben bin, werde ich schon irgendwie zurechtkommen. Die Zeit drängt.«

Sie nickte stumm.

Mit einem letzten Blick auf sie und Max begann ich, die schmalen Steinstufen hinabzusteigen.

»Warten Sie, Mr. Nick, ich werde mitkommen.«

»Nein, Max, ich gehe lieber alleine. Außerdem brauche ich Sie hier, falls er versucht, wieder durch den Gang zu fliehen.«

Max schien nicht überzeugt zu sein, doch er verzichtete auf jede Diskussion und blieb bei Lily. Für diesen gefährlichen Job konnte ich mich nicht mit einem Amateur belasten, auch wenn er es noch so gut meinte. *Gut so, mein Junge! Alles, was ein guter Detektiv braucht, hat er eh immer dabei: einen klaren Kopf, ein verwegenes Herz und flinke Füße.*

Genau, Sid, du sagst es. Außerdem hatte ich noch ein Päckchen Streichhölzer, um den Weg zu finden, und eine Waffe, mit der ich mich im Laufe dieses Tages schon fast angefreundet hatte.

Gewappnet mit diesem Rüstzeug machte ich mich also auf den Weg. Der Tunnel schien mir länger als erwartet, doch wenigstens ging es stetig geradeaus und bergab. Die kühle Luft hatte einen erdigen Geruch, und es war absolut still. Nach drei Streichhölzern hatte ich die andere Seite erreicht und damit auch die erste Schwierigkeit. Ich stand vor einer Wand. Jede normale Tür hätte ich in kürzester Zeit mit meinem Dietrich aufbekommen. Dies war jedoch eine gemauerte Geheimtür, die sich, wie das Gegenstück in der Kapelle, nur durch einen verborgenen Mechanismus würde öffnen lassen. Ich tastete die rauen Steine nach Erhebungen und Zwischenräumen ab – nichts. Mit dem Absatz meines Schuhs klopfte ich Stück für

Stück das gesamte Mauerwerk um die Tür herum ab, um eventuelle Hohlräume zu entdecken – wieder nichts. Vielleicht war das Erinnerungsvermögen der Pereira lückenhaft. Was, wenn dieser Fluchtweg nur von der anderen Seite zu öffnen war. Andererseits konnte ich mir nicht vorstellen, dass der General einen Geheimgang anlegen würde, der nur von einer Seite aus begehbar war. Er hatte bestimmt sichergestellt, dass er jederzeit kommen und gehen konnte, ohne dabei beobachtet zu werden.

Die Zeit arbeitete gegen mich, und auch meine Streichhölzer gingen langsam zur Neige. Ich würde wohl oder übel umkehren müssen, um noch einmal mit der Pereira zu sprechen. Die Flammen des vorletzten Hölzchens hatten unbemerkt meine Fingerkuppen erreicht.

»Verflucht!« Es wurde dunkel um mich herum. Ich tastete über den kühlen Lehmboden, um das Streichholzheft wiederzufinden, das ich hatte fallen lassen. Im Lichtschein des letzten Hölzchens sah ich, dass ein schmaler Stein an der unteren Kante des Mauerwerks ein ganz klein wenig mehr hervorstand als die anderen Steine. Ich tastete ihn ab und drückte auf die vorstehende Seite. Er ließ sich ganz leicht drehen, wobei sich ein Teil in die Mauer versenkte. Mit einem erstaunlich dezenten Geräusch sprang der geheime Zugang zum Haus der Irmãos de Horta auf. Schnell erhob ich mich und drückte die Tür so weit auf, dass ich hindurchschlüpfen konnte. Geschafft!

Der ehemalige Vorratsraum, den mir die Pereira angekündigt hatte, wurde allem Anschein nach nicht mehr genutzt. Auf dem gestampften Lehmboden standen drei aufeinandergestapelte morsche Holzkisten, mehr nicht. Schnell ging ich zur Tür hinüber, bevor mein letztes Streichholz mir wieder die Finger versengen würde. Hier hatte man zum Glück auf das Abschließen verzichtet. Vorsichtig lauschte ich eine Weile in den schwach erleuchteten Gang hinaus, bevor ich die Tür ganz öffnete. Alles war ruhig. Ich schien allein zu sein. Dennoch spürte ich die Nähe anderer Menschen. Ich war mir sicher, dass Maria nicht weit sein konnte. Nach wenigen Schritten sah ich, dass mein Gefühl mich nicht täuschte: Auf dem Boden verstreut lagen vereinzelte Blütenblätter einer weißen Hortensie.

Maria hörte von weitem einen leisen Singsang. Ihr war entsetzlich kalt. Sie versuchte, das dünne Laken fester um ihren Körper zu schlingen. Ihre Hand tastete suchend über die harte Unterlage. Sie zuckte zusammen. Die Berührung des rauen Steins hatte sie mit einem Schlag aus ihrer Ohnmacht zurück in die Wirklichkeit katapultiert. Sie riss die Augen auf und fuhr hoch. Außer ihr war niemand in dem kleinen dämmrigen Raum, der nur durch Kerzenlicht schwach erleuchtet war. Der Singsang kam näher. Maria wollte aufstehen. Sie musste fliehen. Doch alle dazu notwendige Bewegung fand nur in ihrem Kopf statt. Sie spürte ihren Körper nicht mehr. Das Einzige, was noch lebendig zu sein schien, war ihr Herz. Es schien sich mit Speerspitzen und Klingen gespickt einen Weg aus ihrem Brustkorb hämmern zu wollen.

Der Kapuzenmann folgte dem General in gebührendem Abstand durch die verschlungenen Gänge. Vor der Tür hielt der General inne. Er drehte sich langsam zu dem Kapuzenmann um und taxierte ihn mit wissendem Blick.

»Warte hier, bis ich dich rufe!«

Der Mann holte Luft, so als wolle er sprechen, senkte jedoch stattdessen schweigend den Kopf.

Der General schritt, von seiner eigenen Macht berauscht, in das Vollstreckungszimmer.

Der Mann vor der Tür ballte die Hände zusammen. Er blickte auf den Boden und sah die unregelmäßige Linie der weißen Hortensienblüten, die vor dieser Tür endete. Nein, er konnte unmöglich hier warten, bis der General ihn vor vollendete Tatsachen stellte. Er musste es wagen, den Raum schon jetzt zu betreten, auch wenn er nicht wusste, was genau ihn dort erwarten würde.

Vorsichtig öffnete er die Tür. Was er sah, jagte ihm das Blut mit Hochdruck durch sämtliche Adern, und er nahm all seine Kraft zusammen, um ruhig zu bleiben.

Auf dem Altar lag Maria, hingestreckt wie auf einem Totenbett. Der General hielt ihren Kopf mit einem Arm umfangen und bog ihn zurück. In der anderen Hand hatte er eine kleine Harpune, die er auf ihren Hals richtete. Das hagere Gesicht mit der Adlernase wurde auf groteske Art von den weißen Locken umrahmt. Aus den Augen sprach glühender Wahnsinn.

»Was hast du hier zu suchen! Hinaus!«

Scheinbar unbeeindruckt vom Befehl des Generals ging der Kapuzenmann langsam auf den Altar zu.

»Wage es nicht, dich der Gerechtigkeit entgegenzustellen!« Sein Griff um Marias Kopf wurde fester, die Harpune an ihrem Hals blitzte auf. Sie wand sich in seiner Umklammerung.

Der Kapuzenmann blieb in der Mitte des Raumes stehen. Im Zeitlupentempo schob er unbemerkt eine Hand in die Tasche seiner Jacke. Er würde nur einen Versuch haben, und der musste gelingen.

»Das Urteil muss vollstreckt werden! Niemand kann die Gerechtigkeit aufhalten! NIEMAND!« Die Stimme des Generals überschlug sich. Maria schrie auf, so fest packte er sie in seinem Wahn. Der Kapuzenmann machte instinktiv einen

Schritt nach vorne, nahm sich jedoch sofort wieder zurück. Jetzt nur nicht die Nerven verlieren!

Nick, mein Junge, selbst wenn du gar keinen Ausweg mehr siehst, gibt es immer noch eine Möglichkeit: den Überraschungsmoment. Und der muss so reinhauen, dass dein Gegner nicht mehr weiß, ob er wach ist oder träumt.

Ja, Sid, du hast wie immer recht. Und dieses Überraschungspaket würde ich jetzt öffnen! Die Hand in meiner Jackentasche schloss sich fest um die Smith & Wesson, während ich mir mit der anderen Hand die schwarze Kapuze vom Kopf zog.

Der General schaute mich mit einem ungläubigen Schrecken an, der ihn vollständig lähmte.

»Nick! Meu deus ...« Marias Ausruf brachte ihn jedoch allzu schnell in die Wirklichkeit zurück. Mit einem heiseren Schrei hob er die Harpune und richtete sie auf mich.

Ich nutzte diesen kurzen Moment, in dem die Gefahr von Maria abgelenkt war, zielte und schoss. Die Harpunenspitze zischte an mir vorbei und blieb im Holz der Tür stecken. Der General ging mit einem dumpfen Schlag zu Boden. Dann war es still.

Mit wenigen Schritten war ich bei Maria. »Komm – raus hier!« Ich legte meinen Arm um sie und dirigierte sie zur Tür.

Ein Windhauch ließ die Kerzen flackern. Eines der Lichter erlosch. Mich beschlich plötzlich ein ungutes Gefühl. Ich bedeutete Maria, den Raum zu verlassen, und zog erneut meine Waffe. Diesem Fanatiker traute ich zu, dass er noch im Todeskampf sein ›gerechtes Urteil‹ vollstrecken würde. Vorsichtig ging ich um den Altar herum. Doch er lag reglos auf dem Boden, kerzengerade ausgestreckt, die Arme dicht am Körper. Der leere Blick ging zur Decke. Das kantige Kinn war vorgereckt. Selbst im Tod bewahrte er ungewollt eine geradezu militärische Haltung. Das Einschussloch in seiner Stirn verstärkte diesen Eindruck noch. Er lag da, als wäre er in Ausübung seiner Pflicht ums Leben gekommen. Seiner Auffassung nach war er das wohl auch.

»Ist er wirklich …?« Hinter mir stand Maria.

»Ja. Er ist tot.«

»Ich will ihn sehen.«

»Maria, du solltest besser nicht …«

»Doch, Nick. Ich muss es mit meinen eigenen Augen sehen.«

»Nun gut.« Ich trat nach kurzem Zögern zurück und reichte Maria die Hand.

Als sie neben dem General stand, zog sie ihre Hand zurück. Gefasst blickte sie auf den leblosen Körper. Ich trat zu Seite und sah sie an. Das schwarze Kleid hing formlos an ihr, so als wäre es zwei Nummern zu groß. Ihr Haarknoten war fast vollständig aufgelöst. Einzelne Strähnen kringelten sich um das blasse Gesicht. Sie wirkte ruhig. Nur die zu Fäusten geballten Hände verrieten ihre Anspannung. Es sah aus, als würde sie sich an ihren Daumen festhalten. Ich wollte sie an mich ziehen, sie in den Arm nehmen, ihr Gesicht in meinen Händen bergen. Doch ich tat nichts von alledem. Ich ließ sie ganz bei sich.

»Jetzt kann mein Vater Ruhe finden.«

»Und du hoffentlich auch.«

»Ja …« Sie atmete tief ein und aus. Ihre Gesichtszüge entspannten sich ein wenig.

Doch plötzlich wurden ihre Augen weit, und ihr Blick richtete sich auf mich. Sie war mit ihren Kräften am Ende. Ihre Augen füllten sich mit Tränen. Ich hielt sie fest, als ihre Beine nachgaben. Sie schlang die Arme um mich und barg schluchzend den Kopf an meiner Brust. Es dauerte lange, bis sie sich wieder beruhigte.

»Der Mann mit der Kapuze … Ich dachte, das sei João. Wie kommst du … Ist er … tot …?« Marias Stimme versagte.

»Nein, er ist nicht tot. Ich habe ihn nur außer Gefecht gesetzt und seine Stelle eingenommen. Dieser Kapuzenumhang war wie geschaffen dafür.«

Ich führte Maria durch den dämmrigen Flur in die ehemalige Vorratskammer. Auf dem Boden lag João, gefesselt und geknebelt. Er war noch nicht wieder zu sich gekommen – auf meinen rechten Haken konnte ich wahrlich stolz sein.

»Jetzt aber erst mal raus hier. Um den kümmern wir uns später.«

Das warme Licht, das uns draußen empfing, schien unwirklich.

Auf den Stufen von Império dos Nobres stand Lily. Als sie uns erblickte, kam sie schnell zu uns herüber. Ansonsten nahm das Leben hier draußen seinen gewohnten Gang. Die Tragödie, die sich gerade hinter diesen Mauern abgespielt hatte, war gänzlich unbemerkt geblieben.

»Maria! Gott sei Dank!« Lily schloss Maria in die Arme, während auf mich tausend Gedanken einstürmten. Ich musste ihr erklären, was geschehen war. Und einigen anderen auch. Und ich musste Nuñes benachrichtigen. Das Beweismaterial musste sichergestellt werden. João musste befreit und gleich wieder dingfest gemacht werden. Und ein Arzt musste den Toten sehen. Und das Haus musste verschlossen werden. Und …

»Mr. Nick …« Max riss mich aus meiner Gedankenflut. »Ich habe mir erlaubt, nach der Polizei zu schicken.«

Wortlos nickte ich Max zu. Ich fühlte mich plötzlich unendlich müde. Nach den ganzen Ereignissen war ich erleichtert, endlich die Verantwortung abgeben zu können. Mein Job war erledigt.

»Detective Sergeant Garrett wird sicher bald hier sein.«

Ich lachte auf. »Garrett? Nein, der bestimmt nicht!«

Max hob fragend die Augenbrauen. Woher sollte er auch wissen, was sich vor ein paar Stunden im Keller der Polizeistation abgespielt hatte!

Noch bevor ich ihm erklären konnte, was inzwischen alles passiert war, holperte Nuñes auf einem altersschwachen Fahrrad über das Kopfsteinpflaster und kam neben uns zum Stehen. Schweiß stand ihm auf der Stirn, und er blickte unsicher von einem zum anderen.

»Was ist geschehen? Es hat doch hoffentlich keine Verletzten gegeben …?«

Ich atmete tief ein und aus. Nein, diesen Jungen konnte ich da jetzt unmöglich alleine hineingehen lassen.

»Kommen Sie, Nuñes. Gehen wir ins Haus. Ich werde Ihnen direkt am Tatort Bericht erstatten.«

Kapitel 27

Lediglich Nuñes und ich standen am Pier, als der an Händen und Füßen gefesselte Garrett von zwei Polizisten flankiert über den schmalen Holzsteg auf das Boot geführt wurde. Ansonsten war der Hafen menschenleer. Alle anderen Inselbewohner hielten sich auf dem Friedhof auf, wo in dieser Stunde Marias Vater, Dabney und der General beigesetzt wurden.

Der Polizeichef a. D. ging hoch erhobenen Hauptes und würdigte weder uns noch seine Insel, die er wohl nie mehr wiedersehen würde, eines Blickes.

»Niemals hätte ich gedacht, dass ausgerechnet er …« Nuñes schüttelte den Kopf. »Er hat mir beigebracht, was einen guten Polizisten ausmacht …«

»Aber nicht, was einen guten Menschen ausmacht. Denn genau da hat es bei Garrett gefehlt. Wie geht es denn jetzt weiter für Sie?«

»Oh, ich werde die Führung der Polizeistation übernehmen … sozusagen sein Erbe antreten.«

Ich schaute Nuñes an. Seine äußere Erscheinung war wie immer vorbildlich – gerade Haltung, ordentlich geknöpfte Uniformjacke, auf Hochglanz polierte Stiefel. Doch in seinem Wesen hatte sich einiges geändert. Aus dem jugendlichen Befehlsempfänger war ein reifer junger Mann geworden.

»Sie werden es besser machen als Garrett.«

Die Leinen wurden losgemacht.

»Nuñes …« Ich hielt ihm die Waffe hin. »… die wollen Sie doch sicher wiederhaben.«

Nuñes wandte sich verlegen ab und sah schweigend zu, wie das Boot ablegte. Ich tastete nach meinen Zigaretten. Statt des

Päckchens Murat hatte ich jedoch die Smith & Wesson in der Hand. Die musste ich jetzt wohl zurückgeben. Eigentlich schade.

Nuñes schien meinen bedauernden Blick zu bemerken, denn er machte keine Anstalten, den Revolver an sich zu nehmen.

»Behalten Sie sie, Mr. Hamlet. Diese Waffe lag schon in unserem Asservatenschrank, als ich in den Polizeidienst eingetreten bin. Ich weiß noch nicht einmal, wem sie früher gehört hat.«

Ich war einigermaßen verblüfft über diesen ganz und gar nicht korrekten Vorschlag. Auch das entging Nuñes nicht.

»Ich werde selbstverständlich den Verbleib der Waffe schriftlich dokumentieren. Sie können sicher sein, dass die Führung einer korrekten Asservatenliste von mir auf jeden Fall …«

Ich musste grinsen. Das war wieder ganz der alte Nuñes.

»Nun entspannen Sie sich mal, Nuñes. Ich weiß, dass Sie über jeden Zweifel erhaben sind. Das haben Sie während dieser ganzen unerfreulichen Geschichte mehr als einmal bewiesen.«

Erleichtert lockerte der junge Sergeant seine Haltung, bevor er sich wieder dem auslaufenden Boot zuwandte. Vom Abtransport Garretts wollte er offensichtlich keinen Moment versäumen.

Ich wog die Waffe noch ein wenig in meinen Händen. So wie damals, mit Mikey. Doch dieses Mal hörte ich sein Lachen nicht.

Und zum allerersten Mal kam nicht wie auf Knopfdruck sein bleiches Gesicht in dem wachsenden Blutfleck zurück.

War ja auch an der Zeit, dass du dich mit deinem Eisen versöhnt hast.

Ja, Sid, mit meinem Eisen, mit meinem Leben und endlich auch mit dem Tod.

Nuñes holte mich aus meinen Gedanken.

»Das war's dann wohl.« Mit einer Kopfbewegung deutete er in Richtung des Bootes, das Kurs Richtung São Miguel nahm und schon bald hinter Felsvorsprüngen aus unserem Blickfeld verschwand.

Zeit auch für mich zu verschwinden. Ich verabschiedete mich von Nuñes und nahm Kurs auf das Café Internacional, während er sich, ganz pflichtbewusst, zur Polizeistation aufmachte.

Ich kam zeitgleich mit der ersten Gruppe der Friedhofsbesucher an. Lily Pereira löste sich aus der dunklen Menschentraube, um aufzusperren und die Flügeltüren zu öffnen. Die einfachen Inselbewohner folgten ihr nur zögernd. Für die meisten war es wohl das erste Mal, dass sie diese Welt betraten. Mit verschlossenen Gesichtern standen alle da, keiner sprach. Lily hantierte wortlos hinter dem Tresen.

Eine merkwürdige Stimmung an diesem sonst so belebten Ort.

Heute zog es mich nicht an meinen kleinen Tisch hinter der Säule zu Josephine. Mir war nach ganz anderer weiblicher Gesellschaft. Ich blieb gleich vorne an der Bar stehen. Hier hatte ich einen guten Überblick über die neu eintreffenden Gäste. Bisher war Maria leider noch nicht darunter.

»Bisschen trocken … die Luft hier drin …«

Mit diesen Worten leckte sich einer der alten Fischer über die Lippen. Die anderen lachten, während durch die geöffneten Türen weitere Gäste das Café betraten. Dieses Mal handelte es sich ganz offensichtlich um ausländische Mitarbeiter der Kabelkolonien. Miss Millar und ihr Bruder waren auch darunter.

Ein Raunen ging durch die Gruppe der Wartenden, als schließlich Lily mit einem gut bestückten Tablett auf sie zuging.

»Oh, die Chefin persönlich! Was bringst'n uns da Schönes, Mädchen?« Der Mann, der Lily so respektlos ansprach, stützte sich auf einen Stock. Er war bestimmt schon achtzig, und im Vergleich zu ihm war die Pereira wirklich ein junges Ding.

»Scotch … und Aguardente.«

Erfreut griffen die Gäste zu – die Einheimischen zum Aguardente, die anderen zum Scotch, streng getrennt, wie die Sitzordnung in einer Kirche. Das Klirren der Gläser brachte auch die Gespräche in Gang.

Während Max das nächste Tablett mit Drinks an seine Chefin reichte, füllte sich das Café mit immer mehr schwarz gekleideten Menschen. Die, die des Stehens müde waren, eroberten sich einen Tisch, andere bahnten sich den Weg zu Lily, um Nachschub für die durstigen Kehlen zu organisieren.

Zwischen den Trompetenklängen von Louis Armstrong hörte ich die Stimme von Pedro Medeiros. Er hatte sich mit einer Handvoll anderer Walfänger an einem Tisch ganz in meiner Nähe niedergelassen.

»… hab's ja gleich gewusst. Noch bevor ich ihn da hab liegen sehen … ach was, noch bevor ich das Licht angedreht hab, hab ich das Blut gewittert. Da macht mir keiner was vor.« Sprach's und kippte seinen Aguardente, der bestimmt nicht der erste war, mit einem Zug hinunter.

Die um ihn versammelte Gruppe ergänzte seine Erzählungen mit weiteren Vermutungen, Halbwissen und Geschichten aus ferner Vergangenheit. Ja, der General … jetzt war er endgültig zur Legende geworden. Man würde in hundert Jahren sicher immer noch von ihm sprechen. Doch bei dem ganzen Seemannsgarn, was hier und heute schon gesponnen wurde, bezweifelte ich, dass an diesen Erzählungen dann noch ein Funken Wahrheit sein würde.

Auch der Nadelstreifen-Italiener schien der Runde an seinem Tisch mit theatralischen Gesten zu erklären, warum das alles hätte vermieden werden können, wenn man ihn nur rechtzeitig gefragt hätte. Die Damen blickten bewundernd zu ihm auf, während die Herren ihre Zweifel an seinen Ausführungen mit gegenseitigem Augenzwinkern kommentierten.

Lilys junge Bedienungen übernahmen nun die Versorgung der Gäste, reichten Sandwiches zu den Getränken und erfüllten in ihrer knappen Arbeitskleidung auch die Wünsche derer, die einen Augenschmaus vorzogen. Die Stimmung entsprach mittlerweile eher einer Hochzeit als einer Beerdigung. Die Chefin selbst hatte sich hinter den Tresen zu Max zurückgezogen. Ihr Bedarf an Volksnähe war wohl gedeckt.

»Trinken Sie denn gar nichts, Mr. Nick?«

»Ach, wissen Sie Max, ich möchte warten, bis Maria da ist, und mit ihr zusammen anstoßen auf unser … nun ja, auf …«

Lily hatte sich mit einem Glas Scotch zu uns gesellt und beobachtete amüsiert, wie ich versuchte, in meiner verbalen Sackgasse zu wenden.

»… auf das doch noch glückliche Ende …« Was redete ich da bloß!

»Und ich dachte, es wäre ein glücklicher Anfang!« Lily schwenkte ihr Glas und zog spöttisch die Augenbrauen in die Höhe. Sie genoss sichtlich meine Verlegenheit.

Nick, mein Junge, Sentimentalität ist schlimmer als der Genuss von 'ner ganzen Flasche Scotch. So was macht 'nen guten

Mann komplett kampfunfähig. Und eh man sich's versieht, steht man vor dem Traualtar!

Danke, Sid, du hast mir jetzt gerade noch gefehlt! Ich lockerte meinen Hemdkragen. Ein Blick in Max' Gesicht verriet mir, dass ich sein ganzes Mitgefühl hatte. Dass Louis Armstrong im Hintergrund *The wonder of love* besang, machte die Sache nicht besser.

Während ich noch überlegte, ob ich mir nicht doch einen Scotch genehmigen sollte, kam Maria.

Sie blieb unentschlossen vor den offenen Schwingtüren stehen.

»Maria!« Ich ging zu ihr hinaus und nahm ihre Hände in meine. Obwohl sie wirkte, als wäre ihr endlich eine schwere Last von den Schultern genommen worden, war ihre Trauer nicht zu übersehen.

»Ach Nick …« Ihre Augen wurden feucht. »Ich bin erleichtert, dass dieser Albtraum endlich vorbei ist … und gleichzeitig …« Sie schüttelte langsam den Kopf. »… auf dem Friedhof ist mir erst richtig bewusst geworden, dass ich mich heute für immer von meinem Vater verabschiedet habe. Er ist tot … ich darf leben.«

Den Tod sterben und das Leben leben – das ist nun mal der Weg, würde Sid jetzt sicherlich sagen. Ich sagte nichts, sondern nahm Maria einfach nur in den Arm und hielt sie fest. Nach einer kleinen Ewigkeit löste sie sich von mir, und wir gingen hinein.

Lily nahm Maria in Empfang und strich ihr mit einer mütterlichen Geste über die Wange.

»Wartet – ich bringe euch etwas zum Anstoßen.« Mit diesen Worten öffnete die Pereira eine neue Flasche Scotch. Noch während sie einschenkte, hörte ich eine altvertraute Stimme.

»Mr. Nick!«

Ich drehte mich um. »Antonia! Wie schön, Sie zu sehen.«

Mit geröteten Wangen, ihren Mann im Schlepptau, kam Antonia auf mich zu. Ihr schlauer Blick wanderte zwischen mir und Maria hin und her. Nicht, dass es viel Raum zum Wandern zwischen uns gegeben hätte …

»Und ich bin erst froh, Sie so gesund und so … so froh zu sehen. Nicht wahr.« Antonia stieß ihren Mann in die Seite. »Sie sind doch ein schönes Paar! Darauf müssen wir trinken.« Sie griff sich von einem der dargereichten Tabletts zwei Gläser Aguardente und hielt sie uns hin, während uns Lily von der anderen Seite die Scotch-Gläser reichte. Ich nahm den Scotch, Maria den Aguardente. Mit leisem Klingen trafen unsere Gläser aufeinander. Weder Maria noch ich sprachen aus, worauf wir anstießen. Doch selbst ein schlechter Beobachter konnte es bestimmt an unseren Augen ablesen.

Aus dem Grammophon kam mit leiser Eindringlichkeit Billie Holidays Stimme.

»… Comes love, nothing can be done …«

Ich legte den Arm um Marias Taille. Unsere Blicke versanken ineinander. Das Lachen und die Gespräche um uns herum rückten in den Hintergrund. Es schien nur noch Maria und mich zu geben.

»Jetzt hast du deinen Auftrag erfüllt …?«

In Marias Feststellung klang die Traurigkeit einer nicht gestellten Frage mit. Eine Frage, die ich bisher erfolgreich umgangen hatte. Ich umfasste ihren Körper mit beiden Armen, drückte sie fest an mich und barg mein Gesicht in ihrem duftenden Haar. Doch es war zu spät. Die Frage, wie es nun weitergehen würde, ließ sich nicht mehr zurückdrängen.

»… Comes a fire, then you know just what to do
Blow a tire, you can buy another sure
Comes love, nothing can be done …«

»Was für eine traurige Stimme! Wer singt das?«

»Das ist Billie Holiday … wärst du … würdest du sie denn gerne einmal kennenlernen?«

Maria sah mich an. Ihre Augen weiteten sich.

»Sie kennenlernen? … In New York?«

»Ja … in New York!« Ich sah Maria erwartungsvoll an. Sag ja! Sag doch ja!

»Ja, das würde ich sehr gerne!«

»… Don't try hiding, cause there isn't any use …
Comes a headache, you can lose it in a day
Comes a toothache, see your dentist right away
Comes love, nothing can be done …«

Ich drückte Maria an mich und vollführte eine schwungvolle Drehung mit ihr, wobei wir mit Max zusammenstießen. Das Tablett, das er in den Händen hielt, war Gott sein Dank leer.

»Verzeihung, Max!« Max lächelte verständnisvoll und wissend. Als wir nach unseren Gläsern auf der Theke griffen, öffnete sich die Schwingtür, und der Koch balancierte ein weiteres Tablett mit Sandwiches heraus, das er an eines der Mädchen weiterreichte.

Marias Mund streifte zärtlich mein Ohr. »Ich weiß nicht, ob das richtig ist … nach allem, was passiert ist … aber in diesem Moment bin ich so glücklich. Glaubst du, dass das von all den Leuten hier jemand verstehen könnte?«

Ich sah zu Max und dem Koch hinüber, die dicht beieinanderstanden und leise einige Worte wechselten.

»Ja … das glaube ich.«

»… Comes love, nothing can be done
That's all brother, if you've ever been in love
That's all brother, you know what I'm speaking of …
Comes love, nothing can be done.«

Danke …

… möchte ich all denen sagen, die mich beim Schreiben dieses Buches auf die eine oder andere Art unterstützt haben:

Otto Makris, mit dem ich die Originalschauplätze auf Fayal besucht habe und der bereits nach Fertigstellung des ersten Kapitels mit Begeisterung an dieses noch zu entstehende Buch geglaubt hat.

Brigitte Leskau und Bernd Wolke, mit denen ich einen regen künstlerischen Austausch bei unzähligen Treffen im Café Rossi hatte.

Hans-Ludwig Herder, der das fertige Manuskript mit strengem Wohlwollen lektoriert hat.

Dr. Stefan Hölscher und Dr. Frank Barsch, deren Schreibkurse meine Lust am Texten über viele Jahre frisch gehalten haben.

Danke auch an all diejenigen, die durch die Frage »Wann dürfen wir denn endlich mal dein Buch lesen?« dafür gesorgt haben, dass ich mein Projekt zu Ende geführt habe, um es einer – hoffentlich wachsenden – Leserschaft zu präsentieren.